一个字的故乡

周伟◎著

時代文藝出版社

图书在版编目（CIP）数据

一个字的故乡 / 周伟著．—长春：时代文艺出版社，2018.11

ISBN 978-7-5387-5923-5

Ⅰ.①一… Ⅱ.①周… Ⅲ.①散文集－中国－当代 Ⅳ.①I267

中国版本图书馆CIP数据核字（2018）第129075号

出品人　陈　琛
产品总监　郭力家
选题策划　凌　翔
　　　　　方　伟
责任编辑　田　野
助理编辑　胡　军
装帧设计　孙　利
排版制作　隋淑凤

一个字的故乡
周伟 著

出版发行 / 时代文艺出版社
地址 / 长春市泰来街1825号　时代文艺出版社　邮编 / 130011
总编办 / 0431-86012927　发行部 / 0431-86012957　北京开发部 / 010-63108163
官方微博 / weibo.com / tlapress　天猫旗舰店 / sdwycbsgf.tmall.com
印刷 / 三河市万龙印装有限公司
开本 / 640mm × 910mm　1 / 16　字数 / 300千字　印张 / 17
版次 / 2018年11月第1版　印次 / 2018年11月第1次印刷　定价 / 35.00元

图书如有印装错误　请寄回印厂调换

序一　树立自己的散文之乡

周　伟

我一直深爱着我的乡土，我一直在乡土世界里行走，我一直在思考行进中的乡村。沉静下来，我的散文之乡渐渐地清晰起来，树立起来。它是我的话语之乡、回忆之乡、情感之乡、生命之乡、灵魂之乡。

文学作品的语言是至关重要的，而散文从某个方面来说，甚至可以说是语言的艺术。乡村有乡村的话语体系，乡村语言有它的地域性和独特性。对方言土语，应该既有尊重的态度，又有鉴赏的眼光；既要生活化，又要文学化；既有地域性，又有民族性；既要具独特性，又要具大众性；既要来自心灵，又要来自大地。作家要回到话语之乡，精练准确、朴素大美、清新明快、亲切感人，永葆乡村语言的纯正性和生活魅力。用一些普通的字词，串起乡村的烟火人生和生命之河，使作品能于平淡中见不平淡，深含生活的经验和哲理。

关于回忆之乡。据精神分析学讲，一个人的记忆分为进入意识的记忆与非意识的记忆。进入意识的记忆是一种高度的概括，是简单、清晰的，也是抽象的。尽管非意识的记忆也许只是一些印象痕迹、一桩小事，甚至是一些缺少前因后果的情景、声音与气息，或者是一刹那的氛围或感觉，但是也只有这些非意识的记忆才会唤醒对经验的回忆——蜿蜒起伏的大山、清清流淌的小溪、长在水田里青青的秧苗、躺在草丛中的憨态大冬瓜，还有老屋檐下飞出的小麻雀和总在村头晒太阳的老黄狗……这些乡村土味，这些从前的美丽，还有那些重压下却从不屈服的乡村生命，令我们回想无穷。

再说情感之乡。作家要写自己最熟悉的生活，写自己最深切的生命的体悟。为读者、为乡土，我们要满怀真情地写作，感动了你自己，才能感动广大的读者。

此外是生命之乡。乡土散文的写作，首先是从个体生命经验出发，要尽可能活生生地呈现着这些个体生命的同时，也呈现出这些人的群体性的生命经验。对待乡村的每一个人、每一件物事都要极其真诚，始终以悲悯之心，尊重生命的个性情怀和思想素质，将更多乡亲的生命形态及命运特点真实呈现出来，还他们以真实的血肉之躯和生命原像。在感悟生命的同时，切入当下的生活，折射出时代的风云。在记录心灵轨迹的同时，汇合到时代的洪流中，展示出乡村的变化和时代的变迁。

最后一点，也是最重要的——灵魂之乡。我认为要把散文当作心灵的家园、精神的家园来回归。乡土散文的最终目的，就是灵魂回到泥土。在人们的心中，也许故乡永远是最美的，因为它把持着你的情怀，牵动着你的梦恋。不管走到何方，思想却在故乡，灵魂回归大地，这是多么美妙的皈依。从这个方面来说，乡土散文是泥土的述说。泥土等同于大地，来自于大地的书写，无论是写乡村民俗、风情，还是写村庄普通人的命运，写时代变迁给泥土留下的痕迹，都要来自大地现场，来自内心境界，要把灵魂注入大地。乡土散文创作最大的问题，就是灵魂的缺席，而胸怀和境界是散文写作者面临的最大考验。我们要安静地写作，深入大地的写作，灵魂在场，精神在场，艺术地展现当下乡村现实与精神困境。

（原载2016年5月2日《文艺报》）

序二　一个字的本味

袁姣素

认识周伟从一个字开始。

在他的散文《一个字的故乡》里，寥寥几字就非常绝妙地道出故土风情，人生至味，这是我不得不佩服的地方。

周伟，将一个“真”字演绎到了极致。真性情、率真、真实、真切、真诚、逼真、认真、较真、真知灼见、返璞归真……这些能归纳他作品的“真”，其实亦是能归纳他本人的。

你看，在他下班归来的路上，遇上了朋友的崽娃，伸手捏一下那嫩嫩的小脸蛋，嘿嘿一笑说，：“喊伯伯，喊了就给你买东西吃。”几岁大的娃娃就仰起头来，打量一番他光光的脑门和那几根稀疏的头发，说：“看起来有点儿老，就喊‘老周伟’。”娃娃的大人在一旁急坏了，不想他却哈哈大笑，说：“老周伟，就老周伟吧。娃娃嘛，从小就得敢于讲真话，讲真话好！”

凡是熟悉的人，都知道他好那么几杯。他的酒量并不大，几盏下肚性情就来了，喝到毛毛醉，他就口无遮拦。能说的不能说的，竹筒倒豆子一样全倒出来，不管你爱不爱听。尽管说的都是真话、人话、大实话，他却总是不分场合，不看对象。这样的时候，大家就哄笑着说：童言无忌。

有人说，率性、简单且富孩子气的周伟，在生活和工作上的许多的不尽人意就吃亏在这里。

读过他作品的人都知道，善良而清明的奶奶从小就教会了他一个“善”字。

一些生活窘迫的作家总喜欢找他，在他耳边说一通生活的艰难，谈一谈对文字的敬畏。说到动情处，眼睛一红，眼泪还没掉下来时，他就像列宁同志一样立马大手一挥，说：“不要紧的，这事就交给我了！”他说到做到，跑上跑下，软磨硬泡，终是切切实实解决了他们生活中一些实实在在的困难和问题。

说到古人的“孝”，在他身上也是生了根的。一次，母亲生病住院，他请了年假不离左右，陪护在病床前。快出院的时候，朋友看他辛苦，特意请他喝几杯，说就在医院附近找个店子，准备了他喜欢的五粮液呢，没想到他坚决回绝。他说：“母亲病刚愈，我就去喝酒，绝对要不得！”

他就是这样。他本来有多次调离这个小小的县城的机会，但上有年迈的父母，下有弱智的弟弟，他都一一放弃了，至今无怨无悔。

记得台湾作家杨树清还乡寻亲，曾委托朋友和有关部门，几十年未果。他与树清先生只一面之交，听闻之后，夜不能寐，马上安排人悉心查寻。然后又带人去树清先生的老家，给他的亲人合影，并用微信传递了喜讯，圆了树清先生两代人八十三年之久的追根寻亲之梦。其时正逢中秋佳节，树清先生从台北发来感言：海上生明月，天涯共此时。他立即复言：大地无乡，两岸同庆。

周伟就是这样的一个人，用心，用情，用爱；至简，至真，至朴。生活也许就是这样，因为善良而变得更美丽；生活也许就应该是这样的，因为纯真而显得更加富有诗意。

有道是：大道至简，大美至真。大家都说周伟的文字很纯，干净到无可挑剔，那种朴素的美，原生态的纯，如清风扑面，自然天成。那种用生命去体验与追求的本真生活，让我们感受这个在世界里，大地静美，人间清明。他的文字和为人，只一个字就让人记住，记住那些最平凡的经典，最简单的美好，最真实的感动，在心里扎根，开花，生暖。

（原载2016年1月8日《湖南日报》）

目　　录

辑三　春风化雨

辑四　白水点灯

辑五　月亮之眼

附录　短评

辑一／溪水兰香

一地阳光雨露

一个人，身边总拢养着一个人。看他睁开双眼，打量四周，活蹦乱跳，跃上枝头，喊住春天，憧憬秋实……日子，就这样，一天一天过，草露花开，香飘四季，风流云散。

奶奶就是。

奶奶一生没有生育，身边却总拢养着一个人。那会儿，是四哥。四哥是奶奶在匡家的第四个外孙。匡家是奶奶过去的婆家，家大业大，后来一声喊，说败就败落了，一个家四散开了。奶奶来我们周家时捎上了四哥。三岁的四哥皮包骨头，一身软塌无力，抻一下，再抻一下，如一根细线松紧般拉长又缩短，奶奶就觉得心一紧一松，一收一缩，隐隐地作痛。

不管四哥的身体如何的不争气，奶奶笃定要把他拉扯得直苗条条、高高大大。天天，奶奶把四哥拢养在身边，不停地按摩、拿捏着，奶奶总是有无穷的劲儿。家里没有什么舍不得的，能吃的吃，能换的换，能卖的卖。

看着地上堆雪人的四哥，奶奶见四哥整个儿一团雪。

好久，四哥起身，环顾天地，雪天一色；打量自个儿，全身披满雪花，热气腾腾。

奶奶立在不远处，冻成一蔸雪地里的白菜，郁郁葱葱。

四哥总爱玩水，奶奶总是担心。每回奶奶都必跟着。

奶奶总是先挑一处小溪。清清小溪，水在石上流，鱼虾水中游。奶奶总是先绾起裤腿下到溪涧试水，再把四哥剥了个笋白，然后用湿手在四哥胸口上拍三下，如此停当，方可放四哥入水。奶奶这时仍蹲在水中，定定地看着水中光溜溜的四哥。四哥玩得兴起，早已忘了身边的奶奶。水，被他旋成浪花朵朵，泼洒成一地碎银，水淋淋、湿漉漉地，飞溅了奶奶一头一身，奶奶笑了。

在四哥的记忆中，他儿童的天空里总是风雨较多。他常常见着奶奶在那样的日子里被牵到大队部去“听课”“做作业”。奶奶不像别人一样落魄邋遢，总是穿戴得齐齐整整、干干净净，手里总牵着他，镇定自若。

奶奶“听课”“做作业”时，总把他拢在身边，拿一本图画书让他描画。他清楚地记得那本毛边破损的书里有一幅美丽的画图，他描着描着，就像真的一样。

春天来了，灵性的油菜花开了，开了！明晃晃、懒洋洋的阳光下，大地被渲染成一望无边的金黄。四哥感觉自己就像一只嗡嗡飞呀飞的小蜜蜂，一朵朵，一簇簇，飞上这朵，又飞上那朵，再飞旋开去，东边西边南边北边和中间。他不觉得累，他只感到美，美得华实，美得震撼；他只感到幸福，幸福得无边，幸福得眩晕。

四哥有水桶高的时候，奶奶特意为他打了一对小水桶。

有一天，奶奶说，从明早起，自己起来挑水。四哥晓得，他挑不挑水，家里都是有水喝的，每天五伯大清早都挑得缸满桶满。当然，奶奶定有奶奶的意思，他只管等着奶奶的絮叨。

果然，奶奶天不亮，就催他下床挑水。奶奶说，越早水越清，越早水味越正。踏着露水时，奶奶又说，看，粒粒珍珠呢。第一回挑水，四哥挑了大半桶，水总是淌出来。第二回，他就少挑了许多，想是不会淌出，挑起来，一路轻快，还是淌出来。第三回，奶奶开始絮絮叨叨，把桶子里的水满上，再看看。四哥依了，竟然没淌出来。奶奶说，看看，一桶水不淌，半桶水淌得厉害。

挑水回家，一身汗，四哥伸勺一舀，咕咚咕咚，一口气喝干，手一抹嘴上的水珠。奶奶笑着问，甜么？四哥一回味，果真甜！以前怎没觉出甜来哩？奶奶像是替他解答：自己挑的就是甜。

四哥后来长得直苗条条、高高大，离开奶奶，走到天远地远的广州大亚湾闯世界，有好几年难得回来看奶奶。有人问奶奶，有没有四哥的音讯，晓不晓得四哥在那边的情形。奶奶就满院子里跑，跟这个跟那个，有鼻子有眼地唠叨，细数着四哥一日三餐的枝枝叶叶，夸张地形容着四哥的一举一动、一笑一颦。大家都惊讶于奶奶的梦幻。奶奶说，我有根线牵着呢，四毛伢子在外头只要稍稍地动一下，我能不晓得？！大家还能说什么，时时刻刻，那根无形的线，一直拴在奶奶的腐心尖尖上。

四哥在远离奶奶的日子里，常常半夜里无由地爬起来，久久地木坐在床上……他好像听到，有人一声声亲切地唤着他的名字……窗外，月光如水。

天上，一颗星，两颗星，三颗星……星的眼，漫天的星眼，眺望着，眺望着远处，万家灯火通明。

地上，一个人，两个人，三个人……一个个人行走在路上，匆匆忙忙。但是，没有谁的心上不念想着一个最亲最亲的人和那方生命中最美丽的天空？因为，生命深处的颤动，总是绵绵无绝期。

明天，月白日出，又是一地的阳光雨露。看啦，瓦檐上的几根小草，正在伸展着身子。

草有千千结

春属木。地性生草。

大地生草木，世上有乾坤。

草不管，小孩儿般，睡醒了，揉揉眼，伸了个懒腰，探出了头。一夜之间，发芽，冒尖，露了青，疯了长。风一吹，草就动，雨洗春来，大地生动了，一片，一片，又一片。

田野里、山坡上、菜园子、路边、田埂、沟壑旁……甚至墙角、石缝间、瓦楞上，小草随处可见。草色青青，春光皎皎，野草遍地。伸手摘下一两茎青草，淡淡的草的清香，扑面而来。不经意间，把嫩白的草茎含在嘴里咀嚼，丝丝的甜味立马在口里蔓延开来，溶化一片。

有月光的夜晚，草垛是我们的好去处。爬上高高的草垛，双手叉腰，俯瞰一切，幸福和威武教我们立马长高，霎时真实。从草垛上时不时跳下来，向着大地飞翔，一次又一次，无比踏实。我们一个个，像一粒粒滚落一地的果实，饱满而又欢畅。向下的飞翔，向上的生长，是我们一生真实和坚定的生活方式。所以，我们尽管也进入到这个浮泛的尘世，却一直不会迷失自己的方向和目标。

在故乡，我和伙伴们，常爱靠在草垛上数着天上的星星。一颗星、两颗星、三颗星……星星向我们眨着眼，把我们美好的愿望带到了天上。很多的时候，我们把自己埋在草垛里，撒手叉脚，呼呼大睡，做着我们的美梦。半夜了，鸡叫了，狗咬了，我们还是一个个不愿离去。我想，我们是不是早已把天地当家、草垛当房，把温暖的软绵绵的干草堆当作母亲宽阔的怀抱了？

草垛高高，幸福的草垛高高在上，谁都想把它高高地垛起来。也许，只有在垛草的过程中，只有在草的密集里，只有在童年深处的秘密中，才能让人瞬间明白：没有那来自低处的一根根的青草，高处的幸福不会从天而降，温暖的怀抱只会没有着落。

稍大一些，农家的孩子就要挑起生活的重担。我记得，清晨起来割青草是我们一班“小把戏”每天必需的功课。一个个脚上沾了泥泞，眼睛里跑进露水，但我们却是那样的欢快，吹着口哨，脚步轻快，脸上灿烂如花。在弯曲的山路上迅跑如飞，眼睛发亮，挑着草色青青的地方，忽上忽下，忽左忽右，唰唰地挥起镰刀，一刀接一刀，一刀快似一刀。

那时，我有一个秘密，喜欢跟在草玉姐屁股后面去割青草。草玉姐含着叶笛，梳一根大辫子甩在脑后。上了山，极随意地绾成一个蓬松的蝴蝶状，顺手摘一朵山茶花，插在头发上，又嫩又润，绰约多姿。一件红花布上衣，又短，又窄，显得有些年月了，但红花鲜艳如初，白底洁净似新。就是这件短瘦的红花布上衣，把个草玉姐的宽肩、丰胸、蜂腰和肥臀大大方方地显山露水。更妙处在草玉姐弯下身去，如狐般随镰刀挥舞，一步步地沿着绿色的斜坡往上边割去，往下边割来，推剪子一般。草玉姐的腰身起伏摇曳，我停下镰刀，一动不动地凝望着草玉姐。有一回，不料草玉姐恰恰反过身来，我一怔，瞬即满脸绯红，慌慌地躬下身腰，一跳一跳地，跳出了草玉姐的视野。

草玉姐的美好，我一直定格在她割草的瞬间。后来，十六岁的草玉姐被她爹硬逼着嫁进了城里，是给一个瘫痪的呷“公家粮”的老男人做填房。自从草玉姐进城以后，再也没见她回来过。只听说草玉姐和自己的丈夫、公公婆婆并不和好，只听说草玉姐还惹了些风流事，只听说草玉姐在城里头见了村里的人总是躲着……村里很多人就很是惋惜地说：是草命的人儿，不是金命、玉命的主儿。可惜了，玉碎了，心也碎了……尽管如此，我还是常常记起草玉姐割草的美好时刻和满山疯长着的野草。

风吹草低见牛羊，我一生都无法走出我的村庄。牛羊在青草的饲养中，喂得壮壮实实，敦敦厚厚。小草默默，牛羊默默，村庄也默默。村子里一辈一辈的人，冬去春来，默默地忙日忙夜，总是离不开草的怀抱。草民，是对他们最贴切的称呼，也是他们最本质的特征，融合了他们最朴素的感情：春天，你好！小草，你早！草草草，宝宝宝；草草草，好好好。草民一生勤劳艰辛，草民的劲儿使也使不完，草民的力量无比强大，内心无比宽广和美好。小草是卑微的，也是坚韧的。小草常被人践踏，它却总是向上地生长。小草不计得失，朴实无华，真实简单，快乐幸福。

草根深深，草绳长长，人生路漫漫。搓得紧些再紧些，拴在村口的桃树上，拴在老宅的门环上，拴住善良无私的心，一辈子才不会走失人生。草绳似的黄土路，牵引着我们一回回回到故乡，回到我们的童年，回到我们的本真。

当我们像草籽一样四处飘散的时候，当我们像草灰一样成堆的时候，我不知道我还记得什么。也许，我只能沃土；也许，我还会生长。不过，这一切，都不要紧，要紧的是我们像小草一般来过这个世界，深深扎进泥土里，贴土沾泥在大地上生长一遭，草一般地生活一生。

溪水兰香

我们一班“当把戏”（本地对孩子的昵称，也称小把戏）总爱去草兰婆婆的木屋前。那里，有我们快乐的时光。

草兰婆婆的木屋，坐落在凤形山脚下，傍着一条小溪。夏日的小溪，跟我们一班细把戏一般，天天兴奋得不行，蹦蹦跳跳，一路唱着歌，总是向前。

我们无暇顾及草兰婆婆。我们和小溪作伴呢，我们和小溪对话呢，我们和小溪捉迷藏呢。

有一年的夏日，小溪干了，我们哭了。草兰婆婆从兰草丛中走来，她牵着我们的手，把我们一个个牵到木屋后的山上。我们看到在石缝中，在荒山野岭之间，一株株、一束束、一蓬蓬兰草逶迤开去。我们顿时惊讶了，更为惊讶的是如此之多的兰草，是那样坚韧地生长着，蓬勃地茁壮着，又是清一色的婀娜绿衣，飘逸脱俗，清香淡远。我们还看到山谷石罅中蜿蜒而下的一沟山泉，白白亮亮，清清爽爽。掬一捧，冰凉冰凉，甜沁沁的。

顿时，我们一个个静了下来。一个个怔怔地看着眼前的这一切，一个个定定地看着草兰婆婆，一个个规规矩矩地听她说话。我们记得，草兰婆婆说了一个下午的兰草，说了一个下午关于兰草的故事。草兰婆婆说完，要我们闻闻，问：香么？香。草兰婆婆又问：么子香？她不等我们回答，接着说，兰草香，兰草自香呢。又大声对我们说，兰草自会香，你们的小溪呀，自会流！我们一个个摸不着头脑。草兰婆婆用手在我的脑门上一点，又拍了拍我滚圆的小肚肚，笑着说，流在这里，流在你们的心里头哩！那时，我们尽管没有太懂，但我们已深记着草兰婆婆的故事，已真切地闻着兰草的香了。

草兰婆婆的命苦。草兰婆婆的母亲性喜兰草，生下她来时就咽了气。草兰婆婆的父亲后来带着她，就把木屋建在山脚下，时常带着小草兰到山前山后山上山下看兰草。不几年，小草兰的父亲随她的母亲而去，天天伴着兰草卧眠。草兰长到十八，生得那个乖态，方圆百十里挑不出第二个。两年之后，有了一个好小伙随了草兰，留在了小木屋。他们种菜砍柴，插秧打禾，喂猪看牛，饲养鸡鸭，织布做鞋，洗衣做饭……不管多忙，他们总是要结伴去看兰草，还有睡在兰草旁的父亲母亲。但是，没过三年好景，生下娃儿的草兰又一次遭到致命的打击，娃儿的父亲花心了，抛下了她们娘儿俩跟人跑了。

娃从小跟着草兰婆婆，草兰婆婆打小带着娃，不离不弃。这一切，就好像鸡母窝抱小鸡那般自然。娃是草兰婆婆手心里的蛋，捧着，看着，抚摸着，战战兢兢，怕磕，怕碰，怕碎。娃是草兰婆婆的一尾小鱼儿，围在草兰婆婆的身边，如在溪水里游动，嬉戏，自由自在、欢快地追逐着。娃也是草兰婆婆的圆月亮，骑在牛背上，带晚霞一起回家。

家里头太紧巴。后来，草兰婆婆就隔三岔五跑三十多里山路去小镇。在闹市处，找一块显眼的地方，铺一块塑料布，摆上各色式样的布鞋，也招来许多人。你一双，我一双，他一双，蛮行销的。她做的鞋细致、扎实、耐穿。而且鞋面上总爱绣一株兰草，好看得很。许多人就提前量了脚的尺寸告诉她，她就日夜里赶，赶好了送上门去。

二十多年，她往返于城镇山村。她忙田地忙家务忙做鞋卖鞋，她赶早熬夜，她挨饿受冻，她把娃崽一肩承挑，送出了大山……可是，再忙，草兰婆婆也要抽出时间去看看兰草。

后来，草兰婆婆的娃在城里做了官，要接她去城里。草兰婆婆不肯去，她说她要天天看兰草呢，哪一天不看着兰草，她的心里头就不踏实。草兰婆婆的娃没有接走母亲，却接走了一盆兰草，是草兰婆婆亲手选的。草兰婆婆说，要好好地侍候着，“三分栽，七分养”，花草如人，就把这盆兰草当娘吧！你看着她，你就晓得怎样做官做人了。这当官的娃看着眼前的娘，看着盆中的兰草，他的眼中渗出了泪水。

草兰婆婆在乡下的山谷里住得很平静，草兰婆婆的娃在城里官也做得很有些口碑。有一次，我去看了他，在他的办公桌上我看到了那一盆茂盛饱满的兰草，七八个花箭开得正盛。在他办公桌后面，一面偌大的墙上挂着一幅很安静的对联：上联是“怀中有兰心自香”，下联是“腹内存书气方华”。我从草兰婆婆娃的办公室出来，我又想起了草兰婆婆，想起我们那时的快乐时光。

草兰婆婆八十有三那年去了。那年的夏天，我一个人去了草兰婆婆的木屋前，静静地、久久地不肯离去。满山的兰草疯长着，无风的山谷，兰香悠远绵长；小溪还是那样，流水潺潺，一路欢歌，轻吟浅唱，简单快乐；望天上，云卷云舒，月升月落，去留无意。陡然，我的心情也舒卷开来。是啊，过了多少年，我又回到了我的童年，回到了这个宁静的港湾。一切都已远去，一切都在皈归。

有一天，我忽然看到一篇资料中说兰草以花茎分，一茎一花为草兰，一茎多花为蕙兰。那一刻我仿佛明白：兰是草，草为兰，香在心，品独高，香自远；溪水潺潺心中流，小溪就永远不会干涸，不会走丢，不会停流。

我们的草兰婆婆，心中有兰，什么都可以有，什么都可以无。

看见的日子

眼睛睁开了，你就什么都看见了？

眼睛瞎了，我就一点儿也看不见了吗？

孩子，听我讲，真的不是那么回事。

孩子，你别老那么看着我。我嘛，几十年了都这样，一天到晚在木火桶上坐着。有人说我木了。我木了吗？我在一丁点儿一丁点儿地嚼着日子。你要说，还不是一粒粒嚼着干豆豉，嘎嘣嘎嘣地响。也对，也不对。一个个日子或酸，或甜，或苦，或辣……我掉下一把口水，它慢慢地从地上变戏法似的长高，一闪，又不见了。再闪出来，一下是笑，一下又是哭，一会儿竟半笑半哭，一会儿却不笑不哭。再看看，胖的、瘦的，高的、矮的，老的、少的，男的、女的，美美的、丑丑的……唉呀呀，这么多日子，怕是在开会哩！

孩子，你不吱一声，我知道你在想事了。别乱点头，我反正看不见你。孩子，你要记着，摇头点头都在一念之间，没把握的事不要说话，不说话没人当你没舌头。再一个，当紧的话一天要不得几句。比如，你这会儿没答话，但我还是看见你在心里想着事儿。想事就好，想着想着，慢慢地想着想着，事儿就在肚子里头想熟了。

孩子，你瞧，门前的小溪在说着话儿，还悠悠地哼唱着小调。风来时也好，雨下时也好，它总是那么从从容容。从容得你不得不佩服它，佩服它的镇定、豁达与远虑。你不会听不见，听听它的音符，感受感受它的节拍，几多的美妙。你不会看不到，披绿时披绿，挂红时挂红，亭亭地立着，十分可爱。孩子，耳朵眼睛不是什么时候都管用的，有时得用脑上心。小溪是细水长流的从容，孩子你呢？不要看我，我和好多好多的日子在说话儿。胖的日子说，心宽体胖好；瘦的日子说，健健旺旺好；素的日子说，吃饱就好；荤的日子也说，还是够吃就好。我讲，千好万好，要的是细水长流，平平安安过，最好！

孩子，对门山里树上的鸟儿在唱歌，在跳舞。再看看，那其实是一个上了树的女娃。她把砍到的柴火丢在了树下，她把一早的重担抛在了一边。上了树的女娃变成了另一个人，把树叶当笛子，把日子当歌唱。下了树的女娃扁担一横，一担柴火挑在了肩上，挑在肩上的还有日子，好沉好沉。孩子，该丢下的丢下，该抛开的抛开，该挑上的挑上。年纪轻轻的，就老是愁啊，累啊，苦啊，悲啊……垒了一身，这样子很不好。孩子，唱歌时就唱歌，跳舞时就跳舞。这样，你的日子也就上了树了。于是，你就看到那山上开满了鲜花，到处是疯长的野草，飞禽走兽们，都在各显神通，表演着杂耍；那山上的树是绿的，风是柔的，气息都是甜的。于是，你就认定那山上绝对住着神仙，神仙的日子哟……

孩子，神仙的日子，要说有，也就有；要说无，本就无。所以，日子里就有了哭声，就有了笑声。孩子，我经历得多了，哭也好，笑也好，那多是你们年轻人的事。大了，老了，你就不会那么随随便便哭了笑了。别不信，我碰到好多好多哭的日子。他们都跟我讲，哭来哭去有什么用呢？人嘛，是靠水养着，你把他一身的水榨干了，还不蒸发了。人一蒸发，什么东西都跑得无影无踪。再说，哭得泪水太多，流成河，也会淹死人的。还不如把哭的时间腾出来，磨磨刀。磨刀好，磨刀不误砍柴工呢！把刀磨得锃亮锃亮，抽出来，一闪，就闪过来一个春天。一刀砍下去，就砍死了一个严冬。孩子，哭字上面两个口，哭字下面一只犬，要哭，你就是小狗狗。看看，孩子，你笑起来了，笑起来好。

孩子，走路是最当紧的！我看见你又笑了，你还在心里头讲：呸，哪个不会走路呢？两三岁的娃娃都会。好吧，就讲门前的这条路，弯弯曲曲，老长老长，有好多人总走不出去，有好多人总是原地踏步，有好多人又走了回头路，还有好多人摔倒了……日子也一样，老长老长，弯弯曲曲，好比门前的这条路。走吧，先上路就是。“路是人走出来的”，路再长，脚再短，还不是一脚一脚丈量完。是的，路上，有时会泥土飞扬，有时会泥泞满路，有时天寒地冻，甚至路窄坡陡，坑坑洼洼，险象环生……孩子，且莫停下脚步，歪歪斜斜深深浅浅地一路走过，走过去就是了。路的尽头又是另一番风景。你要晓得，路，只会越走越宽阔，越走越温暖，越走越美好。

孩子，你上路了，竟又回头，长长地一望。我晓得，你是怕望不走那片红褐色的泥土，那泥土上的青草地。你无数次地在上面温暖着，那上面留着你的体温和气息。那么，你就带着一抔泥土上路，带着一缕草香上路吧。天涯海角，你总会感到温暖。孩子，你只要在心中的泥土上种上了草根，浇水，撒肥，一片片嫩绿冒出四季不断。尽管你走得再远，其实很近很近……

我站在阳光下，看着坐在木火桶上的瞎眼的二婆婆，她一下一下地往深如黑洞的嘴里丢进一粒粒干豆豉，不一会儿，就一阵嘎嘣嘎嘣响。响过之后，她黑洞的嘴里源源不断地翻吐，一坨坨地都是咀嚼过的日子。慢慢地日子升起来了，二婆婆空空洞洞的瞎眼也升起来了。

孩子，我老了，我看见的日子也老了。

日子也老了？我问。

我又说，二婆婆，你老去了，我都不知怎样待日子。

二婆婆，我只有攒起心劲，天天把日子暖着掖着……

孩子，你真的看见日子了……

那一天，二婆婆真的走在一个金色的日子里。当我们焚烧起二婆婆的遗物时，起风了，木火桶滋滋啵啵端端地在禾坪上烧了许久。烧完时，夕阳已经西下，一切皆静了，看时，唯见烟痕淡抹。

从前的美丽

小时候，母亲总爱给他讲一个从前的故事。

母亲每回讲，都要用手摩挲着他的小脑袋，然后瞅着对面那座大山，说，从前有座山，山里住着一户人家。一到傍晚，画中的仙女就从墙上的画里走下来，打扫屋子，收拾家什，缝补衣物，准备饭菜，再打好一盆温热的洗脚水……

他从此记住了这个从前的美丽故事。

他后来到了学校的课堂，虽然懂得了很多的基本常识，但他从没有怀疑过母亲经常讲的那个从前的美丽故事。

但那毕竟是从前，从前的故事了。他要上学，要帮母亲做一点儿家务和农活，闲暇时和村子里的同龄人一起上树掏鸟、下河摸鱼……也许是母亲过早给他讲了那个从前的故事中的画中的仙女，或者是他青春期那无由的躁动，或许什么都不是，他总爱远远地打量村子里的女人和她们的美丽天空。

夏天，他总是趁和伙伴们去河边洗澡时，看码头上那些洗衣服的大姑娘小媳妇。她们总是赤着脚，把衣袖裤腿挽得老高，把一家老小的衣物都浸泡在水里。在清澈的水面上，她们也不忘照一照自己红润的脸庞，然后满满地掬一捧清水，把脸擦洗了一遍又一遍，洗出自己的美丽和自信。然后，一件件衣服地搓洗着，棒捶着，漂白着，远远地就可以听到她们搓洗出来许多有趣的故事和秘密的家底。若是哪家正在漂洗着的衣物漂着漂着，被水冲走了，“哦——”的一声，他们几个小孩子齐如蛙般蹬脚游去，谁一手捞个正着，再一个猛子扎回码头。

农忙时的女人最美。扯秧时，一株株秧把在一个个女人的手里从田这边抛到田那边，在空中划过一道又一道生命的“虹”。插秧时，女人们个个“蜻蜓点水”，一下子，绿了一片，一下子，又绿了一片，慢慢地绿到了天边。从水塘里或从低处的水田里车水，这大多是女人们的事，也许是女人如水的缘故吧。先把木板水车支好，女人们手持摇把，一上一下，前俯后仰，轻重缓急，和着节奏，晃动身子，扭着腰，一片片水车叶，排起长龙，水随天来。时不时，车叶上有白花花的水被溅起老高，一条三指宽的鲫鱼在欢快地舞动。

农闲时，哪怕只是一时的闲，村里的女人也是闲不住的。母鸡在村子里，没有一个女人不把它看得比自己更重，红红的鸡屁股，女人要把它抠成自家的大银行，指望着屙金子屙银子。所以，孵鸡生蛋再孵鸡再生蛋，循环往复，她们总是十分细心，始终满怀着希望。“咕噜咕噜咕噜”一唤，那只芦花大母鸡带着一窝鸡崽蹒跚着上前来啄食，这时幸福的晚霞已经披满了山村。这些女人对于鞋底，同样有十足的耐心，她们穿针引线，挥洒缕缕不绝的情感，温暖着一双双走出去的脚。在厚实的鞋底上，全是女人们密密的针线，满天的星点。从这里走出去的人，就是走到天边，最终还是会一步一步走回到他从前的小土屋里。

大雪飘飞的冬天，年的气息四处敲打着家家户户的门窗。这时候，他最爱看女人们穿着大红棉袄拖着麻花大辫忙里忙外。先看那个剪窗花，那真个是“金剪银剪嚓嚓嚓，巧手手呀剪窗花，你说剪啥就剪啥。不管风雪有多大，窗棂上照样开红花。红红火火暖万家，暖呀暖万家！”再看做那个血粑丸子，打好一桌白白嫩嫩的豆腐，放上一盆红红艳艳的猪血，撮几许盐，配几勺辣椒粉，有条件的家庭，定要切一些肉丁掺在其间。家家的女人用力把豆腐揉碎，翻过来翻过去，调匀配料，一双手血花点点，油光水滑，变戏法似的揉来揉去，把它揉成一团。满满地抓一坨，拍过来拍过去，在左右手掌之间来回地翻滚，如蝴蝶翻飞，女人的手上生花，没几下，就被弄成一个椭圆形的丸子。再去看看打糍粑，本是几个大男人喊声震天地用两根大木棒你一下我一下往臼里夯，但最后如果没有女人们把水沾在手上把它搓成圆形再拓上红红的吉祥字画，就显不出喜庆的气氛。说到底，农村的丰收、温暖和喜庆，其实都在各家女人的手上。

一年到头，男人们总要在年底舒舒服服地歇上几天。家家的女人，都要把床上铺的陈草换掉，一律换上整洁的干草，铺盖都要浆洗一遍。床单下是新换的柔软暖和的稻草；浆洗过的蓝印花被面让他看到水洗过的蔚蓝天空，还有几朵娴静的白云；被里是家织布，浆洗得硬挺板整，贴上去却光滑干爽、柔和暖身。闻着淡淡的稻草香和浓浓的米汤浆香，在那样的夜晚，他总是能够早早地酣然入睡。许多年后，夜晚他睡在城市的高级席梦思上，总是翻来覆去睡不着，一双眼睛遥望着家乡那轮圆圆的月亮和满天的星斗。

母亲生命油灯的光亮一直照耀着他走到了大学毕业。他毕业后分配在这座城市，在城市灯火通明的夜晚，他却常常无由地生出一丝不安和无所适从。许多年过去了，他觉得那份不安和不适应在滋长、在膨胀，他变得更加盲目和烦乱。

他一次一次地回到家乡去。

然而，家乡很多东西都已经远去，村子里空空荡荡，留下来的都是些“老弱病残”，和那荒芜的田园。

他问，都出去了？女的也都走出去了？

他们都抢着跟他说，年轻一点儿的，走得动的，都出去了。

他没有说话。

他只好又回到他不适应的那座城市里。

他在那座城市有一份人人羡慕的工作，还有一个美丽的妻子，妻子也是一个从农村出来的女孩。结婚前有一段时间，他很高兴，他跟她常讲一些从前的故事，她认真地听着。结婚后，一听他讲从前的故事，她就皱起了眉头。慢慢地，她再也不听了。

终于有一天，他命令自己：忘掉从前，闭嘴不说。但醒着时，他发现自己身体里有一种痛，隐隐地向四处弥散。只有在梦中，他才能回到从前，那些美丽的从前，他常常笑醒。醒来，常常到自家的花园里走走。有一天，他猛然抬头，看到了一朵花开得疼痛。

一个字的故乡

故乡是一篇干脆的散文。

她干脆得令人惊叹。常常是在故乡拔节的季节里，炒豆子一样，一个字一个字嘎嘣嘎嘣地跳出来。

故乡里最长最长的一个字是“等”，最深最深的一个字也是“等”。

等太阳爬上树梢，等月亮落到水里。等油菜开了花，等稻子抽了穗。等黑发染成白发，等背脊弯成弓犁。

你看，八太婆不还在村口那棵树下等吗？一棵小小的桃树等成枝繁叶茂的一棵老树。八太婆被抓了“壮丁”的崽还没回来。有人劝她，不要等了。她说：“等！等着等着就回来了。我常常看见村口的路尽头，有木娃欢蹦乱跳的身影……”有人替八太婆伤心，要是真等不着呢？八太婆先是一怔，继而喃喃自语：“等，就一定等得到！等过了，也算等到了。”

等到了，是一种胜利和满足；等过了，是一种踏实和美丽。等，不单单是等一个人，不仅仅是等一种结果，更重要的是用整个心在等。心与心的等待，超越时空，超越语言，比什么都重要。

故乡里最美最美的一个字是“怀”，最暖最暖的一个字也是“怀”。

高兴了，汉子们就开怀大笑，在火塘边，大碗大碗地喝着苞谷烧，咬着猪头肉。嫌不过瘾，干脆伸出手去抓，肉肥汪着哩，也把手弄肥滑了，晶亮晶亮地流着油，脑门上的汗一线一线地，从满脸的黑土地上流下来。火塘里的火，旺旺地，开怀地呼呼呼地笑。就是有个鸡零狗碎的事，乡里乡亲谁也不放在心上，袒露胸怀，总是检讨自家的不是。

姑娘开了怀，小伙喜癫了，欢快地追逐着，嬉戏着。山川田野上，走一路，笑一路，写下一路抒情的篇章。有过一回，让人美丽感动一生，一生再也难以忘怀。村里有个姑娘叫小芳，夜夜来到睡梦中，常常就在梦里笑醒。

是哪家的怀崽婆？她走在冬日午后的阳光里，把骄傲写在脸上，把碎花棉袄的前襟支起老高，昂起头，摸着肚，到处搭话，就是没人，遇见牛，也要“哞——呀”脆生生地喊一声。然后，腆着圆滚滚的大肚子，高高地倚坐在塘坎边老树下的木火桶上，叉开双腿，仰面撒手，大大方方的。她，就这么舒适躺在阳光的温床上，无限地遐想，阳光照得她那般幸福，那般美丽。她一起身，碎金碎银在她面颊上闪闪烁烁地旋着舞，酡红的脸上洋溢满足的笑容。

故乡开怀的日子，大多选在金色秋天的收获季节里，或者把欢乐陶醉在油亮亮香喷喷的腊月里。也许，他们的春天太忙碌，夏天太多情。

当村庄里的老师在全村最好的屋子里第一次把“怀”字解释成“孕”字，当这个老师要把村子里所有的娃都孕育成一张张最美的画图时，娃娃们一个个地记住了这个可以更多梦想的字。他们回到家，把这个字连同放飞的梦想一起说给了爹，讲给了隆起肚的娘听。但不管爹娘怎样费力，却总也说不好写不下这个他们早已深懂其中蕴含的字。

故乡里最怕最怕的一个字是“单”，最真最真的一个字也是“单”。

走山路，最好多凑几个人，一个人太单了。还记得，晚婆婆总在山路这头送走一起一起的过路人。白天，她定要过路的人先歇上一会儿，喝口水，呷杆烟，养足劲才走。晚上，给过往的行人点一个火把。这时，一律地说，不怕！你只管往前走，不要回头，我看着你走，我就站在你的身后，你就不觉得单了。

后来，我晓得晚爷爷有一天也是从山路这头走过去，再也没有走回来。晚婆婆哭得山摇地动，“一七”（七天）水米不进，一句话也不言语。后来，就常见晚婆婆唠叨：单，单了，要不是单了……

晚婆婆还常唠叨：啥都不怕，就怕单了。老鬼走了，我一个人，单了；老鬼在那头，就他一个，日夜里过，也太单。要走，总得一块走，手牵着手。想想，我要是先去了，又怕老鬼在世冷了单了。

晚婆婆终日除了在山路口等过往行人，还三不三（不时地）去垒起的黄土堆前，一坐一个晌午，陪那个老鬼。她在心里说：我来了，我来陪你了。不怕，看看，有我陪着你哩！细伢子总爱在晚婆婆陪坐的土堆前扯野葱。瞅见晚婆婆大半天大半天地木坐，忙摇动晚婆婆，问，晚太婆，你坐大半天了，有事儿吗？晚婆婆才缓缓地起了身，临走，一转身，丢下一句话：坟，它也怕单。

故乡的生生死死，故乡的情情爱爱，既不惊天，也不动地，就是这样平平淡淡。平平淡淡地生，平平淡淡地死，平平淡淡地述说着情和爱，平平淡淡地全灌注进一个单字。

故乡的文章里，要说的字还很多很多，都储存在我的脑袋里。动不动，就会一个一个地蹦出来。

故乡的山川土地，雄浑、肥沃、壮美无边。在乡人眼里，就不仅仅是山，就不仅仅是水，就不仅仅是地。是亲人，最亲最亲的人！是父亲，是母亲！

他们一个字就把人生说透，世间看穿。父亲是山，母亲是地。父亲的伟大都长在山上，母亲的慈爱都生在土里。

是的，他们再没有办法，故乡的字都是生长在父亲山母亲地的土壤中，一个字一个字都是打磨了几千年的。

一个字就是浓缩的一页历史，沉甸甸的。要读懂她，其实，什么也不用说，什么也不用做。要说，只轻轻地说一个想字，在梦里说了千万次的那个想字，他们绝不说现今到处都流行通用的那个爱字。一个想字，说起来很轻很轻，看起来很淡很淡，却要胜过浓浓的爱字千倍万倍。一辈子望穿秋水，日思夜想，行色匆匆，几千里路云和月，到头来，投到故乡的怀抱里，只会捧一抔黄土，贴着胸；掬一捧山泉，甜着心。

啊，故乡！回，回了，我回到你的身边来了！回，四四方方的两个方圈，大圈套小圈，不管走到何方，思想却在故乡，谁也走不出故乡的大圈子。记住一个回字，就能走准一生，方方正正地做人，做好人。来来去去，生生死死，无论贫穷和富有，得意或失意，风光也好无名也罢，都一样地走了一圈，回到原地，回到最后的安居地。一个回字，一生的体验，尽在不言中。

故乡，年年月月，日复一日，总是这样吝啬，吝啬到不肯多用一个字。

哦，我一个字的故乡！

阳光的味道

阳光下的奶奶，总是一脸阳光地坐在禾坪上，看着她那禾坪前的瓜蔓引蛇一般爬上瓜架，攀绕，慢慢地绿了一片，然后，一朵小黄花开了，又一朵小黄花开了。

不几天，那一朵朵好看的小黄花，一朵一朵地不见了。我找来找去，只见瓜架下凭空多了好多长长短短的青瓜，长者四五寸，短者二三寸，一律悬挂，如漫天挂满了纺锤和棒槌。

我在瓜架下走来走去，或看或摸，或量长短，或比画大小，或做上记号。忽然，我有一个惊人的发现，便向阳光下定坐着的奶奶箭般直飞去。我着急地问："奶奶，你看你看，为什么它一出生就满脸皱纹，疙里疙瘩？"

我双手捧上瓜伸到奶奶的眼皮底下，阳光下的青瓜原形毕露，却一点儿不害羞不怕生，安详无语。

奶奶呢？她也只是笑，边笑边摸那瓜，一遍又一遍。布满皱纹的瓜，竟在奶奶的手上很滑润，有光泽，好听话。

我从奶奶手上把瓜拿了过来，说，它肯定委屈。准是那一朵童谣花早早地谢了，它心里烦啊苦啊！

奶奶的笑僵了一下，我转瞬看见苦瓜的皱纹在她的脸上闪了一下。

我的猜想不久便得到了证实。奶奶摘下那瓜做菜，一片刚夹到我的嘴里，我就嚷了起来："苦，苦死了！"从此，我再也不肯吃苦瓜。

后来有一回，奶奶让一个红辣椒糖逼我就范。奶奶笑着看我，说："多呷几片，然后，回味回味看。"

奶奶手中的红辣椒糖在我眼前晃荡。我夹了一片又一片苦瓜，放在嘴里。我想那时我是闭了眼的。

味还是苦。当苦味渐渐淡去时，一种微凉并略带甘甜的味儿便升到了舌尖、口腔，随后就觉得清爽、痛快和惬意。肉厚脆甜，味道清香绵长。

奶奶还说，别看她有些苦，能除邪热，解劳乏。

我并不管奶奶说的，只是想着，这瓜，以苦味得名，能食能医，只是苦了它自己。

奶奶对苦瓜情有独钟，变着法儿给我烹调苦瓜：素炒如青菜，油煎如荤菜，还可熬成苦瓜瘦肉汤，鸡蛋炒苦瓜……最妙的要数苦瓜肉丸，将苦瓜切成一寸长的筒块，挖去瓜瓤，放入沸水中用旺火煮至半生时捞出滤干水分；再将瘦肉剁烂，加入葱花、盐，掺入薯粉，拌和作馅；把粉团肉馅塞入空心的苦瓜筒块中，再入油锅煎，待筒块两面的粉团肉馅略呈黄色时，掺入汤、姜、大蒜头一并煮熟，起锅前放盐与味精。苦瓜清凉，瘦肉鲜甜，色香味美。

此后，我更是日日都要去瓜架下看那些宝贝疙瘩了。奶奶依旧天天坐在阳光下的禾坪上。瓜架下的瓜一日日变大，青皮愈来愈黄了。

有一天，我看见了一条瓜裂开了很大的口，露出了里面的红瓤。我马上摘下，立马送到奶奶的面前。

奶奶随着裂口把瓜完全撕开，露出更多更漂亮的红瓤里子。奶奶撕了一块红瓤放到我的嘴里，笑着看我，说："你尝尝看。"我不敢大嚼，只是用舌头舔了一下，竟然，很甜！

我不禁替这瓜感叹：想不到，它在最后竟是以爆炸自己的方式来展示自己的鲜艳和甘甜！

我发觉自己在太阳光下迅速地成长，当然这成长从很大程度上取决于我在味道上的成长。我对味道愈来愈有感觉、经验了。

比如对苦瓜，我就慢慢体味出苦味之后，着实可去烦消渴通便，清心明目益气。更有感动处，苦瓜是苦的，情爱是苦的，人生是苦的，真正体味出，总会苦尽甘来。

许多年后，奶奶葬在了她的苦瓜架旁，那是一个阳光明媚的日子。

在那天，我才完完全全地知道奶奶是个苦了一辈子的人。她儿时父母早亡，八岁起给人做丫鬟帮工，后来嫁给地主做小老婆……

在大伙的印象中，奶奶总是坐在屋前的禾坪上，一脸阳光地招呼着来来往往认识与不认识的人们。搬个凳子，要你坐；端杯茶水，要你喝。带个东西捎个口信，她都代劳，且负责得很，从不出错。下雨天，她要借把雨伞给你；炎炎夏日，她要借顶草帽或斗笠给你，随你什么时候来还。碰上吃饭的时候，算你有口福，一定邀你入席。缺个油盐酱醋茶，娃儿读书还差几个学费钱，大多都找奶奶借……仿佛奶奶总是一个有说有笑的"观世音菩萨"，带给别人的尽是欢乐和甘甜。

那天我回到了老家，走在苦瓜架下，我看见一朵小黄花开了。

离开苦瓜架旁，我好像忽然听到一句：天燥热，来碗苦瓜拌稀饭！这是奶奶的声音，好亲切好温馨。

阳光故乡路

故乡的路程其实很近，却离我很远。

我站在笔直的水泥村道旁，望而却步。当俯下身来时，我看见成群结队的蚂蚁。顿时，我觉得自己渺小得就像一只蚂蚁，甚至还不如一只蚂蚁。它们也许小得只是一只蚂蚁，也许贱如草根，却总是无比的勤劳、团结和强大。潮湿温暖肥沃的土地，是它们的安身之处、立足之地、生命之本。你看看，一只只蚂蚁，总是一起工作，一起建筑巢穴，一起捕食。一个个，拉的拉，拽的拽，即使是一只超过它们体重百倍的螳螂或蚯蚓，也能被它们轻而易举地拖回巢中。它们尽管没有飞翔的翅膀，从低处爬行，但也能跃上树枝，登上高楼。

有一天，我读到美国学者吉姆·罗恩说过的一段话，他认为蚂蚁有令人惊讶的四部哲学。第一部：永不放弃；第二部：未雨绸缪；第三部：期待满怀；最后一部：竭尽全力。这是多么令人叹服的哲学！读完，我的心灵也为之一颤！

原本，我远不如一只蚂蚁。蚂蚁有很强的求生欲望，我们常常看见被水淹没的蚂蚁，它们总是努力地挣扎，拼命地爬上爬下，找寻生命的出口，脱离危险和困境。是的，热爱生命的蚂蚁启示我们，我们也应该热爱自己宝贵的生命。生命是短暂的，生命更是美好的。感受生命，珍爱生命，生命之花才会盛放出永不凋谢的花朵……

然而，小时候的我最讨厌蚂蚁。对于养蚕，我却很上心。奶奶常常抚摸着我，笑说我像一个蚕宝宝：白白的，肉肉的，胖胖的，嫩嫩的。奶奶见人就说，宝宝馋，宝宝蚕；馋宝宝，蚕宝宝，饱养蚕宝宝呢！奶奶还说我跟蚕宝宝一样，整日地吃了睡，睡了吃，养得白白胖胖，滑嫩光鲜。奶奶说，尽管那时候日子过得紧巴，一家人总是勒紧裤带省下来给我吃。奶奶还跟人说，养蚕宝宝跟养儿没有什么两样，都娇嫩得很，冷不得热不得。冷时，要用干柴干草给蚕宝宝取暖。这样，蚕宝宝才会长得快，长得好。

如奶奶说的一样，转眼间我也长大了。长大了的我来到了城里，来到城里的我似乎忘记了蚕的生长全过程。或许是我只记得饱养蚕宝宝的幸福和快乐，或许是奶奶没有跟我细说蚕长大后破茧成蝶的道理。其实，我应该早就知道的，只是孩童时的我贪玩，懵懵懂懂。及至我在学校里才学到这样的书本知识：长大了的蚕，过了一段时间后便开始蜕皮。约一天的时间，它不吃不睡也不动。蚕经过第一次蜕皮后，就是二龄幼虫。然后每蜕一次皮，就增加一岁。通常，蚕要蜕皮四次，成为五龄幼虫，才开始吐丝结茧。这时，五龄幼虫需要两天两夜的劳累，才能结成一个茧，并在茧中进行最为痛苦的最后一次脱皮，成为蛹。最后，蚕破茧而出约十天后，羽化成为蚕蛾，破茧而出，获得新生。

破茧成蝶，无疑是心灵的一处驿站，是生死轮回的一个美梦，是生命的一次复活，是人生的一种境界。为了美、为了自由、为了大爱、为了希望……蚕能破茧成蝶，况且人乎？于我来说，一切一切的困境和痛苦，又有什么可怕？！放眼望去，大地上到处都是一个个白茧，圆圆的、温润的，堆积如丘，阳光点点照耀着，晶莹透亮，光彩夺目，天地间一派幸福和梦幻。

静下心来，我猛然觉得：一个个白茧，是一处处安心的天地，无穷的丝是它对大地缕缕不绝的爱；一只只飞蝶，是一个个生命在绽放，梦想在放飞。我不禁感喟良多，唏嘘不已。

安静的时候读古人，发现古人高明睿智，佛心慧语。大诗人白居易感喟最多，在《初出城留别》中有“我生本无乡，心安是归处”，《种桃杏》中有“无论海角与天涯，大抵心安即是家”等语。东坡居士也说：“此心安处是吾乡。”

是的，大地永无乡，心安是吾乡。人在凡尘，不如意事十之八九，但常想一二，心存阳光，快乐相随。俄国历史上著名的探险家欧文·姆斯是第一个活着走出塔克拉玛干大沙漠的人。当人们追问其秘密时，他笑着回答：“心存阳光，你就是自己的神。”

我看到乡村最美最朴实的风景——女人和鸡。立马，我看到了从前的农村：一户户农家，最惹人喜爱处，就是一只只鸡的屁股。鸡是农家的宝贝，吃饭靠它，穿衣靠它，娃娃读书靠它，添置家什也靠它……一切的一切，都靠女人养鸡，从鸡屁股眼里抠出几个蛋钱。那时的农村，家家都要买几只小鸡仔养着。这样，女人心里才有底。女人身前身后，离不开跳上跳下啄食的鸡仔。在女人看来，自家的儿女也是一只只小鸡仔，养着，就有了盼头。如今的乡下，开销早已不是从前的模样，家家的小“鸡仔”也都走出门去，引吭高歌，唱响生活。唯一不变的是，在家的女人还是那样拢养着鸡，晒着和煦的阳光，怀想着从前。

我沿着小溪走出村庄，小溪还是那样缓缓地流淌，悠悠地哼唱，阳光一点儿一点儿地追赶着，一路走走停停，听小溪不停地歌唱。看行云流水，看春光点点，看万物淡然……远处，有三两孩童骑在牛背上，一个个悠然自得，大声地念诵着《三字经》：“……犬守夜，鸡司晨。苟不学，曷为人。蚕吐丝，蜂酿蜜。人不学，不如物……”带着晚霞一起回家。他们的背后是绵延的大山，安宁而又平和。

山坡上的云朵

外面下着雨，先是淅淅沥沥的，不一会儿就凶猛起来，而且不依不饶。

我的心情被雨淋得坏透了。

我无由地想家了。一刻也不停留，我要立马飞回家去。我好想好想捧几口家乡甜沁沁的井水喝，尝新几棵家乡鲜嫩嫩翠绿的菜蔬，来几碗家乡沉甸甸实实的五谷杂粮。

朦朦胧胧中我于是回到了久别的乡下老家——善塘小村。

我飞快地穿过田野，走上土坝，爬上山坡——岩脑上，遁入我心灵中那一个永恒的风景里。

我在那里放过羊。 我一生受了羊太多的影响，我的身上有太多羊的影子。

我至今还记得那些羊的样子：山坡上，满坡满坡的羊，如朵朵的白云时聚时散，奔跑着，追逐着。我躺在青青的草地上，厚厚的，绵软软毛茸茸的，像层层的地毯。我仰面看天，好个蓝莹莹的天！四周，遍地是羊，是花，是草，是和风，是阳光，是温馨。我不能不想到一个字——美！我在草上一笔一笔地划着，啊，美，是羊大！呵，好个羊大！我等着羊一天天地长大，娘也等着羊一天天地长大。羊大了，我就可以上学了。娘说。我憧憬着羊大的日子。我放羊一天比一天早，我放羊一天比一天勤快。羊其实不要管，不乱走，就围着山坡找草吃。况且，羊胆小怕事，都一群群地在一起，同吃同喝同宿同乐。我一天比一天起得早，起来了，就一只一只地把羊牵出来，一遍一遍地擦洗它全身。然后打来清水喂羊。羊太爱干净了，不像牛或狗，只要有水，就饱饱地喝个够，哪管你浑水浊水坏水臭水。就是吃草，一丛青草间或杂有一两根枯草，羊只沾青草的边，一两根枯草仍孤孤地落在那里。羊又温驯得要命。我只要每回受了委屈或者家里头有了烦心事，我就看看羊，羊像懂事的孩子，灵性得很，一双眼睛温驯地看着我，一步一步地向我走来。我常和羊长长久久地对看着，然后再去摸摸它柔驯的羊毛，靠靠它温暖的身子。一下子，心情再坏，也会好起来；事情再难，说过去就过去。

我与羊在一起的日子，真是很美的时光。

我想，我不可能离开羊。

事实上，我不可能不离开羊。后来，我知道娘最大的愿望就是等羊大的时候，让我早日离开羊。

我离开羊的时候，真是羊大的时候。我离开羊的时候，我看到了清水里的一把刀子，那刀子好长好长，明晃晃的，白得耀眼。羊“咩”地一声，其音短促，极是悲怆痛心。我看到，羊前腿一弯，跪了下来，我看到，羊晶莹的眼里落下一行行珍珠。我几乎是跳了过去，喊着：我不去读书——

但是，一把红艳艳的长刀已抽出来了。

我眼睁睁地看着手持长刀的人，我愤怒地说：你是狼！顿了一下，又喊着：一只恶狼！那个手持长刀的人看着我，有点儿莫名其妙。

娘说我，你迟早要离开羊要离开娘的！

我却说，羊羔是离不开母羊的。

我真的不想。三十年后，我还是不想。我说我一辈子是离不开羊离不开娘了！

我到底没能一辈子跟着羊。

跟着羊一辈子的是太山叔。

我说我这回回来，是要去看看太山叔。太山叔一生未娶，早年间一直帮着我家里操持地里田里。

我说我想太山叔了。

太山叔说，是想羊了么？

我一步一步地走近羊，走进阳光和温馨。我双手一下一下地摸着羊，羊毛还是那般柔驯，羊的身上也仍然温暖如昨。

太山叔递一根旱烟过来，我竟接着，并就着燃旺的火柴点起来。尽管我三十多年来从未点过烟。

太山叔问，是不是不顺了？

我一怔。

我竟把烟圈吐得一圈一圈的，团团的烟雾笼罩在我的头上，总也散不开。

我看着身边的羊，我说，我像一只羊。

又说，有太多的人像羊。

我还说，我不想回城里去了。

太山叔说，你是不是怕狼了？

太山叔看我的眼光很锐利，定定地刺着我。

太山叔又说，真枉费你还看了那几年羊？！

我说，我真不想回到那个饲养场中去。我一张口，竟把城里我那个小世界当作饲养场。

我说，羊多了，只怕是肥了狼。

太山叔说，一只羊是放，一群也是赶。

我说，那狼呢？

太山叔却说，到哪都有狼。

不过，太山叔又说，狼终归是狼！它太凶狠太贪婪，并不见得几多可怕。

他又指着心口，说，怕只怕你先在这儿怕了。

我说，我要做一只好羊。

我说，我会和太多像羊的人一起来对付狼。

我说，我一定在心中放着羊。太山叔说，你到底是看过羊的！

我看着眼前的太山叔，说，叔，你老了，瘦了。

太山叔却一边去看跟前的羊群，一边好像在回：嗨，哪有不老的？老羊羸瘦小羊肥吧！

……

我缓缓地走下山坡。

此时，雨早停，天忽然放起晴来，群山尽洗，田野新绿。我不禁美美地吸了口气，清新爽口，甜丝丝的！顿时，我一身轻松，通体舒泰。

我一回头，山坡上，一只一只白羊，如朵朵的白云。从这朵云到那朵云，总是那样悠闲，那样纯洁，那样亲情，那般美丽。这时，太阳光一缕一缕地落下来，先是笼了山坡上的羊们一身的光辉。接着扩散开来，整个山坡都染了一坡橘黄，慢慢地，橘黄的山坡又幻化成一片朱红。我忽然看见太山叔和一只老羊一动不动立在场部的屋檐下，他们抖着胡子，好像进入了无限优美的沉思之中。

我无比地感叹，真的好美，好动人！

辑二／乡村之光

声　　响

最近的几年，我一回去，母亲就跟我说：你奶奶不知怎么的了？一到夜里，她总要生出好多好多无由无端的声响来，一整夜一整夜地不歇。

那一晚，我就睡在奶奶卧房的隔壁。房子中间只隔一扇木板墙，木板许是年代久远了，看上去很单薄很陈旧，木板之间的缝隙都大开着口。奶奶不呷夜饭，早早地上床睡了，灯也不开。我也熄了灯，躺在床上，我能感觉到奶奶的鼻息和呵气，还有夜空中弥漫着米汤、南瓜粥和烤红薯的气息。我想，今夜，我会拥有难得的温馨与酣睡了。

不一会儿，窸窸窣窣，窸窸窣窣。是不是我睡的房子里有老鼠？我一向怕老鼠，一下，我立坐了起来，忙扯亮了灯，什么都没有。我下意识地感觉到是奶奶那边弄出的声响。我侧耳细听，猜测奶奶是在整理爷爷早年留给她的信件。为了不让奶奶觉察，我熄了灯，借着手机的微光从墙缝裂口看过去，果然不错。

今夜，无灯寂静的深夜，无声漂浮的夜色之海上。奶奶看得见那些信么？看得见过去那些莺飞草长的日子么？看得见那字里行间涌动出来的情感波涛么？窸窸窣窣，窸窸窣窣的响声，在黑夜里，在夜的黑里，在黑沉沉的漫漫长夜里，是那样的近，又是那样的远。

奶奶那边的响声在继续在变幻。那声响，或高或低，或长或短，或急促或舒缓，或脆响或沉闷，或细密或松散……

我随着声响完完全全走向一个崭新的世界。小时候，奶奶说我老鼠大的胆子，要不得，要历练！不历练怎么行？你一生要走的路长得很，还要走山路还要走夜路呢？她先是有意无意地让我一个人走路。我一个人走路的次数多了，也不那样怕了。

我第一次一个人走夜路，是在上初中的那一年。上初中要去公社所在地——柳山中学，六里路有四里山路，山路的一边是岩坎，几丈多深，看一眼，令人不寒而栗。每天上学，天不亮五点钟起床，吃了饭毛毛亮就出发了。去时，我们村子里三个人结伴，大人们还要把我们送到山那边。回来时，我们乡里的中学放学放得早，一般是下午三点钟，我们三个人结伴蹦蹦跳跳就走在回家的山路上了。可是有一天我参加学校的地区数学选拔赛，村子里的另外两个人没有资格参加，他们那天不要去上学。那天早晨，奶奶特意为我打了两个荷包蛋，还有一个肥肥的大鸡腿哩。我吃了饭早早地出发，是奶奶送我的，一直送到了山那边。那天老师重视得很，上午四节课抄了满满四大黑板的复习题要我们做。下午才是正式的考试，题目多得很，考试时间三个小时。题目难，但我还是能够对付，虽然不是自己想象的那样轻松，但看看其他的同学一个个咬着钢笔，我还是觉得胜券在握。我以往总是不认真地检查，早早地交了卷，总落下了一些遗憾。这回，我吸取了教训。一直检查到交卷钟响，我才满意地踏出教室的门。

走在回家的路上，我很是得意和欢快。满山的野杜鹃竞相盛开着，远远地看去，如花的海洋，有风吹起，波涛翻腾，笑语阵阵。再换一个角度，哇，看——山姑娘穿着多么时新艳丽的衣衫和裙子，抻抻衣衫，抖动裙子，她是多么的得意！我奔走在花丛中，疑是自己也成了万千蝴蝶中的一只，扑翅飞翔，从一朵花到一朵花，我追逐着醉人的芳香。

天渐渐地暗下来了，我没有丝毫的在意。一直暗到我头顶的高度时，我才清醒过来。脑袋里嗡的一声：天黑了，我还要回家！我几乎是同时哭出声来：天黑了，我怎么回家？天黑了，我怎么回家？我不知是在问自己，还是在问我的奶奶。但奶奶没有来，我只有一个人回家，我只能一个人回家了……一路上，我几乎是边走边跑，边喊边哭。一大束一大束鲜艳的杜鹃花，被我丢在了地上。走着走着，走进了山路的深处，走进了夜的黑里。我一个人，整个山路上只有我一个人，满山的鸟雀走兽不见弄出丝毫的声响。只有我的哭音，我轻轻的脚步声，还有我心跳的咚咚声。我怕，无比的怕，我不时地回过头去。我怕有人追上我，猛兽、强盗、怪物、厉鬼……反正，此时所有怕人的东西我都想到了，所有最坏的后果我也都无可救药地想到了。但也就在此刻，我想到了奶奶，想到了奶奶说过的话。我一遍一遍地对自己说：生出声响来，生出声响来……我要生出声响来！我要生出声响来——我大声地说着话，跟奶奶说，跟妈妈说，跟老师说，跟同学说，自个儿跟自个儿说，我一问一答，我不知道自己在说什么但我晓得自己的嘴巴一直在不停地说着；我大声地唱着歌，唱《我爱北京天安门》，唱《丢手绢》，唱《我在马路上捡到一分钱》……我拍胸脯拍得嘭嘭响，我觉得一拍一拍，浑身长了胆似的；我又把手甩得哗啦啦响，大踏步地走、半走半跑、一路狂跑，我的脚拍打着每一寸山路，两脚用力地跺地，啪啪地响个不停；我还把手紧紧地握成拳头，握得手心里流汗，捏得指骨头一节一节地毕剥毕剥作响，我知道我的力量还在，在滋长……一路走着，我始终都有一个信念：走，走，走，走过去就是家了！家里有奶奶，家里有红彤彤的煤油灯，家里有烤得喷香的红薯，间或还有两个荷包蛋，浮在油汪汪热腾腾的汤碗里。

我走到山那边的大路上，奶奶提着一盏马灯屹立在路口，笑吟吟地看着我。按常规，我应该是一路狂奔扑向奶奶的怀抱，如一艘风吹雨打的小船驶向平安的港湾。我却和奶奶距一丈远远远地站着，如船桅立在夜色之海上。奶奶打量着我，眼睛里闪过一丝不易察觉的东西，但最后是赞许的神情，让我忘掉刚刚过去的一切。

以后，这样那样的夜路，我走过了很多次。

路走得多了，对于声响，我有了更多更清醒的认识和思考。

放眼看看，看看我们的乡村，看看我们的乡民吧。那大碗喝酒的场面，最让人激动的是几只大瓷碗响亮地碰在一起，碰出那声清脆的响声，碰出亲情友情的火花。就是那爱情胜火的农家小两口，还要时不时摔个锅碗瓢盆响，来为爱情伴奏，来为生活添味。一塘死水里，哪个小孩子丢下一颗小石子的声响，立即荡开了一片春天和童趣的天地。那春水回环春气弥漫时谷种发芽拱出一两片新绿时的声音，还有那斥牛的长鞭在空中噼啪爆响，那都是生命的声音和力量。干渴的田地里水流的声响，一大片一大片无边的金黄色海洋中的稻涛阵阵，那是在为土地母亲输血为丰收加油为成功鼓掌。那节日喜庆里竞赛的炮响，那是声声祝贺，那是串串笑声，那是个个脸上绽开醉人的花朵……

你只要见过这样的场面，你只要听过这样的声响，你就一定会感觉到：声响是最动人的旋律，声响是最美丽的花朵，声响是最清澈的井水，声响是最香甜的年糕，声响是最令人振奋的力量，声响是最辉煌的火花；是我们的乡村，是我们的乡民，是我们的童年，给了我们这样最朴素最本真的哲理。

如果有一天我们听不到令人心动的声响，或者有一天我们已经懒得生出一丝声响的时候，无疑，那时我们的乡村正在消逝，消逝的还有好多好多给我们温暖让我们怀念的东西。但消逝的乡村那些宝贵的东西只要永远地留在我们的心里生响，我们和我们的世界里就再也不会有黑夜。

生响生响生响生响生响。

生响就是将不败的花朵绽放在我们每一个人的生命深处，有声有色，多彩多姿。

乡村之光

小时候，早晨，吱呀一声，推开厚重的木门，乡村的第一缕光亮照进我们的生活。奶奶摸着我的小脑袋，对着这一天一地光的世界，说：生活一天天开始，人一寸寸长高，事理一点点明了。奶奶说，有光了，人心里头每个角落就亮堂了，才会有底，讲话做事、待人接物、立身处世就不会乱了方寸。

故乡的晨曦里，出发是宁静和美丽的事情，也是生命的最好展示。我们一班“细把戏”不紧不慢地赶着牛，牛追着晨曦，田野渐渐苏醒，露珠晶莹剔透，在叶子上打着滚，我们走在绚丽动人的图画中。大人们好像蓄了一晚的力量，有意弄出一世界的声响，一个个很精神地擎着锄头，或扛着犁耙，或挑着肥料，或掮着禾桶，啪嗒啪嗒，一脚一脚踏在厚实的土地上，走向广袤田野的深处。

奶奶这个时候总是早早地起了床，一脸的笑，端坐在荷塘边的木椅上，看清晨之光渐渐明亮，黑暗渐渐消退，大地上的万物正在苏醒。和从身边经过的男男女女老老少少一个个打着招呼，奶奶总是乐呵呵地说，早呢，好呢。起得早，捡块宝！大伙就笑，有打哈哈的，也有笑着应和奶奶的：承奶奶贵言。现在想起来，奶奶的笑，有如晨曦的光，甚至还美，美得真实，美得简单，美得回味无穷。

太阳落了是月亮，月亮睡了又见光亮。冬天去了，春天总会来的。

在每个桃花夭夭的春天，我和奶奶还有一个小秘密，好多年了，仍旧藏在桃树上。一到春天，奶奶总要久久摸着我的头，自言自语：嗯，高了。嗯，高了！然后，牵我到门前的桃树下，比画着。要我站直了，贴着我的头，拿把柴刀在树身上划一横。她一脸春光，呵呵笑着说：过了年，奶奶瘦一圈，树高一轮，伟宝又长一尺了。

奶奶划过的印记，一次比一次高，一次比一次更用心。每当这时候，奶奶总是笑，笑得很开心。笑过之后，也好几次有过一丝不易察觉的忧伤。

有一天，恍惚间，我看见桃树幻化成奶奶，身上带着一道道的伤痕，却仍旧笔直地站着，遮风挡雨。树上那一道一道的印记，越来越清晰，令人战栗和悲伤。一棵桃树上的印记，记录着生命的年龄和悲喜，喻示着人生的成长和丰富。

生长如光，生命如树。我大了，桃树高了，奶奶老了。奶奶立在我的眼前，竟立成了一棵干枯的桃树。

奶奶说，细把戏一个个要趁着头上的那支光，往高里长，朝天上飞。我们一个个都往头上去摸，摸不着，问奶奶。奶奶说，额头的正中，热不热？有点儿热，就是了，那儿有灵光！大伙再摸，果真温热，仿佛灵光来了，飞回家，告诉爹娘，要上学。爹娘早听了奶奶的劝，正打算把娃儿们送去学堂，好早早地飞上枝头呢。

大队没有像样的教室，把一个好好的榨油坊改装了。那些年，大队用传统的木榨香油，“嘿哟嘿哟”的榨油号子低沉有力、撩拨心弦，黄灿灿清亮亮的香油扯线般流个不停，尤其那股浓郁醇香的香油味，袅袅婷婷缠绕在村庄的上空，久久不散，润泽着我们饥饿的岁月和干瘦的村庄。

那一回，大队部是下了大力的，那些油光发亮厚厚的榨木和宽宽的木门，他们毫不心痛，拆下来做了我们上课用的黑板和课桌椅。课堂上，一个个白色的方块粉笔字，是我们眼前的一片光明，指引着我们一路探秘，一路向前。老师在讲台上讲：乡村只要有知识的光，孩子们的心灵就不会暗；乡村只要有孩子们的心灵之光，就不会孤独。那时，我们不懂。不过我想，大人们是懂的，老师是懂的，奶奶是懂的。

夜晚走山路，举一个火把，心里亮堂堂。奶奶站在进山的路口，把火把递给一个个认识不认识的过路人，高声地长长地大喊一声，给人壮胆，给人热情，给人力量。奶奶总是说，心里亮堂堂，你的夜就不会黑；心里亮堂堂，黑的世界也会渐渐白。乡里乡亲，熟人朋友，认识不认识的，走我们那儿的山路，都随时找得到火把。就是一下子找不到人，进山路口的树上总是事先预备有火把、柴火和火柴。冻了时，先烧点柴火暖暖身，再“哟嗬哟嗬”大喊一声进山，保管隔老远的村子里总会有人替你长长地应和一声。

难怪，好多年后，外乡人总还赞说不已，说我们善塘村的人，善良、热情、有情有义。善心如光，照亮人前行；情义无价，相逢月下笑。

懂了，这个时候也许是真懂了。懂得爹娘的真情目光，懂得老人的智慧眼光，看懂乡村的大爱阳光，读懂乡村的美好月光，年轻人才算真正长大了。然后，带着爹娘的目光、老人的眼光和乡村的日光月光，不管南在南方，不管北在北方，不管海角天涯，不管夜有多黑，不管路有多长，总能够走向成功的彼岸，探询生命的真谛。

乡村的光，看得见，摸得着，有声响，有色彩，甚至还像人一样，有情感，有道义，有生命。

我记起一首歌有这么几句："正道的光照在了大地上/把每个黑暗的地方全部都照亮/坦荡是光/像男儿的胸膛/有无穷的力量如此的坚强。"那令人振奋的旋律，让我无比动情，让我憧憬无限。

我猛然醒悟，这么些年，自己总是一次次回到故乡去，在故乡的土地上走走，在故乡的星空下望望，在故乡的阳光中翻晒，在故乡的晨曦里看着生命出发……只有在这里，我才能自由畅快地呼吸乡村的光，然后能够"有无穷的力量如此的坚强"回到城市深沉的夜中去。

明月乡关何处

不管是谁，在父母面前都是长不大的小孩；无论走多远，在内心深处故乡总是那样美好淳朴、鲜活如初。

于是，你总是在早晨的一片清爽和憧憬中，一遍一遍地忆起草长的故乡。

近了，故乡！鸡刚叫过头遍，“吱呀”一声门开，晨曦的一片乳白中开始了一天的生机，渐趋清晰亮着一星火光的地方，一位老者弄出“吧嗒吧嗒”的声响，旁边忠实地立着一头老黄狗。老者凝神望一会儿门前的老树，静静地听着屋侧缓缓流淌的溪水声。

那是一条通往村外抵达希望的小路，那是一棵缀满思念和爱意的桃树，那是一口蓄满伤悲的水塘……

你的眼中，有一位妇女常爱定定地站在桃树旁，千万遍抚摸桃树枝丫，千万次念叨着她的儿女。那条通往村外的小路成了一条丝线，一头牵着思儿的母亲，一头系着念母的儿女。

你看见，那小小儿走了，从祖辈父辈深深的脚印里走过，从祖辈父辈岁月刻成的刀痕里走过，从祖母母亲蓄满悲伤的眼神中走过，从祖母母亲总说不完的故事中走过……

在异乡，小小儿常痴痴地眺望故乡那轮皓月。思念成风，明月之上，田野之中，大片大片的菜花黄，小小儿闻到了淡淡的菜花香，听见浅浅的流水声和染绿了的乡音。

在月光皎皎的夜晚，小小儿老是唱起那首《弯弯的月亮》："遥远的夜空，有一个弯弯的月亮。弯弯的月亮下面，是那弯弯的小桥……"每回唱到"歌声随风飘，飘到我的脸上。脸上淌着泪，像那条弯弯的河水……"你早已泣不成声，泪湿衣襟。是啊，故乡的月亮，今生今世，她那弯弯的忧伤穿透你的胸膛。

哪怕是秋天，落叶的秋天。恋土的情结熟透了，定会在一地金黄的秋色里慢慢发酵，弥漫开去，是那样浓烈飘香。一下，醉了田地，醉了山岗，醉了乡亲。那时，你太小，常跟着一班小伙伴去捡稻穗，每捡着一根橘黄色的稻穗，便要放在鼻子边嗅嗅，一嗅，就感到自己微微地醉了。多年以来，你还是这样，在自己心上总是存放着一个秋天。常常在"三五明月满"时，一个人安然地翻出那一地金黄的秋色，让自己一次一次醉倒在故乡的明月中。

一到冬天，你总是希望每年的第一场雪来得早一些。你看着最后一片飘落的黄叶，像一只飞来飞去的蝴蝶，在白雪飘飞的季节里摇曳。扎羊角辫的小姑娘身着厚厚的大红棉袄，一团火一样欢蹦乱跳在洁白的世界里，叫喊着你的名字，是那样的温暖和火热。

于是，你总在聒赚喧嚣的尘世中，想寻得一份清静、平淡和幸福。于是，你总感到世界是多么的阳光，总想象着事情的美好、世人的善良，你总相信美在世间爱在人间。

你就这样在等待中抛洒青春和热血，乡愁如鸦片一样滋长。家人常说，这年代你还这么“绵羊”，这时候你总是缄默，你又想起魂牵梦萦的美丽村庄，那一地的菜花黄，那冉冉升起的一轮明月，那悠悠的小船，那一片飘落的黄叶，那一根橘黄色的稻穗……

几回回梦里见到——蜿蜒起伏的大山，清清流淌的小溪，长在水田里青青的秧苗，躺在草丛中的憨态大冬瓜，还有老屋檐下飞出的小麻雀和总在村头晒太阳的老黄狗……一壑壑翠谷，一片片绿野，起伏之间，风景如画。几碗简简单单的家常小菜，一杯清茶，一碗米酒，边饮边叙，边吃边谈，就在这饮谈之间，你再一次重温了儿时的美好时光：摸田螺，睡草垛，烘火桶，捉蝴蝶，采山茶花……还有那在月光笼罩下的一夜的清凉和舒畅。

其实，不管是穷日子还是富日子，不管是大日子还是小日子，日子尽如流水，你知道只要心中有明月，你的世界里总是月华满地。一个“乡”字，香了你的世界。乡村，乡俗，乡情，乡音，乡景，乡人，乡思，古朴悠然，令人沉醉。于你来说，这一切不能不说是一种幸福，一种润泽心肺的真正的幸福！

你知道，余光中那隔海相望的乡愁，一点一点打湿了心中的纸月亮。你知道，那不死的乡愁，那心灵的故乡是你灵魂再生的源头活水，远胜汪洋。

于是，你紧紧地握住手中那只细弱无力的笔，感觉很沉很沉，犹如乡民手中那双讨吃的筷子，那柄刨食的锄头。于是，你笔端冒出的一蔸蔸禾苗、一棵棵菜蔬，就像是从泥土里生长出来的，嫩绿不断。

是啊，顾影人老清风瘦，望乡草长明月长。

转眼间，你这个小小儿也老了。老到这么一天，你终于懂得——停下就是故乡，明月就是憩园。

望　乡　曲

离家多年，我还是一口乡音土语。想想，这是土疙瘩里生成、母亲奶大的，无法改了。老家的乡音土语就像年糕一样，总是那样香喷喷、甜津津、黏糊糊的，早把我的魂勾走了。只要老家一声召唤，我便如风如鸟般，来来去去。

“挂青”了！我急急地往家赶。扫完坟，正想往车子里钻，村子里一大群乡亲早把车子围了个水泄不通，都说：“歇一夜，还是歇一夜吧！”

歇就歇，忙碌在外的我早想歇了。肩上掮的东西太沉，老牛驮的犁耙太久，也是要歇一歇的。歇一下，安顿好心灵，再走再驮，就不一样了。

我这样想着的时候，晚奶奶递过来一个大大的搪瓷缸，说：“喝口水，润润喉，活络活络全身吧。水是好东西！水过来了，田也就肥了。

水去了，再肥的田，也长不出好庄稼来。”

我晓得晚奶奶唠唠叨叨是悲苦，是高兴，她把田地看作乡村的身板。以往，缺水的乡村，总是颜色不上，结实不起，站立不住。好在如今的田地春风吹绿了，乡村也被雨水滋润着。

晚奶奶撒了一把米粒在地上，几只鸭子“嘎嘎嘎”上前来抢食。对门不远处，三娘土砖屋前的石头门槛上趴着只老黄狗。我走过去，那只老黄狗一下子立起来了，围着我嗅，摇摇尾巴又趴下了。

三娘的屋，矮塌塌的，三个垛子的土砖屋。“哐当”一声，门板开了。走出来的三娘手上提了一个药罐子，热气腾腾。三娘看到我，一下子窘迫极了。脸上忙堆出几丝笑，看看药，看看我，再看看药，说了句“煎熬呢”，再无话。这时，里屋的三伯轻轻地“唉”了一声。三娘转身，和着一团药气飘到里屋去了。

我不愿进到里屋去，听娘讲，里屋的三伯躺在床上三年多了。听娘讲，三娘一门心思图省钱，美其名曰“亲上加亲”，娶了她娘家老兄的女娃做儿媳妇，生了个残疾的女娃。三娘硬逼着再生，终是添了个带把的崽，却咿咿呀呀说不清话。又躲“计划生育”，终年流落在外头。我站在外屋中央，看见正中的四方桌上摆着一只蓝花大瓷碗，上面倒扣了一只印着红双喜字的小瓷碗。我揭下上面那只小碗，发现大碗里有呷剩的干盐菜，黑黑的、枯枯的，委屈地贴在碗底。我站着没动，时间和思绪也跟着我站在了那里不动，只觉有一个声音绵绵不断地响在耳边：“煎熬呢！煎熬呢！煎熬呢……”我掏出一百元钱，把它扣在那只小瓷碗的下面。

我走进院子中间。乡村里家家的大门都不上锁，半敞着。也许正是如此，乡亲们的心门都不上锁。

他们一个个停下手中的活计，看着我说：“伟宝呀，连走路的姿势都跟六爷（即我父亲）像得不得了。”我看了看自己的身材，有点儿好笑。正笑时，有人催地上打陀螺的娃儿：“小十六喊十爷！”又回过头来告诉我，“你家琨宝排十四哩！”

我知道，不管把自己当成什么人物，在老家都不顶用。就像父亲、我和我的琨儿，在老家早已被排了座次，不过是老六、中十和小十四这三个符号。就像那个在地上飞速旋转的陀螺，总是不停，却一直在原地。想想，自己的刻意和聪明实在可笑。乡村，只有乡村才是一种大智慧、大宽容，只有乡村才证明了我真正的存在，存在也是一种拥有。

我说，想去老背巅山上看看。其实，我看山的愿望并不强烈，只是缓缓地一路游逛。慢慢地，我已经上到了一个小山坡旁边。一群孩子正在山坡上看牛。一个小孩“哦——哦——哦——”地对着山那边喊，山那边像有个人似的，“哦——哦——哦——”地回应着。

我完全沉浸在这一片欢快的海洋中。是啊，真正的快乐只能在乡村中找到，只能在童年里拥有。拥有行使快乐的权力才是人世间最大的权力！一下子，我竟然找寻到多年来一直要找的东西。

一路脚步轻松，老背巅山不一会儿就到了。我踏着软绵绵的陈腐落叶，一步步地往山腹中走去。这就是我家的山吗？父亲多次跟我讲，他百年后要埋到自家的山上。乡里乡亲每回到城里见了我，总是说：“要回来喽。呷饭离不开老屋场，升天离不了老祖坟！”我只是“嗯嗯”地应着，并不探究其间的奥义。

我选了一块晒垫宽的地方，撒手叉脚地躺上去。我闭上眼，四周一片寂静。不知睡了多久，忘记了世间的一切烦躁和喧闹，这真是一块难觅的清静之地！我正待往下想时，忽地，有一句话“嘭”的一声掉在我的面前：“挣到底，不就是一块晒垫宽的地方！”这是一贯少言少语的晚爷爷爱讲的一句话。人世的复杂，生命的深度，原本如此。

回到家，天早已黑了。吃过饭，再一家家去送还乡亲们给我的腊肉、血粑、香肠、米酒、鸡蛋、红薯粉、糯米粑粑……推推搡搡，硬是推搡不掉。我说我领情了还不行吗？他们说：“你接着，我们才放得下心。”我说，也要不了这么多。他们就说：“又不值钱，又不害人。”送了半夜，送来送去，我的行囊又重了一些。

后半夜时，一两声狗吠骤然而起，之后一串忧郁的二胡声在夜空中深情地徜徉，继而，在夜的黑暗中呜咽。我抬起头，大伯大娘也抬起头。许久，大娘讲：“你中宝叔真叫人心碎哩！唉，还不是一个穷字……”大娘边讲边用手抹眼泪。大娘和我讲了中宝叔那个深藏在箱底的蝴蝶结的故事。

那晚，我美美地睡了一觉。梦到那个漂亮的蝴蝶结。梦到蝴蝶结变成了一只真正的花蝴蝶，飞到老背巅山上那块晒垫宽的草地上，看到蝴蝶翅膀上的美丽花纹如一行行书写的爱情宣言。梦到那草地上仰面躺着两个人，看着闪闪烁烁投下来的金币般的光斑，四周堆满了鲜花……我的美梦，为中宝叔，也为我自己。我们不得不相信：忠贞的爱情，其实意味着对美好梦想的守望。

漆黑的夜晚，许多人家的鸡窝里，母鸡在带血丝的鸡蛋上孵出一窝小鸡。鸡生蛋，蛋孵出鸡，代代传下去，乡村也就热闹了。

我一早起了床，心想“早早起，捡财喜”。五伯早在堂屋里把农具一字摆开：锄头、灰筛、扁担、犁、耙、牛鞅、镰刀……先是扯一把稻草，用手揉搓，再一遍遍地擦洗那些农具，然后“梆梆”地这儿敲敲那儿敲敲，该紧的紧，该松的松，五伯十分细心地整理着一件件农具，以至于我站在他身后好久，他都没有发现我。我喊：“五伯，早啊！”蹲在地上的五伯抬起头，问我：“出发了？”五伯在老家是多读了些书，但问我何时往城里去，用了“出发”这两个字，我还是感到不习惯。我下意识地重复了一句：“出发？”五伯以为我在问他，他接过话来：“是喽。天也暖和了，人也攒足了劲。看看，家伙们一个个排好了队，等着我带它们出发哩！”它们也出发？我到底没有问出声，眼睛已是惊得老大。

我问五伯：“还看书吗？”五伯说：“也看，也不看。再说，要想看，乡村旮旮旯旯儿哪儿不是书？比如说，你眼前的这些家伙，就是一个个文字和符号。”我死劲儿地往眼前的农具堆里瞧，可实在瞧不出什么。我求助地望着五伯。五伯说：“亏你还是个读书人呢！你想想，镰刀不是一个问号吗？”我一下子得到启发：“哦，哦，锄头是顿号，灰筛是句号，扁担是破折号，耙是省略号……牛鞅呢？”五伯满意地点点头，把牛鞅拾起来，套在自己的肩上，说：“看，像不像个书名号？”我看着驼背的五伯套着牛鞅站在那里，眼里滚落一粒东西，忙抬头去看远方，远方一声长长的车鸣响起。

我走了，揣上一个土语的乡村上路了。

“一两星星二两月，三两清风四两云……”我念叨着一首童谣。泪眼蒙眬中，怎么走我也走不出我的土语之乡。

进得祠堂

我一直笃信：祠堂，是大地上鲜活的遗存，是正宗的中国“国粹”，是一方方最独特的“中国印”。

在那里，我们黄皮肤的中国人，都能寻找到我们的根，都能看到自己的“胎记”。无疑，祠堂是存放我们乡愁的陈列馆，是安放我们灵魂的栖息地。

一座祠堂，就像一位母亲，虽历尽沧桑，却总是天下儿女向往的地方。在那里，有先前的风气，有我们的老规矩；在那里，供奉着祖先牌位，供奉着天地人的大道理；在那里，血脉绵延，传承赓续，生生不息。

祠堂，往往建在风水宝地上，背后必须要有“靠山”，以山冈作为屏障，四周往往有几棵、十几棵参天古树簇拥，祠堂周围都是同姓人家聚族而居的血缘村落。

走进祠堂，仿佛感觉到先人说过的家常话和他们熟悉的脚步声，还有他们的喜怒哀乐甚至他们的心跳呼吸之声，都散布在祠堂的每个角落里，这一切充满了家的味道。抬起头，一股股草木的清香随风入窗，顿时萦绕着我，包裹着我，浸润着我。祠堂的院门上往往都赫然刻着：宗功祖德流芳远，子孝孙贤世泽长。在这里，品质和德行是最当紧的，比什么都重要。我想，这需要一种传承，更期待一种希望。一直以来，耕读传家，清白明世，都是我们必须谨遵的家训和深刻领会的要义。

走在祠堂中，我常常迷恋于一种生活的气息。孩童时代最初的朦胧记忆在祠堂里显现：在偌大的祠堂里跳田、玩耍、捉迷藏，在青石板、鹅卵石铺就的小径上高兴地蹦蹦跳跳，在焚烧香烛的袅袅烟雾中想入非非却装作和大人们一般正襟危坐，看祖宗的牌位时一排排看过去仿佛看到祖先们依长幼次序端坐在神龛上……

当然，最有味的时候，是我们一个个“细把戏”爬上祠堂高高的戏台，半睁半闭之间，耳边锣鼓喧天，眼前生旦净末丑轮番登台，说唱念做打各显神通，尤其看到“黑脸包公铡了驸马”时，过瘾得很。

走在祠堂中，我还迷恋于一种木头的香味，这是祠堂里上了年纪的木头发出的清香。在老祠堂厚厚的木门上，黑褐色的木墙上，在檐头横梁上，在楼栏廊柱之上，在花格漏窗之间，总缠绕着一种木香，如水流般漫溢，缓缓流淌，久久地在祠堂上空盘桓不散，挥之不去。这种木香，是一种清香，悠长绵延而又含蓄、内敛、深沉，仿佛与生俱来，如母亲的棉布，舒缓、温暖、软和、亲切，是亲人和乡邻的气息，是平淡生活的味道。

进得祠堂，有大门门屋、享堂、拜殿、戏台、寝殿，有些寝殿后面往往还有藏书楼。我记得最初在那里搜寻到几本虫蛀发黄的线装书，如获至宝。那淡淡的书香味，让我受益终生。

祠堂里浓郁的香火味，常年经久不散。一年四季，春祠夏禴，秋尝冬烝，四时八节，祭祀不断。“祭，如在”，大伙总是认为祖先就在冥冥之中，保佑着家世的兴旺，子孙的繁衍。祠堂祭祖，已然成为血脉汇聚、增进感情、精神认同的家族功课和不忘根系、感恩思孝、端行修德的人生功课。

及我长大一点儿后，祠堂里一个个斗大的字更让我着迷，引人探秘。比如：敦、笃、雍、崇、务、孝、伦、淳、睦、思、德、忠、本、善、义等。起初，一个个字问大人、翻字典，似懂非懂，如“敦”是“厚道，勉力而为”的意思，“笃”的意思是“深厚、诚恳、忠实”。后来，终于有了几分真正的明白：仁义道德，忠孝廉节，都是教导子子孙孙时时不要忘记做人的根本，事事都要用“德”规范自己的言行。

宗祠一度曾被简单地定为反动“族权”的象征，许多祠堂纷纷被拆掉。但后来修了拆，拆了修，又被重新立了起来，一番修缮翻新，重放异彩，再显光辉。我曾见到，每一座祠堂背后都有一批虔诚执着守望的老人，每一条通往祠堂的路上都有无数双注视的眼睛。很多祠堂里，“族规”“家训”又堂堂正正地上了墙，多有劝诫，为后人遵循。祠堂又恢复了以前的众多功能：聚会、议事、倡学、教化等等，特别是现在，发扬光大，还有了文化活动室、书画展览、文艺展演、史志乡贤英才陈列等新功能。

太平时期，建祠修谱，供人景仰，当然是很隆重的事情。清白传家，自是历代族人的愿景。祖宗都想让后人学好、过好，和睦兴旺，一门清正。一直以来，犯事违法的人，是不准进入祠堂的，也是上不了族谱的。当然，这是天大的事，一个人入了“谱”，心里才会踏实。

现在，家乡正在大加宣传弘扬宗祠文化，我很以为然。在巍巍千年雪峰山下，在湘西南的青山绿水间，一座座祠堂飞檐翘角，气宇轩昂，青砖灰瓦，雕梁画栋，古色古香，美轮美奂，恰似一颗颗璀璨的明珠，令人神往。

祠堂，我们的祠堂，我们的老祠堂。

祠堂在，祭如在。祭如在，倍思亲。祭如在，一切在。

清心茶铺

若是没有茶，也敢叫茶铺？

一垄一垄的青绿，郁郁葱葱；一大片一大片的茶园，辽阔无边。这样大气，满地生机，张眼一望，茶叶铺满地，茗香漫弥天。

坡前是茶树，坡顶是茶树，坡后也是茶树。树是一排排，一畦畦，整整齐齐，漫山遍野，仿佛一片绿的海洋。走进去，齐胸深，一汪碧绿立马涌到胸前，人也全然绿了。我想，绿了的是心情，好了的是心境。

有茶缘之人说得好：茶之为物，最宜精行俭德之人。一饮、再饮、三饮得道。于常人，不论富贵贫贱，茶为平常之物，早晨开门七件事，柴米油盐酱醋茶。

茶可饮，更可以清心。世间无茶，何以清心？

绿而静，静而淡，一下子拥有了素朴的心境。哪管俗世，什么名利，风霜雨雪，世事无痕，一切皆为虚无，一切都已远去。

想起茶的前缘，想起自己的前世今生，若有所悟，心也安然，澄澈而纯净。

茶的最早记录，相传是有一天神农采集奇花野草时尝到一种草叶，气味清香，舌底生津，精神百倍。

茶的发现，还有更为一种传奇的说法，说当年达摩祖师丢眼皮的地方居然长出一棵小树，每次想打瞌睡时，就摘这棵小树上的叶子咀嚼，一提神，就不想睡了。

后来，世人认定这棵小树，就是茶树。

茶树别看不起眼，可生长几百年，返老还童，青绿依旧，新芽常吐，常采常新，源源不断，香飘万家，喜煞农人。

茶，是嫩芽，是香叶，以前只是慕诗客、爱僧家，现今已进入寻常百姓家，于健康有益，能清心明目，洗尽古今人不倦，面对尘世春暖花开。

茶饭，茶饭，清茶淡饭，平常日子。静看流年，岁月静好，任时光在草叶上跳舞和欢唱。

其实，人们对茶、米一贯很看重。人高寿，也是和这两样都有关联。比如：八十岁称“米寿”，活到一百零八岁称“茶寿”。难怪，当年季羡林向冯友兰祝贺九十寿辰时，送了这样一副寿联：何止于米，相期于茶。

茶的礼仪向来已久，像米、酒一样，而且更甚。在婚姻中，有“从一”的意义，列为必不可少的首礼，有“茶礼”、“茶金”之说，有“交杯茶”、“和合茶”之仪。

清茶淡饭养生，碧水青山留老。人是铁，饭是钢，哪能离得开米？人嘛，过的是生活，品味的是日子，也就离不开茶了。有道是：茶中日月长，一茶一世界。

有茶，便有道；做人，须有品。

我记得，周作人说得随意：“茶道的意思，用平凡的话来说，可以称作为忙里偷闲，苦中作乐，在不完全现实中享受一点美与和谐，在刹那间体会永久。”

我一路走在茶道上，一路默默无语。我忽有所悟：种茶如树人。

茶是洁物，是雅物，能免俗。江湖一碗汤，人生一杯茶。茶道有道，“致清导和”，贵在随意随心。尘世多俗，茶亦难免落入染缸，究其实，罪不在茶，在人，在心。

回望茶铺，我说我还会来的，我一定会来的！

我自是不能像陶渊明一样归隐田园，但也总想有朝一日，自己能买得起一座青山的话，那就以山作茶园，山前山后都种上茶树，春茶吐芽之时，行行新绿里，欣喜采摘忙。静下来，听山歌对唱，戴月采茶归。和农人一样，白日里，山上砍柴，竹林下煎茶。夜深人静之时，一个人品茗吟诗作画，岂不快哉！

看得见的，清贫的是生活；看不见的，清心的就是茶了。

想当年，郑板桥也是这么说道：一间茅屋，数竿新枝，微透着绿色。在这种时候，独坐其中，泡一盏雨前茶，取一方端砚石，铺一张宣州纸，画几笔折枝花。真是人间乐事啊。偶尔朋友来访，对坐喝茶，风吹动竹子，风声竹声一片……

秀发已逝

那个早晨起了雾，冬日严寒的朝霞快九点钟才艰难地钻出来。

小镇的生意人却不管。早点摊前已红火了一阵子；店铺卷起了门帘，人和货都是挺精神的一个个；街上的汽车也像人，吃饱了，喝足了，油门加得老高，马达轰轰响，跃跃欲试，拉人载货……

桥端侧面有个岗亭，使人总联想起那里面曾有过日本鬼子，如今上面贴着酒广告也极像狗皮膏药太阳旗。这是个废弃的岗亭，白天就做了极好的生意场所，晚上则是乞丐流浪汉的宾馆旅舍。当然，这样的好处所谁先占到，那天的使用权便归谁。都极文雅，讲规矩，不乱来。

今天，岗亭是被一个中年妇女占到手。她不带做生意的行当，穿的也新潮，又背一个坤包。可是，看那双极活相的眼睛，就晓得做生意不是一年两年，娴熟得很，是个捞活钱的角色。果然，她轻轻地揭开坤包，抽出一张硬纸，展开，张贴在岗亭帽盖上，有几个墨写的大字：帮你剪头发，还给钱！就一手拿梳子，一手握剪刀，双眼滴溜溜地去盯过往行人。这时，一位农村大嫂牵着一个朴素的小女孩子直奔岗亭而来。她急奔上前，笑呵呵地打招呼。

“大嫂，早啊，剪么？”

“算好多（钱）？”

“十块，多一个子儿不剪！”

“算了，剪吧。”

先梳几下，整齐了。接着就咔嚓、咔嚓，一绺，两绺，三绺。几下，只留得齐半耳的短发。剪发的中年妇女把剪下的一扎头发，用一个皮箍绕缠了几下，紧了，放进坤包里。从坤包的内侧抽出一张十元钞。大嫂接过，脸上起了一点儿笑意。又用手往后脑搔一下头发，眉头皱了一下。

大嫂的一边站着个小女孩，约十一二岁，衣裤又长又大，显然是大人穿过的，还是掩不住女孩姣好的面容，乖态的长相，尤其一头黑发，浓浓密密，乌亮乌亮，像黑色的瀑布从头顶倾泻而下，下到后腰处，随便地结着一条花手帕，极是朴素与自然。朝阳在她的头上闪烁着。

“大嫂，妹娃也剪？”剪发的中年妇女惊喜地问。

大嫂弯下腰去，把女孩拉到中年妇女的面前，摸了摸女孩飘逸的秀发。

“要剪。”顿了一下，又阴阴地说：“不过，你是晓得的，极好的头发！算好多（钱）？”

“行！”中年妇女斩钉截铁地回，眼角闪过一丝狡黠的神情，又接着说：“‘好货不便宜，便宜不是货’。我们做生意的，是舍得花大本钱的。二十，二十总行了吧？”

大嫂没作声。

“二十五。”“二十六。”“二十八。”

大嫂摸着女孩的秀发，揉搓着，低低地说：“三十。三十，你就剪。”

剪发的中年妇女牙一咬，梳子在剪刀上一敲，“行，三十就三十。”

开始剪发，一小绺一小绺地梳，梳好，剪刀就咔嚓。才剪了两小绺，大嫂就喊：“何样剪？一刀比一刀短。”

小女孩的身体一直在扭动，脸上本是一百个不高兴。听得喊声，赶紧把手往脑后一搔，“太短了，我不剪，我不剪。”

中年妇女又把梳子在剪刀上一敲，说：“要晓得，我是出了最好的价钱的。”

大嫂归于平静，说：“剪吧，接着剪，别剪得太短。”又一小绺一小绺地梳，梳好，剪刀就咔嚓。

又不久，大嫂又喊：“何样剪？一刀比一刀短。”

小女孩的身体扭动得更厉害，一脸阴沉沉，说话带着哭腔：“太短了，我不剪，不要剪我的头发。”小女孩用双手捂住脑袋。

中年妇女把梳子在剪刀上重重地敲了两下，说：“三十，三十元呀，我是出了高价的！”

大嫂嘴中嘟噜着，却没有说出话来。是的，三十元！大嫂在想，三十元是个不小的数目，有很多的用处，或称几斤肉，或给娃崽买身衣服，或家里置件小家什……

又在剪，剪得更短，好似满田沉甸甸的稻穗被牛啃得只剩下三三五五的禾蔸。大嫂的心在作痛，却又强忍着。小女孩已明显感觉到飘落的头发，她大声哭喊：“我不要‘盖盖头’，我不要‘盖盖头’！”

中年妇女在骂人，梳子在剪刀上起码是重重地敲了三下，“哪见过你们娘俩的，不卖钱，又没有人强迫你们剪？！要晓得，我是出了高价的！”

小女孩眼中溢出泪珠，吧嗒吧嗒往下掉，带着哭腔埋怨她娘：“我不剪的，我不剪的，你剪你的，还要我剪……”又呜呜地哭个不停。

大嫂情绪受了感染，又和中年妇女争了起来。争不赢，只好哄女儿，说：“不剪，也剪得差不多了，剪到钱，买一身好衣服穿，要得么？”

小女孩哭声更大：“我不穿，我不穿！”

大嫂恨恨地对女孩说：“死女娃，不剪就莫读书算了。你想想，我养你们姐妹几个，容易么？”大嫂的眼圈也红了，说完双手捂脸，蹲在地下。

小女孩立即不哭不闹不说话，静默着。

中年妇女一绺一绺地梳，一刀刀往下剪，就剪得很顺畅、舒心。剪完了，把头发扎起来，用手一掂，又一摸，满脸的灿烂。她利索而又大方地把三十元钱甩在大嫂蹲着的大腿上。

小女孩伏在岗亭的窗口上，望着滔滔滚动的河水，大声地哭喊，河风带着哭喊声传得很远，很远。

生命的秧田

染绿的声音顺风送过来：开春了！先是喜鹊听见，跃上枝头，叽叽喳喳，一个新闻发言人似的满世界里通报。当它飞过正在变得清爽亮闪的水面上空时，刚要开口，水塘里的鸭们早已先出了声：嘎嘎嘎，呷呷呷。

一粒粒谷种听到，急急地破壳而出，一个个，争先恐后地往上拱，探出头，直起腰。一浮出肥汪汪的水面，星星点点地，绿了一片又一片。泥土暖过来了，一双赤脚踩上去，松松软软的，柔美舒适着哩。望一眼，再望一眼，呵，好大一块生命的秧田！

“秧苗苗是草，秧苗苗是宝。”太生叔一边朝田埂上趟过来一边自言自语。上得田来，没荷锄，也无回家的意思，就那么久久地蹲在田埂上，看着自己的秧田，望着田中的那片生绿。嘴里始终唠叨着先前那句话：“秧苗苗是草，秧苗苗是宝！”叨念着，竟有些许的激动。一激动，又一次下到田里，这儿嗅嗅，那儿瞧瞧，还眯着眼笑。过一会儿，俯下头去，双手不自觉地，一次次地去抚摸一根根粗壮的秧苗。突地，太生叔抬起头来，一路从秧田里回来，一把锄头在肩，擎得老高老高，像是一下子年轻了许多，走路轻飘飘的。

刚回到屋门前的禾坪里，太生叔正待把那把大头锄柄轻轻地放下时，就听见石头垅里一声尖尖的哭喊声飙过来。这哭喊声，立马咬住了太生叔的手，弄乱了他一早的好心情。他慌慌地拔腿就往石头垅里跑，锄头仍在肩上。

田野，因了月婶的惨哭显得有些空旷。太生叔跑到月婶旁边，只一眼，啥都清楚了。月婶站在自家的秧田前，寻死寻活地哭诉。看太生叔来了，月婶捧了一捧谷种，给太生叔看，没一粒咧嘴，黑黑的，发出恶臭。一田的水，黄黄汤汤的，无一分生气。水面上又无风，静寂得可怕。太生叔自己也不敢相信，亲自走到田里，一粒粒谷种，细细地查看，拔开，闻闻，还放在嘴里一咬。出了鬼，真是出了活鬼了！他在脑袋里不住地问自己，和自家一样的蓄水掌田，一样的浸种下水……结果咋就完完全全两个样呢？月婶还在哭，何得了？何得了呀？我的天！你是晓得的，贵生蛮子那个狠劲儿，看他不剥了我的皮？太生叔当然清楚，不讲这么大的事，就是拌两句嘴，贵生来火，满院子里追着打，定要把月婶打得鼻青脸肿才肯放手。这阵儿，贵生也去“南边”凑热闹了，一屋的事甩给月婶。月婶不敢半点含糊，怕万一出了点岔子，平生回来，她就有得好看的。像这回育秧，本来也懂点，但是为了稳妥，还是请太生叔这个老把式出山。

不想，还是出了岔子；而且，无法弥补。今年，院子里秧都短缺，邻寨近村，也都紧手。加上，下水时已不算早，再重新育，自是迟了。想着想着，慢慢慢慢地，月婶停了哭声，一屁股瘫坐在田埂上。

谁都想不到，插田的时候，月婶家竟足足地拥有六分水田上好的秧苗。月婶飞快地扯着一蔸蔸秧苗，一把，一把，齐齐整整地从这只手到那只手，穿梭一样，有一握大粗时，抽一根稻草，左手勾住，右手轻轻地环绕一圈，把草的另一端往缠着秧苗的颈处一掖，一个秧把子成了。伸手，捏住秧苗尖尖，往空中一抛，倏忽地在空中划过一拱天桥，然后落进水田中央，溅起一片欢快的水花。月婶好高兴，看看，一个个秧把子，浮立在水田里，明明就是一个个小孩儿，叉手撒脚，调皮得很，站在远处冲她眨巴着眼笑。

月婶根本想不到，回来的贵生叔竟把她饱饱地打了一顿，竟还是为了秧苗的事。月婶足足半个月没有出门，出门后竟还遭人眼色。太生叔更想不到，“赔了夫人又折兵”，一田的秧苗白找了不算，头上还被人扣了“屎瓶子”，说啥秧苗贵如油，凭啥白白地送人，绝对有名堂，嘿嘿嘿。更有说得难听的，说啥“旱”的“旱”了一世，有“秧”了还有不“插”一回的？一说一说，就把贵生说火了，找太生拼命，好在有人劝了：秧也插了，禾也长了……好歹也没当场捉着，就算了。

乡村里的事，说起就起了，说没就没了。日子一长，再没有人说了，各忙各的。有一点，月婶从此再不敢单独找太生叔了。

有几次，我见着太生叔去他那块大大的秧田里，一把锄头扛在肩上，还是擎得老高。

我不知道，太生叔久久地站在他空空的无一根秧苗的水田中央，心里是啥滋味。也许他茫然，也许他洒脱。不过，我却替他感言：生命太复杂，复杂得令人一生难释其义；生命太简单，简单得一次就能看清明了：只要在心田中央插下一蔸秧，就能长成生命！

这时，我却发现自己穿着皮鞋站在田埂上，太生叔赤脚绾裤立在对面的田中央。我不禁失笑，却笑不出来。

再一看，我毕竟只是田埂上的一个看客，太生叔正扶着犁，甩着鞭，斥着牛，铁犁过处，泥土一波一波地翻过来，搅得水白白地生响。

生命的秧田是太生叔的！

秧苗苗疯长着，乡村也就茁壮了。

谁都想留住些什么

在这个世界上，谁都想留住些什么。只有五伯，是个例外。

五伯那年本来可以捞上一回的。县上的朱书记蹲点在善塘铺里，总喊五伯前前后后地跟着。跟着跟着，朱书记一时半会儿就离不开五伯了。朱书记走时，要带五伯去呷“皇粮”，只要他改一改年龄。没有脾气的五伯竟脸红脖子粗，死也不肯，说了难听的话：“娘老子几时生我也乱改，我就不是人养的！”这样，五伯就没有走成，院子里头很多人替五伯惋惜，到现在还有人翻出这件事来说笑。有一年回乡“挂青”，我和五伯讲现在一些当官的，越当年龄越小了，就连我们单位里头都有。五伯怔怔地看着我，不说话。然后，五伯一个劲地替他的父母燃上一炷又一炷香，撇下我扬长而去。我看着他远去的背影，心里顿时有了主意。我也加快了脚步，跟上五伯。

五伯尽管不呷“皇粮”，后来也威武了一回。他能弄来大家急需的救济粮，也能替大伙争来一些农具什么的。如那年的二十四马力高压抽水机，就让全大队大开了眼界。那年头，五伯得的奖状最多。令人疑惑的是，五伯从不上台做报告，领到的奖状锦旗也从不贴挂在家里当眼的一面墙上。这与大队书记河水佬大相径庭，河水佬在拆大队部时为保全一面墙上的奖状，房子坍塌之时冲了进去，把自己埋在了里面。五伯从不讲过去的荣耀，我几次特意提起，他总是一句话打断我："有么子讲的，都（是）陈芝麻烂谷子的事了。"

五伯的不呷"皇粮"多少让人还能理解，后来那回事情简直令人匪夷所思。那是一个黑咕隆咚的晚上，五伯把五娘送回了娘家，五娘就一直没有回来。我很长时间才打听到原委。原来五娘在未出嫁之前就和本村一个后生青梅竹马，不久前那个人因车祸偏瘫在床无人照料……就这以后，五伯就再没有娶过老婆。在大伙的眼里，五伯就是"蠢"，"蠢"到把自己的老婆送给人家。我长大后，也问过五伯一回，五伯好久不说话。我说，也难怪，五伯啊，我能理解你！不过，你当年若能留得住五娘，留住还是好些，我可听人说是你主动送出去的。五伯摇了摇头，说："留得住人留不住心，又何必呢？"

有人讲，留不留住当娘的不太要紧，问题是五伯身后没有留下一儿半女。善塘铺里的人都讲五伯的日子淡如白水，哪一天如水一样干了，一点儿痕迹都没留下来。更要命的是，"不孝有三，无后为大"。而且，五伯也没有留下一房半厅。这怪不得五伯"不争气"，我们全家迁进城里，一栋大屋空空荡荡。屋空着没人住，极容易破落腐朽。母亲急得很，寻人看屋，没一个人愿意。尽管我家的大屋宽敞明亮，气派堂皇。院子里头虽然也有不少人房子紧张得要命，他们却宁肯挤住在自家的"狗窝"。也是，"金窝银窝，不如自家的狗窝。"五伯却不声不响搬进了我家的大屋，主动要求替我家看屋。他把我家的大屋当他自家的一样（其实胜于他自家的——因照看我家的大屋，他原本有两个垛子的土屋由于年久失修坍塌了），天天打扫得干干净净，整理得井井有条，该捡瓦时捡瓦，该维修时维修。母亲看着五伯这样尽心尽力，坚持要给五伯点看屋的工钱，五伯定定地看着我母亲，问：“是不是怪我住你的屋没交租金？！”母亲忙噤了声。

五伯就是这样一个人，他常想着别人。还有他的二亩田地。春绿时谷种要及时下田，夏时忙搞“双抢”，秋黄时颗颗粒粒都得归仓，冬时又得置备来年春天的事情。而且，五伯人缘好，一院子的人爱喊他。喊些啥？喊他扛架水车，喊他背台打谷机，喊他去碾担米，喊他去犁回田，喊他去捉头猪，喊他去砍一晌午柴火……五伯有喊必应，一双大脚啪嗒啪嗒便去。有人讲，五伯太老实了，不留半个心眼，呷亏的总是他。后来，有人提议：凡喊五伯帮忙做事，家家都按社会工资开给他。五伯起初坚决不要，喊的人坚决要给，不要就不喊。五伯好干事，没事干，人整个儿蔫了。拗不过，慢慢地接了，却总是要抽出一两张票子，尽量少接一点儿。五伯还经常把那不多的票子悉数拿出，在一堆娃娃们中分发，娃娃们拿了票子，或买糖，或买玩具，或买作业本……一个个蹦跳着高兴地大叫。每每这时，五伯也像娃娃们一样，伙在一起吃糖做游戏玩玩具，不分大小。有长辈替他担心，当面对五伯讲：你，无儿无女，得攒些钱，要防病养老呢！五伯却呵呵笑着，瞧着一堆玩得高兴的娃娃们，说：“看看，看看嘛，哪个不是我的娃？哪个不听我的话？”也是，娃娃们一个个都和他热火得分不开，他也真把娃娃们当自己亲生的娃看。这样的时候，五伯是最快乐最充实的。

也有难得的闲时，五伯爱躺在善塘铺里塘坎上那棵古槐树巨大的树根上，看风起云涌，看日出日落。很多阳光灿烂的时候，他捧一大壶井水（别人一直以为是壶老白干，我尝过一回才知道），一口一口地喝，喝一口，看一下天上赛跑着的朵朵白云，喝一口，再看一下。有时，一口一口地喝，也不看天上，也不想事情，只侧耳听着，听着流淌如歌的溪水声，恬静安逸，悠闲无比。

五伯就是五伯。五伯言语的时候不多，五伯有些言语竟像谶语。五伯讲对门的山是空山，大伙一望，咦，那不是一山的树么？五伯又讲明湖的水见底了，大伙都笑，明明一湖的水浩水荡呢。五伯还讲：信不信？有一天，家家户户都只剩下老的少的了，有人不禁笑嘻嘻地嗔骂着：是不是“打仗”把我们都打死了……于是，很多人就讲五伯是“天使”，这多少有点儿戏谑的味道。五伯也不恼，有人上门来讨教，他还是会点拨一二。不过，大伙问的大多是天气和生产上的事。这会儿，五伯很慎重，久久地翻看一本没有封面的线装古书。有几回我悄悄地翻看，竟如翻天书似的。渐渐地，上门来的人愈来愈少了。正如五伯所说村子里头留下的大多是些老的少的，青年男女壮劳力都去了“前方”（南边），打仗一般。壮劳力中只有五伯留在了村子里，一村人的“后勤工作”全都靠了他。五伯留在“后方”（村子），是理想人选，大伙都落得心。是的，五伯留在“后方”，“后方”永远安宁和谐，“前方”的人更加精神百倍。

五伯无病而终的时候，在“前方”“打仗”（打工）的村子里的人回来了许多，他们说再忙也要回来，“当大事”呢！我正在省城参加作家研讨班，接到老家的电话，急急地往回赶。送走了五伯，我还在五伯住过的那间屋子里住了一晚，那一晚我翻来覆去睡不着。我想起五伯什么都没留下一下就去了，我记起五伯生前的许多细节，我记起五伯的那本古书。遍屋找寻，我不知是找寻那本古书还是找寻些什么。其实，我又何必去找寻呢？书是五伯一个人的书。每个人都有一本属于自己的书，别人是无法读懂的。

又是个深秋，我一个人悄悄地上山，怅然木立，一山的空空荡荡。眺望炊烟，那烟云先是飘摇上升，慢慢地，无踪无影，了无痕迹。下得山来，山脚下是一湖的明水，月照之时，明晃晃，坦平平，清澈见底，一面镜子似的。久久地，我抬头望月，月边清冷；低头看水，水中无物；无语问天，这时，天却动了情，有风吹过。深秋的风，已有几分硬冷了。我怕眼泪掉下去立刻结了冰，忙用手拭了拭。

五伯，常人看你，无权无名，无钱无房，无妻无儿，无愁无怨……看得真是太简单了！有谁知道，简单，是简单的深度；简单，是简单的力量。我的五伯！只有你，早把世间看穿、人生参透，宠辱不惊，名利无视，恩怨不铭，心静如水。只有你，说来就来了，说走就走了，无牵无挂；只有你，走就走得那般宁静安详，走就走得这般干净彻底。有好多人并不理解你，也无法理解你。其实，你是对的：在这个世界上，谁都想留住些什么，谁又能留住些什么呢？！

辑三／春风化雨

车来车往的父亲

父亲退休了。父亲那辆永久牌的自行车却没有退休，一以贯之地“自行”在路上，驮人载物，车来车往。

许是奶奶和母亲唠叨的缘故，小时候，在有月亮的夜晚，在梦中，我常常清晰地看见父亲和他那辆永久牌自行车的点点滴滴。父亲起先是在一个小粮库里干，说穿了，是他里里外外一个人在操持着。每到收粮谷的时候，一个人上上下下，跳来跳去，要过秤要开票要算数，还要付钱还要晾晒还要装库。收粮谷那些日子，大家也和父亲一样，整日整日都在欢快地舞蹈。静下来的时候，晒谷晾谷，偌大的一个粮库库坪，就只有父亲一个人。平展展的一地谷子，铺展开去，从地上连接到天上，金黄一色，无边无际。夕阳照着父亲，父亲满目黄金。母亲尽管时常惦记着父亲，她也帮不上父亲的忙。那时，母亲带着我和姐姐住在离父亲二十多公里的小镇，奶奶又住在离小镇十多公里的乡下。这样，父亲每月忙中抽空请一天假，要先到小镇上来看母亲、姐姐和我，然后，又马不停蹄地带着我和姐姐去看奶奶。那天，父亲不停不歇，屁股不着凳，奶奶和母亲都心痛，说，这样连轴转，如何吃得消？父亲蹲在地下一边呵呵笑着，一边不停地擦他那辆宝贝疙瘩自行车，仰起头来看着我奶奶，说，娘，我没什么，您老自个儿的身子骨才是最当紧的！父亲往外一瞅，天快黑了，赶忙把车支起，急匆匆地跟奶奶说，我要赶紧回去，粮库里没人不行！奶奶说，对头，国家的粮库最当紧！不要挂念着我，别老赶趟儿似的，身子骨还不散了架！父亲说，我没事，只是这路烂得很，一路颠簸，担心车子散了架。

奶奶不是父亲的亲娘，父亲也从不敢有一丝的不到之处。回到家，手一捋，裤腿一绾，把奶奶的铺盖拆了，床单抽了，就光着一双脚去脚盆里踩洗，边踩边和奶奶说：娘，你不能冻了，被是有的，要加一床。娘，你不能饿了，少了粮就吱一声，我在粮库呢！尽管奶奶从没挨过饿受过冻，父亲却每次回家看奶奶都要这么说。不光是说，新买的那辆永久牌的自行车上也总是没空着，变戏法地装了好多东西：有奶奶爱吃的蜜枣，爱坐的藤椅，夏天里爱摇的蒲扇，冬天里不离身的热水袋。有时，父亲也载些米面回来，当然，这些都是父亲一餐一餐节省下来的。

父亲或骑或推，一前一后驮着我和姐姐。我总是坐在前面，坐在自行车横梁上的小木凳上。小木凳是父亲自制的，弯月形的，捆绑在自行车的横梁上。凳面是父亲用纱布细细磨光的，刚好能托住我的小屁股，稳当当的，又不扎肉。就是坐累了，也不要紧，往父亲宽大的胸前一靠，温暖舒适。抬头，看天上的白云苍狗，或者天边火烧的云朵，聚聚散散。姐姐就比不上我了，只能坐在后座上，一双手不敢丝毫放松，紧紧地、紧紧地箍住父亲的腰。所以，机耕路在山中穿行，高高低低，弯弯曲曲，连连绵绵，我并没有什么太多的不适，倒是姐姐不时地叫喊，让我看到路上泥泞、乱石满地。父亲生怕颠了我和姐姐，也怕损伤了他那辆宝贝疙瘩自行车，每到一节烂路上，隔几米远，就从车上跳下来，与车并排而行，稳稳地推着。山高坡陡，只见父亲双手紧握车把，一条腿弯曲，一条腿绷直，身子前倾，使出全身力气，汗是一股股地往脑门儿上冒，牵线线地在脸上流。我和姐姐感到，不是父亲的力量太小，而是自行车太沉，一前一后驮着我和姐姐不算，后座两边一边挂着一个竹筐，都是装了父亲对奶奶一筐子满满的“孝敬”。我和姐姐就喊父亲“停、停、停”，我们要下来！我们喊一句，父亲就回一次头，笑着说，停不住，真的停不住，自行车不听话呢。这时，父亲往往把自行车推得又快又稳。我常常是一眯眼的工夫，就看到了村口和村庄上空的袅袅炊烟。每每在这个时候，奶奶一定立在山的那边、路的尽头，守望着父亲和他那辆永久牌的自行车。路上的影子越来越大，越来越清晰，变成了一辆往前行驶的自行车，变成了自行车上的我和姐姐，变成了自行车下的父亲，变成了父亲喊出的一声“娘”，变成了奶奶在我脸上的一个吻，变成了我们全家的笑声一片、幸福一团。

后来，母亲、姐姐和我都被下放到乡下。按说是省去了父亲老是跑来跑去，也不要一前一后驮着我和姐姐，应该轻松得多。路也修得平整了些。却见每次父亲回到家里，仍是一头一脸全身流汗，一屁股坐在藤椅上，呼哧呼哧地喘着粗气。我疑疑惑惑地看着，看一会儿，就去了自行车后座的筐子里取糖果，一蹦一跳地走开。姐姐却是双手捧了一大碗井水送上去，父亲咕嘟咕嘟一口气喝干。我问母亲，父亲咋咯样吃力，是不是病了？母亲一巴掌拍在我的脸上，骂：病你个头！你父亲是累的，两包尿素一百六十斤，你晓得吗？我怔怔地不敢说话。我不晓得世上太多的变化和世故，我不晓得家里太多的辛劳和苦痛，我只晓得父亲那辆永久牌的自行车上时常载了货物回来，有肥料，有种子，有农药……我只晓得父亲每次回家都很吃力很疲倦。母亲总是不停地喊父亲歇一下，歇一下，父亲说我歇着呢歇着呢！其实，父亲说歇着的时候，他也是在不停地擦着他的自行车。现在，我知道，我们是“四属户”，一家七口，父亲的肩上有太多的责任。父亲仔细地擦着他的自行车，每擦一下，他就看一下天上的乌云，父亲愈擦愈快。

慢慢地，慢慢地，慢慢地，母亲的一脸愁云也终被擦散开去——是父亲那辆自行车驮走了家里的粮食、蔬菜瓜果、鸡鸭鱼猪，送到集市上换到愈来愈多的钱。一年四季，父亲的自行车又适时地运回要种的种子，该添的农具，给奶奶驮回的是不仅有她爱吃的蜜枣，还有大盒大盒的补药，给我们姐弟几个，不仅有过年穿的崭新的衣裳，炸响的鞭炮，还有文具盒、书、纸、笔墨……屋里也添置了几件当紧的家什……一驮一驮，就驮回了全家久违的阵阵的欢声笑语，一屋的生气。我们个个都愈来愈喜欢父亲那辆永久牌的自行车了。我们看着父亲，发现他像个魔术师，那辆自行车便是他可爱的神秘莫测的道具。

父亲的自行车又转了几年，我们全家都转到了县城，我和姐姐、妹妹相继参加了工作，家里的境况有了很大的改观。父亲的工作环境也好了许多，他先是进了机关干会计，后来主持一个实权部门的财务工作。单位买车子，修房子，一年手中溜过的钱几百万，父亲从来没乱用过一分钱，他也极少坐单位的小车，仍是骑着、推着那辆永久牌的自行车上班下班，来来往往。有一年，一个自称是父亲好友的人来我家中送米。父亲推车回家听母亲一说，门未进掉转车头，把五十斤大米驮上车立马送了回去。父亲回来，脸色很难看，对母亲说：别看是五十斤大米，收了不给钱，我就睡不好觉。讨生活，要靠自己的真本事。吃要吃得安心，睡要睡得安稳。要知道，我也是农民出身，一粒米就是农民的一滴汗水……母亲不敢说话，我从此记住父亲的两句话：要靠自己的真本事讨生活；吃要吃得安心，睡要睡得安稳。

当我们一个个都忙工作，忙事业，忙爱情去了，我们很少再去关注父亲，关注父亲的那辆自行车。只是，有时我们哪个要去外地了，才突然想到父亲。一个电话打过去，要父亲去车站看看。父亲一句话没说，总是骑着他那辆自行车先去车站看准时间、班次买好票，然后又回来看我们吃饱吃好收拾停当，再随我们出发。出发时，父亲总要再帮我们清理一遍，什么牙刷牙膏、毛巾香皂，换洗衣物呀，钱呀证呀，茶水呀，煮熟的鸡蛋呀……就连解手的卫生纸都要齐备好。这样，总要鼓鼓囊囊塞满一大旅行袋。出发了，父亲把大大的旅行袋子放在他自行车的后座上。我每次外出，就连我的小公文包，父亲也要抢放到他自行车把前的车筐里。我们常常走在前面，父亲在后面推着他那辆自行车。我总是急匆匆地走着，父亲就喊，时间还早不要那么急。其实，我是不忍去看在后面推着自行车的父亲和父亲的一头白发。父亲在后面又喊，要我慢点儿，还早呢。我听得清楚，但我还是急匆匆地走着。每次在车站，父亲总是要等我们的车开动后，他才安心地走。这样，在我的目光里，父亲总是推着他那辆自行车孤独地立在偌大的空坪里。每每在我们的大客车启动的时刻，父亲骑着他那辆自行车和我们异向驶去，父亲的影子越来越小，我的双眼不禁潮湿生痛。

后来，我成家了，为人夫，为人父了，知道做父亲的艰辛和伟大。决定外出出差和学习，不再告诉父亲，因为我实在看不下去，父亲一大把年纪了还推着自行车在后面送我。不料，父亲却像有先见之明一样，他总是适时地骑着、推着他那辆自行车出现在我的面前。有一次我出差，父亲刚好去乡下亲戚家。后来知道，我外出的那些日子里，惹得父亲天天唠叨着，一天两三次骑着自行车，来来回回在车站里接站；说实在的，我也在远离家的城市的黑夜里，夜夜梦着父亲骑着、推着自行车满世界里找我。直到现在，我还如长不大没出息的孩子一样，跟小时候一样，一要外出，先是打个电话告诉父亲，要去某某地方，要坐某某线路，最好是某某时间的车，好久好久回到家中。父亲一声嗯，你等着！然后，他骑着、推着他的自行车在车站里来来往往……

特别是父亲退休以后，父亲倒显得更忙了：买米买菜，换液化气，交电费水费，送孙儿上学，接孙儿放学……在县城的大街小巷，常常就有父亲骑着、推着自行车的身影。

父亲上班那阵没配手机，退休了倒用上了手机。手机是妹妹给配的，其实，我晓得妹妹是怕有时找不到父亲，妹妹找父亲当然有事。妹妹不得空儿，就一个电话能找着父亲，或要父亲接她的儿，或要父亲给她的儿去送一趟饭菜，或者落掉了一本书，得赶紧送去。不过，说是说妹妹，我也一样。常常没空儿了，一个电话打给父亲。有时是真没空儿，有时不过是和朋友一起去赶酒场子。妹妹呢，我也知道她有时是真没空儿，有时可能也是干在牌桌上，抽不开身。父亲从不问什么，也从未有什么不悦，一声嗯，便推着他那辆自行车出发了。到我琨儿和妹妹孩子的学校，有近三公里的路，父亲骑得飞快。只不过，父亲上坡下坡的时候，总要从车上下来，慢慢地推着。

有一天，父亲在上坡的柏油路上，推着自行车上一前一后坐着的我和妹妹的小孩。父亲头顶上的烈日似是呼呼地向下喷着火焰，地上的柏油蒸腾着，冒着鼓鼓白泡。两个小孩都戴着太阳帽，手里拿着冰棍。父亲老是回过头去逗，他俩谁也不笑谁也不说话。父亲仍是一路逗着。父亲秃顶上的汗，明晃晃地如涨满的河水四泻，又爬满他很多皱纹的脸上，痛苦地洒落一地。那天，我和朋友喝了酒回来，走在路上尽管摇摇晃晃。那一刻，我却看得真切，我感觉到父亲老了，太辛苦太劳累了，我的心无由地伤痛难耐。

下雨天，落雪天，父亲也推着、骑着他那辆自行车；下班放学人多时，夜黑下来了，父亲也推着、骑着他那辆自行车。我和母亲、姐姐、妹妹都不免担心，就要父亲不要骑他那辆自行车了。父亲先讲节省钱呢，又方便，然后就一五一十地数说他那辆宝贝疙瘩自行车的种种好处，后来我们再劝得他烦躁时，父亲就一句犟得很的话：我骑我的，不要你们管。父亲不要我们管，我们想管也管不了。父亲不要我们管，却总要管着我们，管我们的起居吃喝，管我们的工作家庭，管我们的儿子上学……父亲每天，仍骑着、推着他的自行车在路上，他不觉得累，他不觉得苦。他忙得欢实，他的精神很好。

忘了交代一下，父亲的宝贝疙瘩自行车，是第一代的“永久”牌自行车，是父亲那年获了全省先进分子奖得的。也许如此，父亲更爱惜它。父亲天天骑着、推着它，总是感到无上的荣耀，不管它多么陈旧过时。

三年前，我去省城参加为期一个半月的全省首届中青年作家研讨班，也是父亲骑着、推着他的自行车送我到车站。那次，我是去学习去充电的，书自然是带得非常多，父亲在后面跟着，走得很慢。这一次，在上车的时候，我又一次劝父亲，以后不要再骑自行车了，毕竟都快七十岁的人了。这回，父亲竟然没有再犟，只是看了看我，又看了看他自己。然后，移开双眼，看得很远很远，天边的红日正在徐徐地升起……

在学习的一个半月中，我感到收获很大，时不时打电话回家，传达我的快乐和幸福。父亲不懂文学，却常对我的文学极为关心和上劲。我发表作品了，作品转载了，入选选本了，出书了，获奖了，开笔会啦，开青创会啦，开作代会啦……父亲比我还高兴，简直像他自己过生日一样。这回，我打了几次电话，也是想让他高兴一下，却几次都不巧，父亲不在家，手机也不开。

回到家，才知父亲骑着自行车接我琨儿和妹妹的孩子放学回家的路上，跟一个骑摩托车的农村青年撞车了。两个孩子没有半点儿事，只是父亲被撞出了好远，却又本能地跳回来想扶住车和两个孩子，被两个孩子和他的自行车严严实实地压倒在地下，脸上、手上、脚上都出了血。这时，刚巧有一熟人见着，要拉那骑摩托车的农村青年去医院去交警队。那青年人跟父亲讲，他的父亲还躺在床上等他回去熬药呢，父亲摆了摆手，让那骑摩托车的青年人走了。父亲先把两个孩子送回家了，然后一个人又去医院上了药缝了针。我听着这一切，我很生气。我生气父亲放走那个骑摩托车的农村青年，我生气母亲和姐姐在电话中没告诉我父亲出了事，我生气父亲老是不听劝还骑自行车。父亲母亲和姐姐妹妹都没有说话，琨儿和妹妹的孩子却跟我没完没了地讲，讲爷爷出了好多好多的血，止都止不住，很痛很痛的……许久，我听见，父亲自个儿跟自个儿嘀咕，哎，哎，可惜了，真是可惜了，三十多年了，也没出过事；三十多年了，从没修过，这回真正地要大修一番了。

父亲说的，还是他的宝贝疙瘩自行车！父亲还说，人和自行车一样，不骑不擦会生锈，又哪来的精神？父亲啊，我不知怎样说您，还有您那辆宝贝疙瘩自行车！

……

大千世界，人流如梭，车来车往。父亲站在不起眼的地方，自行车在他一旁伫立，父亲早早地看见人流中的男孩，父亲挥手向他示意，男孩向父亲高兴地走去……

走着走着，那男孩，一会儿像我，一会儿又像我的琨儿。父亲和他的自行车，很清晰，很精神，自行在路上，永远向前。

陪娘看病

琨儿常伤风感冒。娘一到，就从她的衣兜里摸出体温表，甩两下，然后就解开琨儿外衣上面两粒扣子，从内衣处把体温表伸进琨儿的腋窝下，她一把把琨儿暖在怀里，脸贴住琨儿烧得通红的脸。眼睛就一动不动地看着对面墙上的挂钟，不动声色一秒一秒地数着，一定要数满三百下，才把体温表拔出来，水平地伸到眼前，立马读出烧到多少度。若烧高了，她就喊，快拿氨苄西林，快拿托恩……我第一次见着时，竟大为惊讶：其一是六十岁的娘眼神不好，她却能准确快速地辨出体温表上的度数；其二是没有多少文化的娘，竟能顺溜地记得拗口的药物名，且晓得它们各自的用途。

娘最怕琨儿烧高了，烧迷糊了，所以她时时要我们在家里必备退烧的药。我是知道的，娘的担心不无道理。我们全家都在乡下时，小弟就是烧高了，后来患下了脑膜炎后遗症，弱智了。我晓得，这高烧，烧灼了娘的心，这一直是娘心中永远的痛。

后来，娘就养成了一个习惯，每时每刻，她的衣兜里总揣上一个体温表。

这回，娘也发烧了。父亲有事回老家去了，临走时给我挂了电话。我一上午在办公室里忙，其实说穿了就是喝茶看报打电话。中午，又急着和朋友去赶场子（喝酒），就把这事给忘记了。酒醒之后，一拍脑门盖子，记起父亲的话。一车打到父母家里，没看见娘，只有小弟一个人在家。问小弟，弱智而又结巴的小弟说了好大一阵，我才晓得娘是实在熬不住了，一个人上城南诊所打点滴去了。

在城南诊所，我推门进去，娘躺在床上，正在打着点滴，一滴又一滴，从高空掉下，掷落有声。

我急急地问娘，您高烧，您烧到好多度？娘说，我试了体温的，毛毛烧，年轻时经得住，唉，年岁大了，不中用了，只好来打一瓶水（点滴）了。娘说得若无其事。

坐在对面桌上的医生接了话：还毛毛烧，都四十度了，幸亏来得早。

娘转过脸去，岔开话题，和另一个打点滴的老妇人拉起了家常。

娘问：你老人家有几个崽女呀？

老妇人答：三个，两个崽，一个女。

娘看了看她单单的一个人，问：他们不管你？

老妇人答：不管。他们都讲我太顾这个哈宝崽了，屋也不分给他们几股。

我再去看那老妇人，原来是住在我们那条街上的冬财的娘。冬财跟我小弟一样，患了脑膜炎后遗症，是个弱智，与他的娘相依为命。

娘又问：难道生病了，他们也不管？

冬财娘干干地答：不管。

娘再也无话。

很长一段时间谁都无话，静，只有长久的静。

娘的血管太细，打点滴的针又用了七号针，很慢很慢。大约坐了一个多钟头，我的屁股下面似生了钉子一般，我有点儿坐不住了。

娘可能是看出来了，说，你有事，你去你的，我打了针就回去了，不用管我。

医生却不屑，你娘打的（点滴）还算快的，那个老婆婆（指冬财娘）都四个多小时了。她的崽都还在外面等着呢。

我这时才发现冬财坐在门口一侧，天气很冷，他不时地打着哆嗦，还不时地透过拉紧的玻璃门往里瞅着。也许是想看清楚些，他整个脸都贴在了玻璃门上，脸不是脸，鼻子不是鼻子了，变了形；眼睛，却睁得老大。

娘也看到了，转过脸来有点儿怪罪的意思问冬财娘：你怎么不把（你的）崽喊进来？

冬财娘答：我不要他陪我来，他要陪我来。他陪我来，他又不肯进来。他不肯进来，他是怕别人闻着他身上的（气）味。你也晓得的，得了这种病的人，脾气都倔得很。

娘埋下了头，我看见了娘在擦眼睛。冬财娘当然不会知道，她这一说，说到了娘的痛处了。

冬财娘先打完了点滴。医生拔出针，要她自己用手摁一会儿。哪料她想急于起身，一用力，手上的血直冒，滴了满地，谁也没有看见。却见门口处的冬财拍打着玻璃门，嗷嗷嗷地叫着。

交完钱一出门，冬财就在门口扶着娘，没走五米远下一个台阶时，冬财娘摔倒了。冬财又嗷嗷地高声大叫，近旁的人都拥了上去。

再看时，冬财扶着他娘一步一步走向远处。

远处的天暗了下来。

这时，我的小弟向诊所急匆匆地走来。

我的脸一阵一阵无由地发烧。

我在心底问自己：在情感和心灵的天空中，我怎么就弱智了，我连他们两个“弱智”都不如，我是不是患病了？

我无数次地问自己，也问冬财的哥哥和姐姐。还有，和我一样“健全”的人，你呢？

开枝散叶

在我的心里，在大伙儿的心里，奶奶是个真正开枝散叶的人，是一把给大家遮蔽风雨的大伞

三十多年来，我一直沉醉在故乡的童年里和奶奶的童话中，我发觉自己生命的情感总是庇荫在荷塘前那棵枝繁叶茂的大树下。

高高大大的奶奶一声喊，我们赶忙住手，一个个如一尾滑溜溜的鱼，一闪，就消失在水塘深处。阳光下的水面，复又平坦如镜，微波粼粼，细碎如银。水中央高低簇拥的两三茎荷还在晃着腰，有一个花骨朵正在伸展着身姿……

奶奶一串笑声，打破了一塘的静，银铃般的，叮当入水，回响在我们耳边。她说，一个个小虾米般，还猫在水里头？我都看见你们一身光溜溜的，一个个闭着眼睛，捏着鼻子，露着肚脐眼儿，还看见你们的小鸡鸡了……这一下，我们羞红了脸，嗖地一下腾空蹿出了水面。

奶奶说，晌午的水毒，赶快爬上来。奶奶立在荷塘前那棵大树下，我们如一群小鸭齐游上岸，围拢在她的周围，聚于高大挺拔的树身下。看着大树开枝散叶，苍翠如伞，为我们遮盖起一方阴凉，我们叽叽喳喳地，一个个都很是兴奋。

后来，我们爱上了鱼儿，水中欢蹦乱跳的鱼儿。先是最喜好那红艳艳的跃龙门的大鲤鱼，后来就是抓到一尺长、巴掌大的草鱼也笑得合不拢嘴，最后连得到一条两指大的鲫鱼也高兴。

有一天晌午，奶奶立在荷塘前那棵大树下对我们说：你们一班细伢子别老是钓鱼儿、罾鱼儿、捉鱼儿，连几条漂漂浪（小白条鱼）也不放过，这可要不得哟。我跟你们讲一个故事：有一天，一只爱吃鱼的老猫又扛着鱼竿去塘里钓鱼，一群一群的鱼儿游到鱼钩下，合力把老猫拉下了水塘……

我们相信奶奶的故事，也怕变成鱼猫，不敢没完没了地捞鱼儿。后来，我们进了学堂门，知道了奶奶的用心。奶奶没进过学堂门，只不过在地主家的药堂里打工时识得不多的几个字。可是，奶奶在我们的眼里，她什么都懂，什么事都难不倒她。

奶奶高高大大，慈眉善目。一村子里的人都爱围着奶奶转，尤其我们一班细把戏总爱守护在奶奶这棵大树下玩乐。每到秋收后，荷塘前那棵大树就成了高高的草垛，小伙伴们的家园。一个个，爬上去，跳下来，兴奋异常。尤其，当家里人一声声喊（催着回家吃饭或睡觉）、一回回寻人的时候，我们一个个早已钻进草垛里屏息静气，酣酣地睡着了。等家里人走远了我们才钻出来，一个个高高地站在草垛上，欢呼着，雀跃着，为我们的成功而高兴。奶奶神仙似的，总是晓得我们的鬼把戏，但她从不揭穿，挨着草层和我们讲故事。过不了一会儿，一下一个，一下又一个，我们都从草垛里闪出来，围拢在奶奶的身边。在明晃晃的月光下，感觉自己一点儿一点儿地飞上天，遇见嫦娥仙子，她还对我们莞尔一笑哩。小伙伴们你嗅嗅我嗅嗅，都闻到秋风送过来一股股淡香幽幽入鼻，沁人肺腑。没走多远，大家一眼瞅见一棵老桂花树，一只雪绒绒的小兔子在树上一蹦一蹦，可爱得很……我们一个个都睡熟了，倚靠在奶奶的身前身后，大伙儿像围成又一个草垛，奶奶就像一棵大树挺立在中间。

奶奶一生无育，按农村里的旧习俗是个没有“开枝散叶”的人。但在我的心里，在大伙儿的心里，奶奶是个真正开枝散叶的人，是一把给大家遮蔽风雨的大伞。在老家善塘，奶奶的名声在外。谁都晓得荷塘前那棵枝繁叶茂的百年老树下，有一个高高大大的奶奶整日里或坐或立。来来往往认识与不认识的，奶奶都要搬个凳子要你坐，端杯茶水要你喝，还要加点糖。带个东西捎个口信，她都代劳，且负责得很，从不出错。下雨天，她要借把雨伞给你；炎炎夏日，她要借顶草帽或斗笠给你，随你什么时候来还。碰上吃饭的时候，算你有口福，一定得邀你入席。

你若喊声奶奶，她更是笑得不得了，欢喜得脱了发髻。院子里老老少少男男女女都喊，喊得溜圆溜圆、滚瓜烂熟、甜美爽口。喊一声奶奶，并非讨她欢心，确实把她当成自家奶奶一样。出门做工，家门的钥匙也放在奶奶手里，需要照料的小孩也都放在奶奶身边。缺个油盐酱醋茶，找奶奶借点先用着。婆媳不和妯娌争吵两口子争被角都说给奶奶听，她就啪嗒啪嗒上门去。人未到，一串银铃般的笑声先飘散开了。奶奶善调和，很能解事。长此以往，有事就找奶奶，已成善塘人不变的习惯。为生计奔波，家庭窘迫，奶奶一定会解囊助你，你绝不要不好意思，也不要怕还不上。

爸妈说，你奶奶这个人，坐不住闲不惯，什么事都管，心肠又好，一辈子行善乐施，给人遮阴挡阳蔽风雨……

春风化雨

妻子说，喝酒伤胃伤肝呢。

我知道，妻子最怕伤的是感情。

妻子又说，早一点儿归屋呢。

我知道，妻子最怕我的心放野了，到时九头牛也牵不回来。

妻子还说，也不靠你当官发财也不图你出人头地呢。

我知道，妻子心中的最好——千好万好不如知冷知热在一起的好。

儿子说，莫老管着我。

儿子要的是自由的天地。我不能不给，却总在自由的天地里给他加了框框，还显得很大方地到处讲给了儿子好大一个自由的空间。

儿子又说，莫动不动就训人。

儿子要的是平等的舞台。儿子要与我平起平坐平等对话，我尽管不太情愿，有时也站在他的立场上替他想一想，就觉得很多事情大变了样。

儿子还说，莫老把你的都当成我的。

儿子要的是快乐的天堂。儿了讲我，莫把你的主题看成我的主题，莫把你的快乐当成我的快乐。我终于理解儿子要的快乐哪怕不是我的快乐，我也要快乐地接受。否则，儿子的快乐就不会是真正的快乐。

父亲说，要靠本事讨饭吃。

本事，娘肚子带不出来，要靠一分一分地攒起来，攒鸡屁股一样，攒足本钱了，心里才有底，遇事会不慌，处变会不惊。本事，壮身的。多了，艺不压身；少了，挠头掏手心都不行，手心上哪能煎出个鸡蛋来？本事，少不得，也虚不得。虚了，再装，再诳，打肿脸也充不上个胖子。

父亲又说，你只要攒起劲来，没有什么不行的。

在父亲的心中，儿子总是最好的。怕就怕自己的儿子先虚了胆、消了气，稀泥软蛋了。好像儿子只要鼓起勇气，攒起劲来，逢山开路，遇水架桥，无事可难，无人能挡。

父亲还说，只图睡个安稳觉。

一个人干干净净明明白白，一生不做亏心事，不怕半夜鬼敲门，夜里睡觉才睡得安安稳稳踏踏实实。睡觉吃饭的事，都一样，在寻常百姓家，都是天大的事，来不得半点儿马虎和虚幻。

母亲说，出门报个平安回来啰。

平平安安才是真，其他一切的一切都是假的、虚的，霎时就会灰飞烟灭。平安是天，幸福是地。没有天，哪有地？没有平安，哪来的幸福？平安架桥，幸福抵岸。

母亲又说，和气待人，笑脸处世，绝对不会有错的。

和和气气，见人三分笑。你敬人家一尺，人家敬你一丈。走南闯北，做生意嘛，和气生财，笑脸贴金；求人办事，“雷公”不打笑脸人……

母亲还说，有事不要窝在心里，回家来坐坐。

发牢骚，无名地发火，甚至凶凶地骂人，都行，就是不要生闷气，把事窝在心里，会窝出病来。都说出来，清理清理，晾晒个遍。或者静静地坐一阵，歇一阵，过过滤，再饱饱地吃一顿母亲做的我爱吃的饭菜。然后，清清爽爽，打着饱嗝上路吧。

朋友说，有事要跟朋友讲一声，打个招呼。

朋友说，一个朋友一条路，朋友多了路好走。

朋友又说，是真正的朋友，就要两肋插刀！

我就满世界里闯荡。

我就满世界里找朋友。

我疲惫不堪的时候，总会记起了儿时的童谣：找找找，找朋友，找到一个好朋友，敬个礼，握握手，我是你的好朋友。

我笑了，握紧朋友的手。

奶奶说，在外面，天冷要加衣。

我的心一热，热遍了全身的每一个角落。

奶奶又说，要念好，多念好，念好好。

我感到世界总是那样的美好。

奶奶还说，人总是要走的，让我平平静静地走。

原本死竟是这样的平静而安然，赤条条来，赤条条去，了无牵挂。其实，生生死死，情情爱爱，悲悲喜喜，都是家常的事儿。

听惯了家常话儿，总觉得家常无华，平淡无奇。夜深人静的时候，听——

春风化雨，花开有声，在五颜六色的季节里，涌动着一朵朵生命的浪花，美妙动情！

每一句都是家常话儿。家常话儿不断，天天一天。

每一天都是新的一天！

乡间词韵

呷

城里说吃，乡下讲呷，都一样，口一张。城里的吃，虽然吃喝是软的稀的香的，不免让人想到乞求之意。乡下，就不，嘴宽、打粗，口呷四方，呷的是五谷杂粮，长的是忠肝义胆。喊一声：呷东西！这是何等的气魄。看看，从东到西，天宽地宽，一片片稻田，一块块菜地，一丘丘山岗，起早摸黑的乡下人都是一辈子几辈子死守着它不放。守望它长出一片绿油油黄澄澄的收成。不把它当爹娘老子侍候不行，他们向它们要呷哩！

乡下人明白：一个“呷”字，左边是口，右边是田，田字要出头。就要讲要保口在一边不饿，田里一定要舍得下力，田里该下锄下锄该下犁下犁，扁担肩挑，不得停歇。

乡下人明白：一个呷字，就是口伴一个甲字。一个甲子又一个甲子，年年岁岁，只为一张口。说到底，一个呷字就是生活的含义就是乡村的全部。

乡下人也有不明白的时候：起早摸黑，省了又省，总是不够呷……是不是自己吞下的太多？！

不明白时，他们就把酒饭菜肴摆到神的面前。出出热气，就当神是囫囵吞下了。其实，摆出去多少收回来还是多少。其实，以后的日子，缺衣少呷还是缺衣少呷，神也是没有办法。

想当年，柴生叔为何临死前还是喔喔喔不肯落气，一直等到老婆懂了他的意思，他才带着一丝苦笑满意地离开了。因为他到底替未出生的儿子取了一个“甲菜”的好名字，他希望他未出生的儿子不像他，将来有甲菜呷。二十多年过去了，儿子甲菜在城里已能餐餐呷得上“甲菜”了。

只是柴生叔在“那边”万万想不到，他的儿子很多时候嫌甲菜腻口，甲鱼也不新鲜了，满城里寻有野菜的酒店宾馆跑。还有，儿子从不讲呷，总是文绉绉地说吃。

我想，哪天柴生叔在那边听到，心里肯定不是个滋味。

而且这几年，柴生叔生前的乡下，一个两个不声不响地走了，走了再回来，又带走三个、五个……一批批地走，大多的乡下人都离开了自己的“狗窝”，走南闯北去。乡村都走空了，他们一个个张口呷四方了。

不过，他们还是会在某一天里再回来的。回来时，晒晒风霜露染的旅衣，把一生呷的生活细嚼一遍。因为，毕竟，太多太多的生活，他们都没有细嚼而囫囵吞下的。

健　旺

健旺吗?

健旺就好!

不管你官大官小，不管你钱多钱少，不管你事业辉煌不辉煌，健旺是最重要的！每个人的身体只有一个，每个人的生命只有一次，能够健健旺旺，你现在可以不觉得你现在可以不珍惜。但是，你只要没拥有了健旺，你的身体垮了，你就什么都没有了。比如你势再盛，身体不健旺，你最弱的对手也能置你于死地；比如你钱再多，健旺不了，还不是白纸一堆，啥用都没有；比如你把事业描绘得再美好，身体不争气，一切一切的都只是南柯一梦，都只是空中楼阁水中月。等到那时候，你顿觉世界缩小如一粒黄豆，霎时灰飞烟灭。

我的一个朋友总是见人就问：健旺吗？这一问就惹了有些人反感，说，你难道愿我早死吗？！

当然，这样的人不仅不领我这个朋友的情反而怪罪他，他们是饱汉不知饿汉饥哩!

君不见：早晨还是晨跑如飞，上午就躺倒在病床上一动不动；上午好好的一个人，下午就去了阎王那里报到；三四十岁的人回老家一趟，儿时的伙伴竟有几个永远地消失了；一个1.8米高90公斤的大汉，两年不见只有40公斤的空壳壳了……这都是事实，交通事故、自然灾害、各种疾病折磨得人够呛，尽管科学先进，但是科学总是跟在它们背后发展。

身体健旺了，心态也得健旺。灰暗的心态，你是感觉不到别人的真诚和善良，你是感觉不到世界有着那么多的阳光，你是感觉不到生活有多么的美好。学学乡下农民，学学市井平民，他们不管生活多么的艰难，总把生活的每一天扎扎实实过下去，生活中他们能找到他们的笑声和幸福。他们的欢乐是一种清欢，是一种最令人感动的欢乐。世俗对它畏惧，困难见它绕道。

以前，人人见面相互都问一句“呷了么？”而今，很多人见面问的是“还健旺吗？”有呷有喝时，健旺显得尤为重要。

健旺就好！身心健旺，日子也会旺起来。

好好地活着乐着吧！

在　一　起

乡下总有忙不完的农事。在一起，是一件不容易的事情。在一起，是一生至情至美的事情。

从精血开始，你就跟娘在一起了。娘摸着肚子，再苦再累也不觉得，再难再窘一笑而过，娘什么都无所谓。娘有你在一起就够了。

你哇哇地哭，你嘿嘿地笑，你总是一步都不肯离开娘。娘上山，你在娘胸前的布兜里；娘下地，你在娘背上的篓子里；娘饿了，你的嘴里含着奶头；娘累了，你在娘的怀里睡香了……你是娘的宝贝，你离不开娘，娘也离不开你，你要和娘在一起，娘也要和你在一起。

只是你一节一节地长高，娘教会你走路，要你一步一步走出去。你不愿意，娘其实也不愿意。娘却说，你总和娘在一起，没出息。你终于走到外面去了，走在外面的你，却常常想着和娘在一起的时光，在一起的美好。你傻傻地想，娘死时，不管再忙，你一定要和娘在一起，你要陪娘走过最后的时光，让娘去另一个世界时不会感觉到冷不会感觉到暗。

后来，你有了工作，你有了妻子。妻子是小城的时髦女郎，需要你时不时来声“我爱你”，你总是不会说，话到嘴边，又是那句“在一起”。妻子总是放手要你去更大的城市闯世界。你还是说你只想和妻子在一起。妻骂你没出息。你说你想娘，你想和娘在一起。妻大吼：我又不是你的娘！你是不是把妻当娘，你自己是知道的。只是后来当了娘的妻，只是经历了一些事的妻，再也不赶你去外面闯世界了。她和你日日夜夜和和美美地在一起，逗着自己的宝贝儿子，侍弄着平常的一日三餐，看早晨太阳从东边升起，看月亮圆了又缺缺了又圆。

你工作之余，还和一班“臭味相投”的朋友伙在一起。在一起，谈着相同的志趣爱好，谈着人情的美好，也谈着世事的无常。在一起时，哪个需要帮助，言语一声就是；在一起时，谁的心情不好，三两句知心的话语便可以疗伤。

在一起，你就不会走失自己。和娘在一起，在一起的是亲情；和妻子在一起，在一起的是爱情；和朋友在一起，在一起的是友情……

所以，你总是含情脉脉地看着“在一起”这三个字出神。无论它是手写的、打印的、剪贴的，你看着它都是那样的温情和幸福。

乡间的和弦

一　字解：浪，水清无风也浪

先跟你讲讲我们乡间有味的事，你要不要浪一浪哩？

你别看他手持一根竹竿在手，一手紧握竹头，着力颠动，只见竹尾那端上下起伏似水波一样摆动。他一脸鬼笑地告诉你，这就是“浪一浪”！

信他个鬼！其实，在乡间，鬼有时候也是蛮可爱的。譬如，死鬼、冤鬼、老鬼、活鬼、小鬼……

哪个死鬼，敢情到老娘身上捞便宜！回头瞪一眼，骂一句，好像还做出一副恨死铁的样子。大屁股被个死鬼摸了一把，往后一扫，圆滚滚肉嘟嘟的还在。也就再笑骂一句，无事一样，扭着大屁股，大大方方地走了人。讨骂的死鬼还在想着刚才那么顺势摸了一把，仿佛捡了天大的便宜一般，强过捞金捞银千倍万倍，他一直感觉手上的余温还在，那肉嘟嘟滑溜溜的感觉还在。他一路吹着口哨走了，哨声响彻云霄。

你这冤鬼，你这老鬼，一天到晚一头驴样，还不把我磨水呷哩！说驴也真像驴，闷着头一句话也不说，只是一日一日呼哧呼哧地喘着粗气干活。这时，只有木板床默契地配合着他，嘎吱嘎吱欢快地叫喊着，歌唱着。做头驴其实也不赖，老天爷给的，现成的，这天大的快活和满足。因此，再苦，再累，他总要见缝插针寻这点快活和满足。因此，他总是要弄出天大的声响，一世界的声响，也许是要让老天爷都听见——他尽管艰辛，但不悲观，他总是那般坚韧、平和与坦然，他还有他的快乐和想头。

真是活见鬼了！先是一条瓜蔓引蛇一般爬上窗户，后是一只野猫在窗前不远不近一声接一声没完没了地嘶春。新婚的两口子，互相对望着，不敢再往下动作了。男的说一句：真是活见鬼了！女的也答一句：几个细鬼，人小鬼大呢！说完，捂嘴偷笑着。男的装作有点儿恼，舞起一床红艳艳的大被子撒网一般铺天盖地罩了下来。立刻，两人在被里头就成了两尾撒欢的小鱼。一屋的大红和喜悦似水弥天漫地，鱼如在水中幻游，搅起一团一团欢快的浪花。

……

乡间，一般是难弄出声响，终年如一口水塘，平坦坦静悄悄，清澈见底。水塘里的水明镜一般，无风，无尘，只有荷叶上晶莹的露珠，一颗颗从荷叶上滑下来，仿佛是在捉迷藏，一个，一个，又一个，紧跟着，调皮地一个打了一个滚，倏地一下，钻入塘心，泛起圈圈涟漪，荡开了去，一塘静水盘活了。当然，这时你只要用心去听，便见那清涛阵阵，浪花飞溅，是从你心灵深处荡漾开来，美丽飞扬，幸福无比。

二　字解：合，分开是人一口

再讲乡间里有些重要的事，你得先要合一合。

娶亲嫁女，可是千百年的好事，断断马虎不得。“八字”合上了，几颗悬着的心才放了下来。迷信上糊糊假假讲要测八字，其实大家的心里清清楚楚明明白白，早就揣了八个字——平平安安，白头偕老。

于是，便慎重，便虔诚。一个红布兜，里三层外三层裹了两人的生辰八字，实实在在像是拎了一袋沉甸甸的爱情和希望。乡间里那些瞎眼的八字先生正襟危坐，口里念念有词，手里摘花一般，推来测去，等你手心里捏出水来时，他适时地大喊一声：合了。便伸手向您讨喜钱。喜钱不能不给，喜钱给少了也意思不了。究竟是欢喜的事，大家欢欢喜喜才是。毕竟，合上了，合上了比什么都好！

乡间的八字先生最好给人合八字，而且给你合来合去，最终都是合上了，最终都是欢欢喜喜讨了喜钱。也有极个别的八字合不上，合不上的他能给你想法子，他毕竟收了你的钱，他毕竟要成人之美。他锁紧眉头，排着天干地支，久久地尽心思量，终会大喊一声：有了！他这时会贴近你身旁耳语一阵，你也就眉开眼笑了。你没说，因为天机不可泄漏。

合就好！女子合起来是个好字。一个家里有了女子，就有了笑声，就有了哭声，屋里也就有了热气，灶屋里也就看见火呼呼地笑旺了，灯也亮堂了许多。再也不是人一口了，美滋滋地，一觉睡到大天亮。明天？明天又是一个好日子，出门高高兴兴，进屋热热闹闹。

合家才是家，合家才有欢乐，这是乡间祖祖辈辈的共识。

乡间，总是一地方人，一姓人，一族人，一房人，一大家人，团团地拥住在一起。乡间，总是一个不分彼此的大家庭。往往，在乡间，一大家人，不管是两代、三代、四代、五代人，都同住在一个屋檐下，共着一口大锅，不分家。也许，正如他们所说，家只能合，分了就弱了力量，散了和气，少了欢乐；若分了，人各一口，各有各的心思，各怀各的鬼胎，事情就复杂和烦恼得多，不像一个大家庭里那般单纯、和气和美好了。

所以，在乡间，做什么事，你最好得先合上一合。合情，合理，合度，合力，合拍，合意，合计，合伙，合群，合欢……

你可以捏合、说合、胶合、缝合、糅合、黏合、吻合、融合……但最好是心合，用心合一合，你的世界才会一片静宁和美好。走在乡间，就总能见到一团和煦的阳光洒在你的面前。

三　字解：扯，扯开了方可止

在乡间，再麻纱的事，扯一扯，再扯一扯，慢慢地就扯开了，扯清楚了。

闲淡时，我们总是见着一堆一堆的女人们围着灶火打着鞋底在闲扯，也常看见一伙一伙的五大三粗的男人们大碗大碗地喝着苞谷烧在扯白，也不少见到有些晒着太阳的三三两两的老人有一搭没一搭地扯着什么，看起来都是那样漫不经心和漫无边际。

有谁知道，也许那伙五大三粗的男人们这时正在扯着东家的母鸡西家的菜秧。常常是东家的母鸡啄了西家的菜秧，西家气急了，一棍子下去，又打死了东家的母鸡。东家说他的大母鸡要下蛋，蛋又孵鸡，损失没法算；西家反正就是一个理：你东家的鸡啄了秧，该打，打死活该！这种事扯到乡里头，也是扯不清的。好在东家和西家的男人们不能不给乡里乡亲们的面子，一起坐拢，扯一扯。也许这时正喝上了苞谷烧，就着那只大母鸡下酒。酒桌上，天上地下，该扯的扯，不该扯的也扯，扯来扯去，最后，都喷着酒气说，赔个卵，扯卵谈哩！

有谁知道，围坐闲扯的那堆女人们此时正在扯着前屋的三嫂子给了婆婆的脸色，或者后屋的四媳妇扯了崽的名糟蹋着公公，甚或扯着新进门的那家新婆娘没规没矩硬要自己的男人帮她洗裤衩……还有一堆妯娌吵嘴、两口子黑面、崽女难调的籽麻小事，要扯。别看事小，不扯清了就不会安宁。女人们扯来扯去，心里头总有一根准线，都说，就是再变了天，在乡间，做女人的，也不能不孝不敬不贤不慧不规不矩不中不用……女人，乡间的女人嘛，手里头要利索，心里头要亮堂、再乱的麻纱、也要扯得清。扯得清了，才养得青屁股的崽，养得壮壮实实，堂堂正正，高高大大。

老人们，老人们最爱扯的却是自己的清白，和那些一辈子心有挂碍的事。他们在想着有一日自己不晓得就要无声无息地走了，所以走前他们一定要落个清清白白，不挂不牵，无愧无欠。只有扯清白了，才能安安心心地去另一个村庄，干干净净，重新开始。当有一天老人们扯着天冷天热、日长日短、前世今生的时候，也是他们真正要走的时候。只有这个时候，他们什么都扯开了，看淡了，静净了。

扯一扯，再扯一扯，没有什么不清楚的：赤条条地来去，清清白白一世做人，做凡人，做好人。

乡间的事，就是这样在扯，重要的事扯清了，无关紧要的事扯淡了。扯得天高云白满青山，牛羊饱，正向四方眺望，树也静，风也止，年年净洗，草木葳蕤，花香不了，鸟语不断，大地和鸣。

乡村女人的风景

七　娘

七娘比七爸高出一个头还多，也大出十多岁。我童年的记忆中深深留下七娘的牛高马大和七爸的矮小委琐。每当我哭闹不听话时，我娘就吓唬，再哭，就给你讨个七娘一样的老婆，我便乖乖地不哭不闹。

在生产队定工分时，七娘是女的，就不能给十分工。七娘就大骂，就和男人比试。七娘能挑七十多公斤的重担能犁田打耙能踩打谷机能挖地……凡男人能做的，七娘有过之而无不及，七娘仍没能要到十分工。

七娘仍然出工，只是在挖红薯挖凉薯扯花生时，就饱饱地吃一顿，吃得比四五个人还多。当然，回家她那份餐是节省掉的，让给七爸吃。就说把七爸喂养得高大一点儿，像个男人。老人说：这哪儿的话，又不是你的崽！七娘就说：这是我自家屋里的事，要哪个多嘴烂舌的讲，俺唱被窝戏你也要管么?

有一年，按抓阄是七爸当队长。无奈七爸有病，七娘只好取而代之。也只有那一年七娘最为神气和欢快，她吆喝着大家出工，像模像样参加大会小会，那一年生产队得的红旗最多，七娘也第一次呷了十分工，虽然那记工簿上用的是七爸的名字。

七爸一病就十五年。七爸死时，七娘没掉一滴泪。七娘还和人讲，总算去了！他也呷亏我也呷亏，还不如早早地去。这一讲就惹许多人愤懑：这女人太不像话，老七死不瞑目的，也让老七捉去好了！后来又有人说，瞧那鼻子那脸颊，一副克夫相。

就好多人不愿跟七娘打交道。只有在夏天七娘摇着蒲扇总爱串我家的门。七娘顶喜欢我，总和我娘说这伢子日后定有出息。我就“七娘”“七娘”很响地叫，七娘就“哈哈”笑着应。七娘有时和我娘唠叨时，脸颊上淌着泪水。我极疑惑，一个笑“哈哈”能打半斤的女人也淌泪水?

去年秋天我回了趟乡下老家，七娘新造了屋，很宽敞。七娘对我说：伟宝，我总算完成了任务。我晓得这“任务”是指为夫家生崽扶养成人并为崽娶媳妇续了“香火”。

我看着背驼得厉害眼睛闪过一丝亮光的七娘。

我久久地无言。

娥　姐

那日，家里来了乡下老家的娥姐，我差点儿没认出来。娥姐手足无措地坐在沙发上，头发有点儿乱，衣着不整，寡言少语，脸上无光，老相得很。

娥姐原本不是这样的。娥姐大我六岁，长得十分俊俏。娥姐高中毕业，在学校是文工团的骨干，又学过裁缝。回家不久，就干了村里的团支部书记。那段日子，她活泛得很。而且，娥姐的号召力也是令人惊叹的，她又点子特多，村子里新鲜事就多，就常沸沸扬扬的。

没过一年，该热的热过，就逐渐平静下来了。娥姐也已十八周岁了。乡下农家主事的老人便说：是花，都得开。女大当嫁，男大当婚。娥姐听着起先只是嗤嗤地笑，稍后常和爹娘顶杠，却最后究竟执拗不过爹娘。

娥姐出嫁，找了本村的怀哥。出嫁当日，是要抬嫁妆的。虽路近，一条田坎就到，郎客断断少不得的。做郎客自然是喜事，又这么轻松好做，我那次就做了郎客，得了喜钱。

娥姐嫁过去不久，公爹婆婆就把她们小夫妻分出来单过，这是我乡下老家的规矩。后来，娥姐又生了儿子。娥姐就少了些活泛，少了些点子。在大伙心中，娥姐还是一面不谢的风景，大伙选娥姐当妇联主任。

一日，娥姐和怀哥大吵了一场，还打了起来。其实，那是怀哥的不对。村上周秘书新近死了老婆，拖着三个小孩。娥姐瞧着，就跑去照料。怀哥就有鼻子有眼在大庭广众之下唾骂娥姐的不是，并大打出手。娥姐气不过，回了娘家。娘家爹娘竟也说，一个女人家不能东跑西颠的。娥姐委屈得落泪。不久就听说她要和怀哥离，怀哥说要离行，留下我的儿，干脆得很。娥姐果真离了。

后来，娥姐竟和周秘书成了家。这一成，怀哥就大肆宣扬，村子里就很多人将信将疑。娥姐一过去，累死累活地操持，上有老母，下有三个年幼的儿子，真怪难为她了。可老母还存心和她过不去，蛊惑着三个孙儿，满村子里嘀嘀咕咕，指桑骂槐。娥姐不能去看自己的亲生儿，又得不到后来三个儿子的承认，心里老是觉得缺点什么。日子愈过愈难，怀哥那边放出风来，说只要娥姐认个错，离了仍可以回去。其间，许多人相劝娥姐，都了无结果。

娥姐就这样硬撑着。娥姐就愈来愈不像以前的娥姐。

我想，这岁月也是无情物，把个好端端的娥姐弄成这样。

可是，这又怪谁呢？

兰　婶

兰婶娘家很穷，兰婶只得早早地嫁给我家六六叔。那会儿她常上街赶场，总要来我家坐坐，一声不响久久地看着熙熙攘攘的场上。我小，问兰婶瞧着什么哩？兰婶一次也不回。兰婶头上束着的兰花手帕，飘上飘下，左右摆动，旋舞似的。蛮乖态。我说。兰婶蛮好看，也怪。我娘说，她太阴沉，没寿年，和六六过不长久。

果然，我娘言中。倒不是兰婶，是六六叔先撒手西去。六六的娘问神，说兰婶克夫，命中注定的。六六的爹娘就齐齐地把冷眼、讽刺、辱骂、责打泼洒在兰婶身上。尽管兰婶常常忍泪默默无言，还是被六六家撵出了门，儿子不能随她走，那是六六家的“香火”。

许多年后，兰婶又来到我家。也坐很久，也瞧门外熙熙攘攘的场上，头发上仍束着兰花手帕，却说很多话，眼睛格外光亮。不久，兰婶便在小镇上开了个小饮食店，生意做得红火。

有一天，兰婶竟来工商所找所长，她要开一家土特产公司。过了一个月后，兰婶的土特产公司便开了张。她请了六七个人做事，还有一个断一左手的男人做账房。一年之间，她的公司成为小镇企业明星。

有一次，兰婶来所里领奖，顺便给我一张请柬。我料定是她公司请我喝酒，忙推说，我一向不喝这酒的。兰婶脸顿时绯红，急急地说，看，你看了再说。我一看不打紧，好久才回过神来：是兰婶的结婚酒。又好久才问，那宝生，宝生是谁？我公司那个管账的。

我问，公司还好吗？兰婶忙高兴地应：好，还好。又说，我问过神的，这几年运气好走，不怕，得狠干一番。我说，你当真信神？！她说，神是要信的，信则有，不信则无。她看着我极惊愕的样子，哈哈笑道：神就是自个儿！我爽快地应承兰婶，说，去，一定去。兰婶又哈哈说道，得带上你那位喽。

又一阵风走了，兰花手帕，飘上飘下，一摆一摆，舞得极是欢快和自信。

乡村男人的世界

五　伯

我总学不来五伯的那份潇洒。无论朱夏与白冬，五伯总光着上身，赤着脚，着一条短裤衩，腰间围一条长长的毛巾。尤其性子不急，就是农村最忙的“双抢”季节，他也保持着午睡一觉的习惯。一条老式长板凳往阴凉处一放，双手往脑后一枕，两腿并拢，硬直直地端正摆放在宽仅一指头的长板凳上。少顷，便打起呼噜来了，呼噜打得很有节奏，也格外的响。我们这些细把戏倒喜欢听，听久了，我们便用稻草去捅五伯的鼻眼，五伯便嘟噜着蚊子烦死人，这时，我们就对着他的耳朵嘻嘻哈哈大笑大闹。五伯被吵起来，我们这一班宝贝就撤兵，而我时常由于一时撤不下来，被五伯俘虏了。作为俘虏就要为五伯扛脚，先前是扛不起的，次数多了，就不觉得了。每每此时，五伯便哼起小调，有板有眼，我就陶醉在美妙的氛围里，就忘记是在做俘虏了。

我快进学堂时，便常听妈妈说五伯很“蠢”。我问，五伯很“蠢”么？很多人就说，整个大队就数他……我从此不再问了。但听到关于五伯的事倒也积得多了。就拣几件足以说明五伯的“蠢”了。五伯年轻时，堂堂正正，脑瓜子也好使，是全村数得上的一个好后生。那年区里来蹲点的朱书记吃住在五伯家，和五伯很合得来，临走说要带五伯去吃“皇粮”，但五伯没有去，当然是五伯不肯去。尔后五伯也着实红火了一阵，他能弄来大家急需的救济粮，也能替大伙争来一些农具什么的。如那年的二十四马力高压抽水机，就让全大队大开眼界。在五伯红火之时，五伯却办了一件最“蠢”的事，人们都这么说。一个黑咕隆咚的晚上，五伯把五婶送回了娘家，五婶就一直没有回来。我很长时间才打听到原委。原来五婶在未出嫁之前就和本村一个后生青梅竹马，不久前那个人儿因车祸偏瘫在床无人照料……就这以后，五伯就再没有娶过老婆。在大伙的眼里，五伯就是“蠢”，“蠢”到把自己的老婆送给人家。不过五伯还是五伯，只是没有先前的潇洒和欢快了。

瘸　叔

那是一个燥热的夜晚。瘸叔和四婶的心也浮躁不安。

楚子瓮声瓮气一句：“我只认一个爹的！”

像轰天巨雷，两颗心碎了。四婶全身倚着木墙，泪水淌成串：“瘸哥，别恨楚子……怪我，苦了你一辈子……”瘸叔怔了一会儿，转身苦笑着走了。

夜深了。闪电似的长剑，把天刺裂了。大雨倾盆，河水涨了，涨了！

瘸叔披起一件蓑衣，疾步消失在雨幕中。全然不像平时走路一高一低的样子。

水漫过河堤，直冲四婶家而来。楚子和他娘四婶慌忙搬东拿西。

瘸叔大吼一声：“想找死！奶奶的，快走人。”

瘸叔把四婶拖出了屋，又跳进屋子用力一把把楚子推出屋。“轰轰轰”，屋坍塌了，瘸叔被罩在里面。

雨水住了。瘸叔躺倒在自己的小屋里，四婶坐在床角低着头偏过身去，乡邻们齐刷刷地挤满一屋子。满屋子静极了，能听到每个人“咚咚”的心跳。

人生犹如流水，往事渐渐遥远，却又觉得历历在目。那个年代那个年龄，瘸叔不瘸，爱着同村的四婶，四婶也爱着瘸叔，只为了一个“穷”字爱不到一块。

在四婶出嫁的前些日子，瘸叔去矿上扛一百多斤的矿木没命地挣钱。到底是没能挣回那么多的彩礼钱，倒把一条腿瘸了。

后来，四伯病逝。一直过着单身生活的瘸叔瞧着四婶带着楚子日子过得很紧巴。时常给四婶家送这送那，也帮着做了不少杂活力气活……

重重地沉沉地“扑通”一声，拉回了众人的思绪。原来是楚子跪在瘸叔床前了，半晌叫了一声“爹”，那声音底气十足，十分的坚定。

瘸叔灰暗的眼睛倏地睁得好亮，脸上也极放光彩，嘴角露出长长的甜甜的微笑。继而，又缓缓地摇了摇头。

啜泣声在屋子里充盈。忽地四婶疯了一般捶胸顿足，撕心裂肺地哭喊。

哭声久久地回荡着。

瘸叔的腿再也瘸不动了。

得福老汉

依辈分，该叫得福老汉“九叔公”，却连穿开裆裤的一班细伢子也“得福老汉”“得福老汉”地叫。

据说，得福老汉快出生那会儿，他爷爷召集了一院子的长辈和七大姑八大姨一齐搬凳子坐拢来合计：“我老李家穷了三代了！老书上说，‘强也强不过三代，弱也弱不过三代’。孙伢子就要降生了，取个好名字，靠他福起来！”众人齐附和，就一起抓头托腮，苦思冥想，满屋子吧嗒吧嗒声，烟雾袅袅状。爷爷站起身来，一锤定音：“早福晚福都得福，就叫得福吧！”

得福后来长得老高老大，熊一样壮，山豹一样强，双腿能夹住石碾。踏着露水出工，顶着烈日做工，背着月亮收工。背微驼，是压的；皮肤黝黑，是染的。整土、施肥、锄草、犁田耙地、插秧打禾……样样在行。一年到头，攒下的工分竟养不住两片薄薄的嘴唇。家底太薄，又一大家子人，一个个都是愁眉苦脸的。三十六七的高高大大不缺胳膊不少腿的得福也想寻个媳妇，却说不出硬话，拍不响胸脯。人家一讲到彩礼，他就蔫了。一家人都替他急，爷爷、爹、娘更是走“断”脚后跟，效果全无。老李家的“香火”要断了么？！敬香磕头卜卦，神灵都应承了的，况且名字也取得好好的，难道说话不算数？！一个个无数次地遗憾、愤懑、质询、责问。

有一年，田地包产到户，农民当家做主！得福老汉来劲了，没日没夜在田地里转，让山风吹拂，与白云为伴，用星星和月亮做成油灯。后来，他承包了村里橘园。橘子熟了，阳光斑斑点点地筛落枝叶间，映着黄灿灿的果实，只见满坡满坡的橘树被累累的金果笑弯了腰，得福也满意地笑了。不等他开口，生意人蜂拥而至，一篓篓，一车车，运往各地。他手中便是一把把的钞票。不几年，又去承包鱼塘，弄出一个鱼跃人欢的局面。那一年的春天，四十三岁的得福娶回一个蛮乖态的黄花闺女。

这一来，就有人妒羡得要命，骂得福“老牛呷嫩草”，还不是仗着几个钱。那女子恰好听到，说，你若是也这样勤劳上进，我这根“嫩草”也随你呷。说完，咯咯地笑个不停。也有人说，得福有了今日，沾了名字的光。得福听到，大骂，狗屁！懒得蛇钻屁眼都不管，还想过上好日子？！

前年我回家乡一趟，去看了得福。他竟显得愈发地年轻，背挺得很直，脸也常挂着笑。有许多人竟“九叔公”、“九叔公”地叫个不停。

乡村孩子的日记

乡村孩子不比城里孩子，日记不记在精美的笔记本里，却深深地烙在心里，永远不会变色，永远不会腐烂。三个乡村孩子回忆起来的日记，自然地洞开了一方世界。

——题记

一

1978年9月1日 清晨 雾浓

娘讲，今天是个好日子，快起床她要吩咐活儿。我一骨碌爬起床，哇，外面雾好浓，浓得化不开。但我晓得浓雾散开后，便是一个晴朗朗的天，娘教我的“土天气预报”准得很。雾把整个屋子笼罩了，屋子里空气中却飘满了稻草灰味。娘蹲在灶边，脸被火映得通红。

不一会儿，娘揭开鼎盖，把手伸进蒸汽袅袅的沸水里，迅疾地捏出两个鸡蛋，鸡蛋滴着水，蛋壳还是热的。娘喊：“哈崽，擦把脸，快过来吃。吃完，还要吩咐话儿。”我从脸盆架上扯下那条灰干干的毛巾，往水里一浸，把脸一抹。我疑疑惑惑走进灶膛，瞧着娘剥了蛋壳的鸡蛋圆润白玉一般，又散发着诱人的蛋香，无法掩饰心中的惊喜。

没有天大的喜事，我哪有这口福?

娘讲：“哈崽，今天你就要进学堂门了。进学堂门了，就是读书娃了，再也不是放牛娃了。读书娃要听老师的话，守规矩，明道理，学知识，挣前程。毛主席不也说，‘祖国的花朵……八九点钟的太阳……世界是你们的！’哈崽，你爹就吃没文化的亏，整日捣弄土疙瘩，灰头土脸。一年到头，挣一把把工分，分不到几斤口粮，半饱半饿的。你能考上大学，当上干部，穿四个兜的干部服，才算替咱家挣了面子，娘就享福了！”

娘讲：“哈崽，你要记到心里去！你要攒起劲头来！你只要读得进，娘就是砸锅卖铁都要送你，送你送到北京城。”

娘讲：“哈崽，你要让娘放心，就吃了这两个鸡蛋！”两个鸡蛋都剥了皮，满温热，挨挤着，用一根筷子从正中串起来。我接过，一双眼看着娘。娘讲：“你起誓，次次功课要吃一根筷子两个鸡蛋（意思是要考100分）。”我闭上眼，祈祷着，心中暗下决心。然后，狼吞虎咽几口吃掉了两个鸡蛋。

我走了，走在上学的弯弯曲曲的山路上。外面雾好浓，我却坚信，浓雾散开后，定是一个晴朗朗的天！

二

1988年9月1日 中午 阴天有风

天老是阴阴的，还趸着风。未到晚秋，我竟觉得冷了。校门口空荡荡的，我两只手叉在裤袋里，倚着校门，眺望教室，聆听悦耳的读书声。我喃喃自语：上课了，上课了……眼中似有风沙吹进，用手一抹，却是泪水。

我本应该坐在教室里的，小学三年一期2班从校门口顺序算起第二间教室里第二排第四号座位还空着。是交不起学费和杂费？这几年，谁都晓得，学费一年一年看涨，杂费的名堂一年比一年增多。今年的学费翻几番。八十多元呀！还有教育附加费、试卷费、班课费、资料费……名堂众多，花样翻新，压得许多家长喘不过气来，真个儿送不起孩子。狗娃、乐子和学军等几个，今天也不来学堂了。

我呢？是，又不全是。我家就我一个“宝贝蛋”。爹在县城农贸市场做着生意，开一个门面搞水果批发，红火着哩！娘在村小学旁开了经销店，烟酒糖果、花生瓜子、笔墨作业本……小小生意，也是忙不过来。“学费杂费是多了点，”爹说，“对我家来讲，小菜一碟。不让你再上，是怕白白地浪费钱。读了两三年，算得数清，就行。”爹还说：“今天这社会，有钱就是老大，事情都顺着哩！”明摆着的，不上学跟他去县城里看门摊，钱会一个个蹦到手中来。娘也讲：“看大院子的大贵，书读了一肚子，眼珠坏了，背也驼了。人斯斯文文，考了三年，考不起大学还不是回家‘修地球’，犁田打耙、挖地锄草、插秧打禾等一应粗活细活，拢不了边。”爹插一句，粗粗地吼：“都弄成个废人，读书有啥用？”娘还唠唠叨叨讲：“小院子的华山、后争，长不了你几岁，打小从未踩过学堂门，斗大的字认不了一担，不也照样从‘南边’大把大把地往家寄票票（钱）么？……”

爹看了一眼娘，又吼：“唠叨个啥，反正，书不念，学不上，今儿个兔崽子再踩学堂门，我打断他一双腿。”他立马要带我走，我急了。我烦农贸市场的吆喝声。我说：“我要跟娘，替娘看店！”我说得异常坚定，脸青面黑。

爹看看我，顿了顿，还是准了我的选择。我松了口气，上不了学，还是经常能聆听悦耳的读书声！我不知是喜是悲，眼中蓄满了泪水。

三

1998年9月1日 夜晚 月明

月好大好圆，明朗朗地照，把个山川田野照得如同白昼般美丽动人。我一个人独坐在那棵老树下，望着老树像变成一个童话，我发觉自己变成这个童话王国的快乐王子。真的，我太幸福了！我要跳起来，我要唱起来，我要舞起来。然而，我一动不动，眼中晃过许多事来。

今早，爹一反常态，拍着我的肩膀说：“崽，你还是去读书。我估量着，这时代，书不读不行！”我听着，不惊不喜，并无半点儿表情。其实，我直想哭。我已退学在家两年了，每天砍柴、放牛、扯猪草、生火做饭。也有过劳作的乐趣，我却欢喜不起来；也有过爹娘的称赞，我却得意不起来。我看着同村的伙伴三三两两、嘻嘻哈哈去上学时，心中就像打翻五味瓶。后来，就逼自己不去看，不去想。其实，自己办不到，夜里睡在床上，老是翻来覆去。

爹看我许久不说话，以为我没听清，或是不理解。又说：“崽，你还是去读书。这时代，书不读不行！”停了一下，又打比方，又举例子：“七组的何发佬原来做着大生意，人五人六的。上个月，不也塌了。明理的人讲，吃了不识字的亏，被人家一个啥‘合同’骗了。一眨眼，二十多万打水漂了。唉，书不读不行。”爹见我还是不应话，又抬出高帽子：“不让娃儿们读书是要犯国法、上电视的。电视夜夜看，广播天天喊：义务教育啦，希望工程啦，领导题词啦，中央发红头文件啦……明眼人都讲：是该提倡了！这时代，书不读不行。”

我能回答些什么？不说，也好。反正——

我双眼从老树上移过。抬头，月好大好圆，明朗朗地照，把个山川田野照得好美。起了秋风，一看，秋风掠过山梁。我笑了。

辑四／白水点灯

一闪念 一辈子

血　光

对血光的爱好，别人是无法理解的。很多人见了红红的血，或眩晕，或恐惧，或麻木……

唯有他，总爱看如血的残阳，又激动，又欣赏。看着看着，眼前就出现一片血光，和血光中的一片美好。

那也是一个残阳如血的傍晚，娘生他时大出血。血，如水一般涌出。床单、纱布、剪刀……就连接生婆的手也血水放光，脸盆，满满的一盆又一盆，血艳红艳红，晃晃荡荡，光光亮亮。满村子的婆婆婶婶们打仗一样，在大屋里冲来冲去。只有，一班爹辈叔伯沉得住气，烧一锅旱烟蹲在墙角无事一样地看天。此时，天上铺到地下，地下连到天上，到处血光一片，壮观辉煌，令人叹为观止。最后一片血光闪过天际时，哇哇的一声震天哭响，“带嘴的”他来到人世。一个新的生命，一件新的作品，孕育完成。娘经过这番血的洗礼和幸福的痛楚之后，侧过身来久久地看着自己的杰出作品，用眼光一遍一遍动情地抚摸，脸上盛开了无比灿烂的花朵。

他豆瓜秧般爬蔓、攀扯、壮大。有很多时候，他总爱沉稳地坐在几位“白大褂”的对面输血。他如此义务地输血，不能不说是一种生命之美的邀赏。他看着自己的手臂上连起了一根管子，艳红艳红的血，从脐带一样的管子里面流了出去，流到天边。他就想到了那一个血光之日，想到了娘那一天的辉煌和美丽。

他的血在管道里日日不停汩汩地流淌着，如溪水一般，不紧不慢，不急不缓，流到石拱桥下，流过兰草旁边，流进大山的深处。

血光是有生命的，血光是生命的开端，血光也是生命的终结。

血光一闪，是生命天空中最美的一瞬。

小　溪

我奔走在老家的山山寨寨，与小溪、河流结伴而行。我和小溪一样地兴奋得不行，蹦蹦跳跳，一路说着话、唱着歌，绕花穿树，跳涧越石，一路前行。

小溪啊，你要到哪里去?

我要去很远很远的地方。

去那里做什么?

我要流成河，汇成海，变成浪。

那样，你不是没了么?

嘿，我没了么？！我可是壮大了，成熟了，激情多了。

真要那样去了么？

当然。我快乐，我愿意！你看着我的快乐，有一天你也终会去的。

小溪去了的日子里，我一个人找不到快乐。我整日无所事事，茫然失措。

有一天夜里，我梦着自己一闪，摇身一变，变成了水滴，也随着小溪，开始了我的行走。我相信，小溪那样弯弯曲曲穿越千山川田野，执着地直抵快乐的心脏。我尽管看到的是纵横交错、溪壑萦纡的小溪，她却始终有着径直的目的。我不知道她从何处来，只看到她奔停不息地走，但我想，我是清楚的，清清楚楚晓得她走向何方，因为她是那样欢快地唱着，跳跃着……

我跟着小溪走，开始了我生命最初的旅行，开始了我的快乐之旅。好多年之后，我才知道，小溪行走的姿态，是生命之旅真正的姿态。生命的快乐，就是在小溪那样不知疲倦的行走中获得的。

多年之后。我老了，多少个动情的夜晚，总是梦见自己回到了故乡，梦见自己光着脚丫在溪边戏水，一晃，一晃，我看见月亮掉在清溪里了……

小溪的水呀，你还是那样清澈见底一路欢歌么？

蝴　蝶

蝴蝶飞呀飞。蝴蝶双双飞。

两只蝴蝶在花草旁飞来飞去，一上一下，一前一后，一左一右，忽而腾空，忽而盘旋，忽而低回，旋舞似的。他们一身轻灵，一偏，一跃，一齐跃上花枝头。

这时，有人在驱赶着蝴蝶，伸出双手上上下下左左右右地驱赶着。

那人急步往前走，那蝴蝶又快速地飞向前。那人停下脚步，那蝴蝶也总在不远处停下。然后，或头上，或肩上，或脸上，到处乱窜，窜得他心乱如麻，烦躁不安。两只蝴蝶一路跟着，不离左右，一路欢快地跳着舞，时不时又到他的脸上肩上头上飞舞着，是那样的亲热与欢快。

我看清了，那个无法驱赶蝴蝶的人，是华伯。他反对儿子的婚姻。儿子只知道父亲的反对，当然不会知道，也是半个多世纪前这样的一个下午，他的姑奶奶香月婆婆和春生叔公由于家庭阻拦不能爱到一块，不过，那是因了一个“穷”字……最后，两个人只好如梁祝一样化作蝴蝶双双飞。

咦，日怪了，又是两只蝴蝶……华伯看着飞舞的蝴蝶，挥动的手停在了半空。

华伯路过肖氏宗祠时，有一首老歌悲悲戚戚地响起：“愿做蝴蝶比翼飞比翼飞……啊！啊！不分离。”此时的华伯心里有了决断，一路飞快地往家中走去。

两只蝴蝶仍然追逐着华伯，在他身旁飞来飞去，一上一下，一前一后，一左一右，忽而腾空，忽而盘旋，忽而低回，旋舞似的。他们一身轻灵，一偏，一跃，一齐跃到华伯的头上。华伯再也没有驱赶蝴蝶，华伯还把手伸向空中，让他们在他宽大的手掌里跳舞嬉戏。

不知不觉华伯就到了家门口，他听见一首欢快的新歌缠缠绵绵地从屋内飘出：“……亲爱的你张张嘴，风中花香会让你沉醉。亲爱的你跟我飞，穿过丛林去看小溪水。亲爱的来跳个舞，爱的春天不会有天黑。我和你缠缠绵绵翩翩飞……”动听的旋律，飘得好远好远。

蝴蝶飞呀飞。蝴蝶双双飞！

蝴蝶展开的翅膀，总是那样，向往天空，向往爱情，向往自由。

火　塘

火塘，四四方方一口塘，浅浅的一口温暖的塘，在家的心房。你蹲在火塘里，往灶膛大把大把地塞着枯黄色的干稻草，烧旺的灶火映得你一脸通红。你的肚子咕咕地直叫唤着呢，你把两眼盯得直直的，一眨都不眨。看什么要紧的？是看咕咚咕咚直叫唤着的鼎罐呢。咕咕咕，咕咕咕……是不是和你一样的唱着歌？是不是和你一样的饿得慌？

鼎罐底下的一团火，笑呵呵地看着你，像一饼红太阳，更像一个膨膨的烤饼子呢。

有人看到呷饭的矮桌上有一小碟干盐菜，孤孤地陷落在那里毫无生气。一字排开，摆上六只碗，从鼎罐里捞一勺，再捞一勺，伸长了勺子，再捞，直捞得鼎罐咣咣地响。桌上的六只碗，只只只有“半罐水”（半碗稀粥）。说是水，一点儿也不夸张，明晃晃的，都照得出人影子。不用喊，一家人早围拢了桌子，或站或蹲或坐。一下，二下，三下，碗就底朝了天。这时，是谁弄出咂巴咂巴的大声响？不用猜，那定是爹有滋有味地咂巴着嘴；一会儿又有嗞嗞嗞地丝响，不用看，绝对是三娃四娃没过足瘾，一定还在美滋滋地舔着碗呢。

你看了看娘，想必娘也是毫无法子，只见娘低下了头。娘的嘴角稍稍动了动，你晓得娘是示意你们四个都去火塘里围坐。娘一贯是这样讲的：有呷冇呷，烧把火加（加热，用火烤）。

娘和爹早已车转了身，扛了扁担和簸箕，走了出去。你把弟妹一个个哄进火塘，火塘里有太阳，火塘里有烤饼子呢。你和弟妹们都围坐在火塘里，看着烧旺的柴火，各自想着自己的心思。突然，你喊了一句：看，快看啰！弟妹几个就一齐往外看，屋外有一只萤火虫在半空上一闪一闪，抬起头来，还有一个好大好圆的月饼高挂在天穹。

……

一闪，你和弟妹们一个个都老了。你们已远隔家乡，各自蜗住在城市的“火柴盒”里，数年难得见上一面。儿女们翅膀早硬了，飞了；孙儿们翅膀也长了绒绒毛，不再相依偎了。冬天的雨夜里，只有你，一个人孤单单的，陷落在那高大的真皮靠背椅上，一坐老半夜。卧房里的空调尽管呼呼地开着，你却总觉得有丝丝冷意袭来。

你紧了紧披在身上的衣服，缓缓地立了起来，慢慢地走到雨打的窗前。你透过雨幕，想起了远方的火塘，似乎又听见鼎罐在咕咚咕咚叫唤的声响，顿觉一团温暖弥漫在心房。

网

在一个恼人喧躁的午后，我如一尾翻白的鲢鱼被一个腆着“啤酒肚”的家伙拖上了岸。我知道，从此后我要经受的是干渴、鞭打、剐鳞、杀戮、油煎……我憎恨这可恶的“啤酒肚”，我更是无比仇恨那张人世间丑陋不堪的大网。当然，此时我也开始痛恨起自己的贪婪和无知。我痛苦无助地闭上了自己的眼睛。

就在这时，一个小孩蹦蹦跳跳朝我跑过来，我想他一定边跑边想着网里的我，想着我困在网里不成样子的样子。他一定会奚落我的！果然，他把我放在一只手掌上，用胖嘟嘟的手指头一下一下地戳着我。没戳几下，小孩自己倒先哭了。原本，他是指望我游动、跳跃。这也怪不得我！没了水，没了生活的激情，我一动不动。小孩越哭越伤心，一直在网鱼的爸爸才走拢来。问小孩，小孩哭哭啼啼地诉说。小孩跟他的爸爸说了什么，我没有听见。

他和我说的话，我至今记忆犹新。

他说，到处都是网，到处都是陷阱，你可要留心哩！

他说，你还是到水里去，水里才是你的家哩！

多年以后，一位八旬高龄的老诗人赠我诗集时，握一管粗大的狼毫在雪白的扉页上飞快地落下了一句赠语：海为龙世界，云是鹤家乡。

那一刻，我无比地动情。为老诗人，为那个我生命中的小孩，为我自己，为如我和老诗人一样许许多多的人。

其实，我们生活在这个世界上，个个都像一尾鱼。是鱼，我们就要回到水里去，就要回到家乡去。

只有家乡，家乡无网！只有水中，水中好游！

晒 太 阳

太阳斜斜地停在天角上不动，落在地上的光亮和影子也不动。九婆婆木木地坐在屋前空坪上的一把木火桶椅子上，也一动不动，很是安详。背后老式的木格子窗，贴着白黄白黄的纸，也贴着五颜六色的窗花。

村头那棵古老硕大的槐树下，周三叔公在陪着一头老黄狗晒太阳，半睁半闭看着空旷荒寂的田野，小孩一个个赶着老牛缓缓地走在弯弯曲曲的山路上，窄窄的嫩嫩的肩膀上驮着一大捆柴火，很沉很沉。

这时，村庄上空已经飘起袅袅炊烟，淡白淡白，渐行渐远。

有人抬起了头，村庄上空还是瓦蓝瓦蓝的一片天。

有一天，老人老去的时候，一个时代的村庄消失的时候。也许有人发现了某个土砖缝里塞着的一本《毛主席语录》和一个毛主席像章呢？语录本是那种六十四开的小本子，鲜红鲜红的塑料封面；或镀金或镀铜的像章反射着光芒，熠熠生辉。翻过来翻过去地看，也许他们会翻看到先人们先前的日子。

暖暖的太阳底下，不知今夕是何年？却总是那样地开心和幸福：有人起劲地玩着纸牌，有人眉飞色舞地扯谈着“张飞杀岳飞”的白话，有人端一碗红薯饭很响地咂巴着嘴，有人一木梳一木梳认真地梳理着长长的黑发，有人大大方方地裸出雪白雪白的胀胀的胸乳给小儿喂奶……

晒着太阳的日子，温暖而美好，和谐又恬静。晒着太阳的日子很短很短，从天光到天黑，从年头到年尾，从一个“小鼻涕”长成十八的姑娘“一朵花”，都是一闪念的事。晒着晒着，日子过得飞快。

晒太阳的时候，有人会唱起：“毛主席像太阳，照到哪里那里亮……”那首歌，一街人无不感到亲切。那熟悉的旋律，令人感到振奋和欢快。

这时，太阳很好，它正温暖无语地注视着大地上的一切。

今天，一街的人呢，一街时尚忙碌的人呢。他们也许也会冲着美好新鲜忙碌的日子大声地赞美一声：太阳很好！

太阳很好……

太阳很好……

太阳很好！

仙　　人

应该是在某个炎炎的夏夜。我看见一个老仙人从很远很远的地方，手揽星月，脚踩祥云，背驮两块巨石而来。随手一扬，两块巨石如两片树叶般飘落在溪河上。“一桥飞架南北，天堑变通途。”独立桥头，脉望四野，只见那白白的溪水像小孩般拍着手唱着歌一蹦一跳而来，两岸绿色的大山上，偶尔传来雀鸟短暂而清脆的三五声……白雾袅袅中，我仿佛看见自己和架桥的老仙人捧着酒葫芦席地而坐，旁边是三两仙女甩着水袖在空中翩翩飘舞……

咦，一下，飘舞的仙女不见了，老仙人手中晃动的酒葫芦也不见了。再定睛一看，桥上明明只有我，只有我独卧桥上，静听松风。

我迷糊着眼，茫然自问：我是谁？我是仙人么？！

有松风站在青山之巅，答曰：世上本无佛，心中向佛，阿弥陀佛！佛法无边。世上本无仙，心中有灵，山人可成仙。

面对山水灵气，面对绿野白霭，我倾力地呼吸，深呼吸。

噢，噢嗬，噢嗬嗬，噢嗬嗬嗬，噢嗬嗬嗬嗬，噢嗬嗬嗬嗬嗬——

林海滔滔，松风阵阵，笑声串串。

我睁开眼，惊惶地环顾四面八方，什么都没有。

静。山是静的，水是静的。夜色如水，风声无痕。一切都是静的！

我，一个人，仿佛从远古走来。我老了，注定一个人还是要回到远古去的，因为我毕竟只是一谷山人，山林野栖，涧水牛饮，“独坐幽篁里，弹琴复长啸”。

向下的飞翔

父亲急急地打来电话，说，你光飞哥骑摩托车去送货，在半路上被一台冒出来的大客撞了个正着，直飞了出去……我脑袋“嗡”的一声，飞快地赶往医院。

还好，光飞哥已经醒过来了。父亲说，幸运得很，搭帮秋收后田里有一田厚厚的稻草……

这么些年来，光飞哥一直以来都在村子里踏踏实实、忙忙碌碌，在我老家善塘的青壮汉子中是少见的。有一回，我忍不住地问他：咋不去“南边”放飞放飞？光飞哥正经地说，几年前去过一回，只是觉得飞翔在那南方的都市里，他总是十二分的不得劲。回到家，看着家乡的天空，脚踩厚实的大地，人才踏实，才有劲。

他说，瞅着天，哪天天晴？哪天阴凉？菜土田地干渴了，何时会来一场及时雨？心里头有数得很。整日里，一把锄头高高地擎在肩上，兴冲冲地走在田垄上，蹲下来，用手拧一下，又拧一下肥沃的泥土，真是不赖，种啥有啥，地里能产黄金哩。若是有点儿累了，有点儿花眼了，在绿地毯般的草地上席地而坐，听着禾田里的蛙声一片，思绪早悠悠地飞翔在田野。看看，屋前的小溪唱着歌哩，屋后的青山新鲜如洗，清爽、悠远、绵长，就连风中的气息，也是那样地令人心动，嗅一嗅，再嗅一嗅，人立马像提了神、长了劲似的。

于是，光飞哥就显得忙碌而又有生气。他不仅种了自家的田地，还租了人家的田地种，他还承包了村里的园艺场，他还圈塘养鱼，栽烤烟，开经销店，替大伙进肥料、农药，为家家安装碾米机、接通自来水……活儿多了，他的话儿多了。说话时又快，又劲足，炒豆子一样，总是嘎嘣嘎嘣地响个不停。

有一次，我见到他在骂着自己调皮的小儿子。他不看自己的儿子，却怔怔地对着我们几个大人不停地讲：看看，今天游戏卡，明天玩具车；伸手就要钱，要么二十，要么三十。风筝放厌了，买么子飞机模型呢，几百上千的，钱花水一样……他又骂：真是前世欠的，收账鬼！尽管语气重，还显得无奈，但我看见光飞哥的脸上是几分得意和幸福。

我隐隐约约地觉得，光飞哥是不是想让自己的儿子早早地真正地飞翔起来？我不知道，光飞哥在看见自己的小儿子飞上飞下的时候，他是不是想到了自己小时候那想飞的时光和无尽的梦想。

是的，小时候，我和光飞哥，还有东光、后彪、后争、后同一伙，我们也有我们的快乐和阳光在。整日里，我们总是玩得飞。山上打鸟，塘里摸鱼，田里掏泥鳅，树下摘果子，尤其是在晒谷平里，没完没了地飞呀飞……

尤其是飞，实实在在地飞，实实在在是大家都最喜爱的、最起劲的。

一会儿，我看见自己和东光、后彪、后争、后同、光飞哥几个在大队的晒谷平里在玩老鹰捉小鸡的游戏。光飞哥总是护在我们一队人的前面，飞前飞后，飞左飞右，画着弧飞，旋着圈飞……任凭后彪装扮成凶狠的老鹰向我们飞翔而下，不管是俯冲抑或是盘旋，他总是奈何我们不得。

一会儿，我们一伙又在飞纸飞机，看谁飞得高看谁飞得远。我不知是体瘦力小，还是没有掌握到要领，我的纸飞机总是飞不远，总是飞不高，总是向下飞翔。大伙就笑我，这时只有光飞哥走近我身旁，教我怎样抓住飞机头，起飞时要如何用力，要以什么样的角度斜冲上天，还要如何借力用力……然后，他就用手轻轻地拍我一下，飞呀——

一会儿，我们一伙又一拥而上，三下两下就上到晒谷坪里一个个如小山包般的草垛上。然后，就有人开始喊：预备，起——跳——。我们一个个就从草垛上一跃而下，飞了出去。我闭了眼，看都不敢看，只听到伙伴们在草垛下发笑。不觉间，光飞哥爬了上来，手把手地示范，然后他飞，教我在后面跟着他一起飞。他飞了两次，我还是怔在原地不动。第三次，他一手轻拍着我的肩膀，一手忽地用劲把我往前一托，我双脚悬空，叉开四肢，一点一点地向下飞翔……

我看到月亮挂在树梢上。我听到了风的欢呼。我闻到谷子熟透了的浆香。……最后，我睡在了软绵绵的稻草床上。童年的歌谣在我的耳边响起：“十，十，十，什么十？十个小孩水中游……六，六，六，什么六？六个小孩冰上溜……二，二，二，什么二？两个小孩坐轿车。一，一，一，什么一？一个小孩坐飞机。”后来，我又看到我们一帮小伙伴们一个个并排站在向日葵前，大声诵读着：长江滚滚向东方，葵花朵朵向太阳……读着读着，我们好像飞翔在祖国的蓝天上，飞落在红红的首都北京城里。

……

飞翔多好，飞翔真好！

飞翔，是我们每个人的梦想。

一个人，不管怎样的一个人，他的一生绝对不能没有飞翔。

就是在物质那样贫乏的年代，我们也拥有我们的飞翔——向下的飞翔。

在那时，向下的飞翔，是我们能做到的，也是我们所喜爱的。向下飞翔，有我们熟悉而又亲切的土地。

我坐在光飞哥的病床边，没有说话，一任自己的思绪飞翔。

我看着光飞哥笑了一下，他也看着我笑了一下。我不知道光飞哥是不是看见了我们童年时在一起的飞翔。我只用手轻轻拍了他一下，轻轻地说了一句：你是不是在飞呀。他说，是呀，他一直梦见自己怎么就变成一只黑色的大鸟，飞呀，飞呀，飞呀，却总是悬在半空，全身轻飘飘的，下面是一望无际黑色的大海……后来，他听见有很多的乡亲们在向他呼喊。一眨眼，那黑色的大海不见了，一望无际满坡满坡金黄金黄的油菜地眩在他的面前……

光飞哥说，他飞着飞着就飞下来了，很舒服的。

飞下来就好了！我很高兴地说。高兴中，我记起更多的家乡的人和事。

恍惚中，我也在不知不觉地飞翔起来，飞向我久违了的家乡。

向下，向下，软绵绵的土地，如冬日的棉被，暖和舒服。家乡就像我慈祥的奶奶一般亲切和笑容可掬，远远地看见奶奶立在那棵开枝散叶的百年老树下迎接我。

女人的村庄在天边

你离开了村庄，村庄离开了你。越来越远，越来越模糊，村庄消失在天边。

你从未离开过村庄，村庄也从未离开过你。女人在村庄里生动，越来越近，越来越清晰，你觉得村庄就立在你身边。

你是男人。你说："我们男人的村庄是女人，我们男人的村庄在身边。"女人呢，女人的村庄在哪里？你是晓得的，你更动情地说："女人嘛，女人的村庄在天边。"

随便讲，就讲平山叔，就讲平山叔的女人吧。平山叔总爱在村庄里四处闲逛，这儿看看，那儿闻闻。他总是那样不动声色，看不出是喜是乐，是忧是愁，是悲是苦。走了大半天，快到晌午时分，他总是准时地来到那棵老树下，躺在老树巨大的树根上，两眼木木地看天，一看就老半天。也难怪，平山叔没有女人，没有女人的平山叔总是这样。

有一天，不知谁喊了一声："平山带了一个女人回来喽！"三十七八岁的平山叔总算讨到了一个女人，大伙都有几分惊讶。惊讶之余，高兴地相邀："走，走走走，看看去！"一看到平山叔的女人，好多人张开了的口合不上："啧啧啧，看那个身段，细皮嫩肉的。哎哟，再看那对眼睛，勾魂呢……"说着说着，就说得有些粗了。

平山叔的女人不管，见一个笑一个。平山叔变了个人似的，话也多了，给女人介绍说："这是三娘，这是五婆婆，这是六嫂，这是二大爷。说，这是老十。说，这是四孙子。"说到四孙子，女人"扑哧"一笑。平山叔仍一本正经地对四孙子说："快喊，快喊你八婆婆！"平山叔的女人一脸绯红，低下了头。大伙都笑，假装不明白地问："平山，这个女人是谁？"平山晓得大伙都在打趣他，却一点儿也不恼，拖扯着女人站到禾坪中的高处，并排面对大伙，一手扯着女人的手，一手高高地伸向空中，大声地说：我的女人。看，我平山的女人！

有人细声细气地说，这女人像朵花！不知平山听没听到，平山有一天夜里对女人说，乖乖，你是一朵花呢！女人娇嗔了一声。平山嗅了嗅，又说：乖乖，你的气味好闻死了。女人又横了一眼，抿了嘴轻笑。然后，平山一把把女人揽在怀里，乱作一团，女人夸张地哼哼哎哎，平山当作乐曲节拍一样地欣赏，乘胜前进。好一阵工夫，平山倚在床头久久地看着慢慢地慢慢地梳着头发的女人。平山无由地胡思乱想：女人是把棕呢。女人是根绳呢。女人是块糖呢。女人是撮盐呢。女人是缕烟呢。女人是野菜呢，清香有味呀。女人是盏灯呢，照亮黑的夜呀。女人是条河呢，日日夜夜向东流呀。女人是个唱歌的呢，高一声低一声，快一声慢一声，宛转悠扬，动听着呢……

当然，平山只觉得自己幸福得要死了。他不敢想，没有女人前的他的那个死相；他不敢想，万一他的女人飞了，没有女人后的他不知怎样活。其实，他并不知道，初讨女人时村庄里的男人都是如此，都把自己的女人看得很重。他们不会讲文绉绉的句子，譬如女人是家里的新鲜剂，譬如女人是村庄里的魂。他们只讲：女人好，女人好呢……

慢慢地，家里的每张口张起来，天天要呷要喝，人人要衣要鞋；娃儿生了，要学费钱，三天两头还要买作业本；要起屋，要添置家什；要下肥料，要杀农药……女人好是好，女人当不得呷呢，女人当不得穿呢，女人当不得用呢。慢慢地，就有好多家里的男人出了门，走出了村庄，肩上扛的是讨呷的家伙。

平山家也不例外，第二年头胎落下了一个女娃，第三年开春时一对龙胎呱呱坠地。平山笑得合不拢嘴时，眉头也不竟皱了一下。那年，平山叔选择那个头一回开始真正暖和的四月，哐当哐当背着一肩的棕匠家什，一脚高一脚低，先前是缓缓地走在塘坎上，不时地回望着老屋，还有老屋门口站着的女人。走到村口那棵老刺槐树下，脚步变得越来越快，仿佛是三步一跳地，走向那条通往村外的小路。小路连着大路，大路上尘土飞扬。阳光照射下，许许多多的黄色粉粒在空中飞舞，有如黄灿灿的金粉到处飘荡，炫人眼目。

一年又一年，平山叔总是选择那个头一回开始真正暖和的四月出发。他总是要等到清明上山祭完祖，耙好田谷种下了水。还把家里的农具全排了队，一一清检维护后，一切都安排得熨熨帖帖了，才正式上路。上路前，他生怕有一点点的纰漏，又到田间地头、屋里屋外查看了一次又一次，向女人交代了一遍又一遍。上路后，他头也不回。离开村庄的他，离开女人的他，要等到秋收时才回来。刚开始那两年，出发前女人总是看着男人，絮絮叨叨，要男人在外边如何如何。后来，男人每回要出发了，女人只是默默地仔细擦着男人的棕匠家什，一遍又一遍，不知擦了多少遍。

有一年秋收时，平山没有及时回来。一直等到阴历年底，平山还是没有回来。那一年的年节，女人看着欢闹的娃崽却欢不起来，想着想着就想哭了，到底忍住了。等到第二年开春，平山还没有回来，托人去找，回来了一套棕匠家什和一个骨灰盒。女人后来知道，男人为了明年三个娃都有钱上得高中起，累死在天远地远的外乡。女人再也忍不住了，号啕大哭，哭得山摇地动。悲悲切切，萦萦回回，比《江河水》曲子还感人。

哭过那一回后，女人还是女人，一样地早出晚归，一样地照料一家老少。没有男人的家，平静了许多。但是，村庄里的人人都晓得，没有男人的家里，女人学着男人照样用上了那套棕匠家什；在没有了男人的家里，那盏微弱的电灯总是久久地亮到三更半夜。女人沉默了许多，女人衰老了许多，女人也勤快了许多。慢慢地，没有男人的家里有了笑声，有了生气。男人的崽长成了男人，女人的女变成了女人。

按理，女人该笑了。有人说，这女人不容易，总算到了享福的年龄，崽女都大了，二老也送“走”了。可就是这个时候，女人又哭了一回，真真切切。女人不是在嫁女的时候哭的，而是在一对崽千劝万劝高考落榜不肯补习的时候，不肯补习又还要南下广州去打工。崽有崽的打算，娘有娘的心思。娘劝不了崽，崽也说服不了娘。一对崽就趁女人上山砍柴时溜了，留了一封信。女人拽着信，一口气跑出三里路。女人走的是男人走的那条通往村外的小路。小路连着大路，大路上尘土飞扬，客车呼啸而去。女人哭了，哭得同那次没有了男人一样伤心。女人不知是哭给男人听，还是在为自己哭。只是，男人再也听不到了。一路上的人听到，无不驻足落泪，叹道：这女人……

崽是听不到了。崽也不想听。不听，崽有崽的道理：这年头，不是没吃没喝，迫不得已才去打工。这年头，要致富吗，要实现自我价值吗!

村庄里的老男人、大男人早就走了出去，村庄里长成的一茬茬小男人也跑了出去。

写到这里，也许有人要说，男人的村庄在天边，女人的村庄在身边。也对，也不对。女人的村庄是男人，村庄里的女人没有一个不时时挂念着她们远在天边的男人。无论是夫、是儿、是兄、是弟……都是她们踮脚翘望的村庄，都一样地惦记上心：天冷了，织着毛线的手穿梭一样，快，快，快！要赶在落雪前把这一团温暖寄出去；蒸了米酒，熏了腊肉，掰着手指掐日子，也是单单等人回；尤其某煤矿瓦斯爆炸，某工地民工中毒，女人的眼睛紧紧地盯住电视不放，女人整晚整晚没睡，女人的心早已飞到天边。

崽还算孝顺，女人隔不久就见到崽的钱。但是，女人一年难有几天见得到崽的人。崽铁定了年二十八回来，正月初三就挤上了南下的列车。女人只有这几天才来了精神，一个人忙里忙外，藏了一年的好东西都端了出来，埋了一年的话说过不停。平常，女人总爱坐在村口那棵老刺槐树下，晒着太阳，仔细地擦着男人那套棕匠家什，一遍又一遍，默默地一遍又一遍。擦着擦着，擦着擦着，女人也就老了。

老了的女人间或又记起男人在某一天夜里说过的话。女人又好像年轻了一回。

村庄里的男人一个一个大踏步地走出了村庄。留在村庄里的女人日日早出晚归，她们眺望着天边，天边的太阳落下去又升起来，一天比一天新鲜和光明。

白水点灯

善塘村人爱讲一个“白”字——白云、白狗、白水、白米、白面、白菜、白炭、白话、老白干……

善塘村人的生活，看起来，似乎总是那样的安静和闲适。

“看么子啰？”

“白云赛跑呗。”

“听么子啰？”

“白水比歌呗。”

“有么子呷么？”

“白米、白面、大白菜，外加一壶老白干咧。”

“讲个白话好么？”

“张飞杀岳飞要不要得啰？”

“好咧！”

一讲就讲到后半夜，火塘里的白炭火还是红旺旺的一塘，围着火塘听白话的一个不走，还是那样得热情高涨。这时，不知哪家的白狗吠了一声，跟着有哪家的鸡懵懵懂懂喔了一声，有人说："鸡叫了，狗咬了，泉老怪回来点灯洗澡了……"

天发白了。善塘村人又开始了一天的生活。

泉老怪呢？他正香甜地进入梦乡。

泉老怪，一人吃饱全家不饿，睡也睡得香，看也看得开。爹娘死得太早，他现在根本记不得爹娘的长相了。他说，也好，就不会在梦中梦见爹娘，就少去念叨爹娘的疼爱，就少了好多思念之苦。他就还是那样的快活。呷"百家饭"，他没有寄人篱下的感受，一天或几天换个口味，做客一样，哪家都是客客气气，好呷好喝好言好语。按理，他该是希望自己早日长大，报答乡里乡亲对他的养育之恩。可是，他确实没想过，总是想自己不长大该有多好！长不大，一村人都怜爱他；长不大，他不需要去回报；长不大，就不要去想事，他呷了睡睡了呷。长不长大，他自己是管不了的，他讲，看着看着就长了，他就是喝水也长肉。

长大了，就要把扁担横在自己的肩上。先是帮生产队担水，担水是队长玉用叔照顾他的，还记工分。担水只是一小早上的工夫，路又近，队里的食堂到白沙老井不过五十米。他就不急，每回挑水他就要在白沙老井旁先看看井里的小鱼小虾，还有几棵墨绿的丝草，看着它们游游晃晃地，眨巴着眼，伸着懒腰，到处张望。然后，再一下一下地去打水，提上水来后还要看那圈圈的涟漪。挑满五大缸，他就扁担一甩，回到小土屋里睡早床。太阳晒屁股了，他起了床呷了饭就开始遍地游走。常常是后半夜才回到他的小土屋里，常常跑到有月光的土坪里，一大桶一大桶白水从头顶上冲下来，然后，慢慢慢慢地搓。从夏至冬，每个夜晚，从不间断。

有一天，有人见他清晨巴早起来，挑了水不往生产队的食堂走，而是上了葱婶的屋。接连几天，天天如此。有人讲怪了，这葱婶新寡，这泉娃单身，难道？但是，但是，按辈分，葱婶是婶；按年岁，泉娃少五六岁呢。又一天，有人看见葱婶当面把泉娃挑的满满当当的两桶水全倒在她家屋前的空坪里，水白花花地流了一坪。咣当一声，葱婶把门关了，留下泉娃一个人空落落地立在他的两只空桶前。慢慢地，他喝上了老白干。喝得半醉不醉时，他就想起那一坪白花花的水。他看见那白花花的水一下子变高了，一下子变胖了，一下子变弯了，弯成了葱婶的白花花的身子。越想，他的老白干喝得越多，像喝白水一样。

慢慢地，生产队里的食堂不冒烟了。别人有别人的事，田里地里，更起劲下力，因为都是自家的了。他呢？还是横一根扁担在肩上吊两个桶，还是早早地出门。不同的是，一不去白沙老井，二不去生产队的食堂。走村串户，桶里装的是老白干，卖酒去！他从不吆喝，逢人就伸个小竹勺往桶里舀一勺，让你嗞溜喝一口，嘴巴一咂，买不买随你的便。没人买时，他就一个人坐在树荫下，一勺一勺地舀，自己一口一口地喝，喝一口，看一下天上赛跑着的朵朵白云，喝一口，再看一下。有时，一口一口地喝，也不看天上，也不想事情，只侧耳听着，听着流淌如歌的白水声。

又是好多年后。泉老怪定坐在白洞水库的大坝上，他看着一大库浩浩汤汤的白水。阳光下的水面银光闪闪，不时有一条或几条大鱼跃出水面，一团团鱼肚白在泉老怪眼前一闪，泉老怪轻轻地抿一下嘴，一线白水般的老白干自他的喉咙咕咕而下。然而，泉老怪再看着白晃晃的水面时，总是想起很多如水的事情，就老是欢不起来。

欢不起来的泉老怪对事情其实是有自己的见解的。比如说酒，他讲酒是水，又是火，水火也有相容时。比如说日子，有一天，他对正在写作业的中山叔的三娃子讲，写字时一笔一画要看清楚了要想明白了，才动笔。就讲这个日子，要想往上出头，那是由不得你；往下踏踏实实地走，不是最好么，考试能考甲等，活就活得平安自在，一个甲子是不成问题的；看着日子走，站在一边不闻不问是看不见新生活的；看着禾苗一日一日地往高里蹿往粗里长，黄灿灿的禾苗铺天盖地时，日子也就香了；把日子放在大地上放在心坎上，天就发白了。三娃子一脑子糨糊看着泉老怪。好久好久，三娃子好像发现了新大陆一般，难怪，难怪！你泉老怪的“泉”字，上下不就是个白水吗？泉老怪一愣，然后，一转身，瞬即三步并作两步地走了。

善塘村里很多人背后都讲泉老怪脑壳怕是进了水。要不然，不会是咯个卵样子。只有进了水的脑壳，短了路，点不起“灯”，才会不亮堂。

善塘村人讲泉老怪的日子淡如白水，哪一天如水一样干了，一点儿痕迹都没留下，太不值得了。空来世上走了一趟“石灰路”（指从未尝过做男人或女人的味道），岂不是白活了一场！

有了很多钱的泉老怪很怪，别说是改嫁或死了男人的“二路货”，就是黄花闺女，也是不成大问题的。可至今，他没有娶到婆娘，也从不开口谈女人。最怪的是，全村人家家都装了电灯，唯独他家里不装，常常是后半夜鸡叫了狗咬了，他才回来洗澡。一回到他的小土屋里，他点起了灯，是在白水一般的油（不是那种黑黑的煤油）上点的灯，灯光通红通红的，火苗一下一下地跳荡着。在土坪上，泉老怪站直着身子，全身肌肉一股一股的，一大桶一大桶白水从头顶上冲下来，然后，溢流一身，白花花的晃眼。

泉老怪点起了灯的夜晚。有人看见，葱婶屋里的电灯彻夜不熄。

五年前的一天，当我再回到老家善塘村时，泉老怪已和葱婶双双住在灯火通明的四扇五间三层的楼房里。而且，他们开了一个白水泉矿泉水厂，生意很红火。我久久站在他们的楼房前，不禁叹道：“心泉不涸，白水点灯，灯自会燃得更久，照得更亮。”

“鸡蛋世界”

走出乡下农家二十多年了，却怎么也走不出那个小小的“鸡蛋世界”。

那时，农家的娃崽极易养活，也懂事得早。我现在看到城里的孩子像小皇帝一样供着，时时向大人伸手要钱，就觉得农村的娃崽可爱得多。农村的娃崽过生日，往铁鼎罐里灌一勺水，煮一个鸡蛋便行了。沸沸的水一开，捞出来，往冷水里一浸。鸡蛋滴着水，蛋壳却蛮温热，剥开蛋壳的鸡蛋圆润白玉一般，散发着诱人的蛋香。先吃蛋白，一小块一小块地吃，再吃圆圆的蛋黄，黄黄的、粉粉的，吃得急，塞得满，沾得满嘴都是，让人看了有一股特别温馨的感觉。吃后好长一段时间，竟还咂巴嘴，直觉清香味纯、丝丝甜甜。娃崽长大后有走进城镇里的，尽管也学着过生日吃蛋糕，点蜡烛，唱生日歌，开生日舞会，但总也找不出儿时过生日那种特别惬意的感觉。有的娃崽得到父母长辈的奖赏，最高也莫过于几个鸡蛋。把鸡蛋先藏掖在衣裤兜里，待小伙伴齐集在一堆了，便把鸡蛋攥在手里，举过头顶，那份自豪，那份高兴劲儿，溢于言表。谁都知道，能得到鸡蛋，准是有竖大拇指的事儿：或是扯猪草、捡柴火、拾稻穗有不俗的表现，或是带弟妹、煮饭、做菜很在行，或是考试考出了好成绩。若讲考试，农家有个规矩，考试那天，每家大人都要把伙食搞好一点，盼望娃崽考出个好成绩。若吃鸡蛋，或油炸，或荷包蛋，或煮蛋，但绝不能只吃一个，怕娃崽考出一个“0”分来。因此再困难，也得吃两个。

乡下人家来了贵客，也是靠鸡蛋献热情。变着法儿做，先是油炸鸡蛋。往热得透红的锅里滴少许清清亮亮的香油，待冒烟时，把鸡蛋往锅沿上轻轻一磕，滋溜一下蛋就滑进锅里，立时像孙悟空变戏法似的，大，大！再使锅铲一压，又翻腾成蛋饼，黄亮黄亮，渗着油。赶上时候，割几把青青嫩嫩的韭菜，最好是扯上一些野葱，切细了，和鸡蛋一搅和，做成蛋饼，那个味呀，真是没得说！还得来上一海碗汤，汤里浮着荷包蛋，好看又好吃！

农家人身子壮骨头硬，少有人去医院躺个十天半月的。倘若生一些小灾，也用不着那么“贵气”，不像城里人急匆匆就往医院赶，自己把自己吓怕了。农家人就不，大大咧咧，没啥事一样。就是得了重感冒，发寒发烧，也不打紧，一个泥土烧成的罐子，里面盛满鸡蛋，抓几抓自己搓成的春茶，兑上水，加点盐，往烧得呼呼笑旺的柴火里一伸，随它呼噜呼噜地叫唤。个把小时拿出来，水已墨墨黑。就这样煨两罐茶叶蛋，身体又是邦邦硬。

一晃离开乡下二十多年了，但有关鸡蛋的往事儿却历历在目。现在虽然可以天天敞开肚皮吃鸡蛋，但总觉得儿时在农家吃的鸡蛋最令人难忘。

我的根儿裸露

荷　塘

面对荷塘，再也见不到荷叶亭亭，那一塘的活水也早已息了声。但我见到它，却还是那样亲切，便驻足遐想。

我不知道，许多年后，城市化的乡村是否还是我心灵深处的最后那一片乡土?

月 牙 儿

咬一口，再咬一口，一个圆圆的饼子就成了月牙儿。

月牙儿，总是着一袭寒气一沟儿浅金的轻纱，若隐若现，晃晃荡荡。有时，它高挂在天上；有时，它跌落在井里。

在仰望天空的许多日子里，我感觉自己就像坐井观天的青蛙，蹦跳着到不了井沿。

我发誓：“月牙儿，给我三年的时间，我一定会给你一片温暖的天空！”

一　天

一天流水；一天一天，天天一天。

一天流云；风流云散。

我知道，我们乡下人过日子，从来不是扳着手指一天一天数日子。我们，再苦再累，也平平静静，看天上的流云、身边的流水，还有一秋一秋的风。

狗

我和我家的老白(狗名)寸步不离，伙伴一般嬉闹玩耍，欢快无比。很多的时候，我和老白没有两样，摇头摆尾，一个在前一个在后。

娘喊我，从来就是“小狗狗”、“小狗狗”地喊，我也屁颠屁颠乐呵呵地总是围在她身边，前前后后左左右右不离开。老白也一样。有时，娘见我开小差，就笑骂：竖起你的狗耳朵来！

我的耳朵是狗耳朵。狗也是我的耳朵。我又是娘的耳朵。其实，狗，还不只是我一个人的耳朵，是大伙的耳朵。是乡村的耳朵。

没有狗的乡村，就像一个人没有耳朵一样，陷在无声的世界里。

坟　墓

远远地看去，雨雾后家乡的山丘都像一个个刚出笼的包子，杨里塘山上的坟墓也像摆了一地的小笼包子。

很多的时候，我放着羊，头枕着青草茵茵的小土包，看蓝天蓝，白云白，睡眼蒙眬。

有时，我隐隐约约听见小土包里睡着的人在说着话，更多的时候是均匀的鼾声。慢慢地，我发觉我的心也和他们的心跳动在一起。有人问我枕在坟山上怕不怕？我当然不怕。小土包里睡着的都是我熟悉的祖先、亲人和乡邻，就是他们醒来了，跟我走回村子里就是。

简单有简单的可爱，复杂有复杂的可怕。我们长大后，却总爱把简单的事情想得复杂。

待　春

待春，是我老家的土话。有希望，有彩头，有愿景……一个个都笑逐颜开，说：待春，待春呢！

我进了学堂，学着硬性地解词：待春——等待春天。我知道。我还是揣摩不深，理解不透。也许，待春就是等待春天的春天。

我感觉在待春中一天一天地长大了。因为，我老远老远地就闻到了春天的气息。待过春的人都晓得，春天的气息特别养人。

我有过一次摸黑儿爬行

平路上行走，高速路上行车，冰河上溜冰……我总是免不了摔跟头，甚至掉到窟窿里。

自从九岁那年有过一次摸黑儿爬行的经历后，我发现爬行是最稳妥的。一点儿一点儿爬行，总是在前行；我发现摸黑儿也并不是摸不着北，摸索着，心中就有了方向，就看见了光亮。

有过一次摸黑儿爬行，我发现自己一下子长大了。

无　巢

奶奶讲，再怎么顽皮，也不要上树掏鸟窝、上屋去揭瓦。我不管，有一次，就带头上树，三下两下把屋前大椿树上的雁窝掏空了。整整三天，七八只雁子栖栖惶惶，飞上飞下，久久不散。

突然，我看到一只雁凄惨地叫了几声，一个蜻蜓点水从空中一头栽了下来，便一动不动了。有风吹过，我打了一个冷战。看着另几只雁儿回回飞回又飞走，空留下我满怀的惆怅。

今天，地球的环境愈来愈逼仄，我们不得不向其他星球迁徙。然而，我们问自己：还回得来吗？

乡野的春天

婆　春

村子里很安详。很多时候，花婆不哭不闹，不惊不乍，不言不语，就一屁股坐实在村口的那棵老槐树下，一坐一晌午，木木地望着眼前那条弯弯曲曲的长长的土路。瞧见她，风也停了，云也住了，时间仿佛停止了，连空气都好像凝固了。

小时候，听奶奶讲花婆是个“花痴”。

春天一到，花婆就变了一个人似的，很活泛。花婆满村子里疯跑，花鞋花裤花棉袄，头上插着的桃花朵，粉嘟嘟的，一颤一颤。花婆爱在荷塘前久久地照上个人影儿，然后一个人自言自语，随即一串银铃般清脆的笑声在水面上洒落。

常常看见花婆照过人影后，把头上的桃花摘下来，一瓣一瓣地掰开，一点点撕碎，双手捧着，先呵一口气，又深深地吹一口气，再往上抛，纷纷扬扬，飘飘洒洒。花婆愣怔一下，立马去空中抓，老是抓不着，头顶的花瓣在微微荡漾的水面上，一塘碎桃花，星星点点地灼了人的眼。

奶奶说，花婆是在等人，等他的小男人哩。

花婆的男人比花婆小，是在一个有点儿寒意的春天里远走的。刚刚过了门的花婆哭得花枝乱颤，月容尽失，萎坐于地。有人说花婆的男人是远走了台湾，有人说是在城市的另一个天地里早安家立业了，也有人说莫不是烟消云散撒手人寰了。

但是，花婆笃信，自己的男人自己最知根知底。在万物生长的季节，在桃花朵朵开的春天，自己的男人就要回来了。一个个春天，在花婆的心海深处，春意盎然，万物生长，百花盛开。所以，每个春天的到来，花婆是村子里最先得到讯息的。花婆一扫冬日的愁苦，总是把自己打扮得光光鲜鲜，笑容如花，走起路来也是轻步如飞。

大伙看见花婆一身花花绿绿坐实在村口的老槐树下，两眼瞭望村口那条弯弯曲曲的长长的土路，不约而同地抬起头，看看花婆，望望高天，说：哦，春天到了，谷种该下水了……

有人说花婆简直就是一个春婆。奶奶一字一句地纠正说，不是春婆，是婆——春——

我记住了花婆的故事。我更深深地记住了奶奶说的“婆春”二字。

我想，我是记住了一个春天。

割　韭

我家后园辟有一小块菜地，奶奶种的常是韭菜。初春的时候，奶奶的韭菜仿佛一夜之间长得绿油油、齐崭崭的。奶奶踮着小脚去后园，看着一畦一畦长势很盛的韭菜，眉开眼笑。

奶奶一手握着一把韭菜，走近来，一手轻捏着我的小鼻鼻，说，看见么，这菜跟你一样懒，叫懒人菜呢。种了就有，割了又长，长了再割，再长。我笑说，懒人好！我是懒人，就吃懒人菜吗。奶奶也跟着不住地笑。

俗语有“正月葱，二月韭”之说，所以初春吃韭菜是最适宜的。奶奶备有一把精致的割韭菜的小刀，亮光闪闪。割韭菜时，奶奶就好像剃头匠给韭菜剃头一般。她割了一茬，弯起身来，朝我打量着。我摸摸头上，一畦头发端端的还在，遂朝奶奶做一鬼脸。奶奶笑了，我更是哈哈大笑。我和奶奶再去看一畦一畦的韭菜，发现奶奶割过的韭菜又长了一茬，崭崭新，齐整整，像没割过一样。奶奶割韭菜，往往是选在清晨或初夜，大晌午的绝不割。我不解，奶奶又捏捏我的小鼻鼻，说，怕看见小韭菜痛呢。奶奶还说，阳光下的痛，痛在心口，是最痛的。我吐了吐舌头，不再吱声。

我说，那就不要割吧。奶奶却说，韭菜不为它自己，不怕痛。它要你割，是因为它割了之后还会长，而且越割越长。立春后的为头茬韭菜，要割尽，让其重新萌发二茬、三茬。在清明前后，长出的韭菜翠绿可人，鲜嫩味美。我最喜欢吃韭菜炒蛋，韭菜鲜嫩清脆，香味芬芳。

有一年春上，我病了，蔫蔫的，不想吃东西。看了郎中，也不见起色。奶奶急得像热锅上的蚂蚁，踮着小脚去了后园。割了一把又一把的青韭，让我闻，又炒了让我吃。几日不进食的我，竟吃了两大碗，病立刻就好了。奶奶逢人就说，我就知道，韭菜是什么？要晓得，它就是起阳草！

有一天，我看见后园的韭菜开花。花是一簇白色的小花，花很小，素淡如菊。开了只几天后，就败了。剥开凋谢的花包，有几粒黑色的籽粒。奶奶说，只有割过多次的韭菜才开花、结籽。

时下，蔬菜作为生态元素受宠，韭菜更是最先崭露头角。“割韭菜”的概念成为一种新的时尚频频在媒体亮相，殊不知这种生命力的顽强是春天的信息和生命草根的力量。

张　看

老家的人，做人做事有自家的一套，讲话也有自家的一套。

娃儿出生，就讲“出壳”。一说，就如同见到那刚出壳的小鸡——嫩得很，扭得出水；又似听到婴儿一声长长的啼哭，如鸡仔啄破梦壳醒来，咂巴着眼，四处张看，打量着这个新鲜的世界。

一个个孩童，仿佛一只只鸡仔。一只只鸡仔，老是和母鸡寸步不离；一个个小孩，也总是母亲的跟屁虫；蹒跚着，张看着。

母亲说，毛毛虫，好大的一条毛毛虫！娃儿早吓破了胆，或躲到娘的身后，或钻在娘的腋下，或一下慌了手脚，怔怔地，僵在娘的身前，只顾把一头一脸埋在娘的肚子上。其实，什么都没有，是娘在一点儿一点儿给娃儿长胆呢……

竖着头，张看——一天一地，春风阳光，山村的明亮春色，来得比往日早。

娘爱笑，像春天里微笑的小溪。娘在春天里一声高过一声的清脆的笑，湿漉漉的，是早晨一丈一丈高挂起来的红太阳。娃儿定定地看天上，流着口水，想象着这个大饼子，何时能掉到自家的口中。

娃儿咕咕地咽了一口口水，终于，忍不住问娘，娘差点儿笑岔了气。娘说，一只鸡仔般，总想着啄食。要晓得，四体要勤，五谷要分。

老家的太生叔，有一肚子的学问。一天到夜，也总是张看着。有人说，太生叔好生了得。太生叔也不谦虚，文绉绉地吟诵：听风听雨观天地，说古说今论世事。

有一年，太生叔四处张看，见人就说：春天，一个真正的春天来到了！那一年，老家的人分到了田地，脸上有了笑容。

在春日里，老家的人，一个个像喝多了酒，脸上泛着红晕，动不动，你问我一句我问你一句：张看——张看吗？老人看见你点头，他们也颔首，说，张看——张看着好！心情好，天也明净高远；事情明，地也春色无边。

在老家，娃儿是大家小家的希望，是春天里疯长的小草，是早晨一丈一丈高挂起来的红太阳。

在老家，谁遇上烦心事，窝火的事，只要看到肉肉的嫩嫩的出壳的孩童，碰到爬上爬下的青屁股小孩，顿时心情会好许多。这时，最不爱讲话的壮汉，眉开眼笑，手足无措，嘿嘿地说：啧啧，丑怪，张看得很。

再看远处，阳光下，一只只鸡仔，围绕在母鸡的四周，四处啄食，张看着。还有，村子里的年轻人，叽叽喳喳，都爱立在村口那条弯弯曲曲的长长的山路上张看。

张看，是张望，是希望。张看，是老家人藏了几辈子的老词，深藏在每个人的心底，慢慢地发芽、长叶、开花、结果。

又是一个一个的春天。老家的一个个小孩，如一只只鸡仔般，长大了，翅膀硬了，扑愣愣地，飞到南边去了。

老家的人——小孩、小伙、姑娘、男人、女人、老人，总是在春天里张看。山村的日子在张看中，变快了，变短了，变高了，变胖了……

如今，老家人的张看，不光是听风听雨观星月，还有南方的潮汐。

不过，我想我老了的时候，会在一个春和日丽的傍晚回归故里，定坐在村口的老槐树下，久久地张看，最好还有一窝鸡仔围在我的身旁。

我想，在夕阳如血的辉煌中，张看我的来路，和许多人走过的那条弯弯曲曲的长长的山路。

清秋小令

秋　风　起

秋风起，稻子黄了，高粱红了，棉花白了，葡萄也紫了……再看看，莼菜嫩了，莲藕美了，鲈鱼白了，蟹黄肥了……一到秋天，该五彩的缤纷着，该美的美滋滋的，该熟的熟透了。

秋风起，吹黄了叶，吹白了絮，吹瘦了枝，吹皱了秋水，也吹老了思念。

秋风起时，在远方，心微凉。望故乡，云像棉花糖，童趣在身旁。似老牛，缓缓归；炊烟起，心飘飞。秋风送爽，晓秋月明，四野云静。执无言，泪两行，湿了清秋。

我喜欢风，喜欢一年一年的秋风起，喜欢秋风中的思念，喜欢秋风经过的田园和天空。

秋香到，谁传递了讯息？是风。树飘零，叶归根，谁承载了乡和愁？是风。

荷含雨，梅凝雪，竹蕴节，风过水带笑。

日影，旧伤，木躺椅，谁摇你到老？是风。月光，清梦，野花香，谁伴你入梦？是风。

给风的语言，只给风，只有风会倾听。给风的爱，只给风，只有风才懂。一切如风

你说，秋风是一个人干净的灵魂。说得真好，说到我心里去了。

我说，你真是我的风，风来了，夏日的烦闷也去了。

是的，秋风来了，天也蓝了，云也清了。

你说，停住了秋风，就停住了一地金色。

而你，如风，总在。一经流年，金色秋风，经过我平淡而又温暖的一生，大地黄好、静美和深邃，天空明净而又高远。

你说，秋风起，该添衣了。

瘦 水 边

秋天的水，说瘦就瘦了，河中的丝草浮现出来了，墨绿墨绿的一片，丝丝连连，纤毫毕现。我仿佛看到童年井水中的景象，那般清澈，那样悠长。

瘦水边，人感觉也瘦了。远处有两个黑点，慢慢地出现在我的眼前：一个是斯斯文文的父亲，一个是矮矮小小的孩子。

父亲张网，一张网，仿佛想网住一个世界。他越是弓身用力，撒出去的网越是到不了他想要的位置，网不住他想网的东西，好几次都被丝草网住、缠住了。

孩子提桶，跟在父亲后面。看到瘦水中那些游来游去的鱼儿，在水中旋着舞，一下又蹿出水面，白白的鱼肚皮在阳光下生亮，他比鱼还欢。

孩子不时地提醒父亲，父亲仍不时地张网。鱼儿们不管，在瘦水中自得其乐。

就在父亲失望离开的时刻，孩子扯了扯父亲的衣角，努了小嘴儿：河堤边的丝草旁，有一条足有两斤大的金黄的鲤鱼在那儿游来游去，闲适自得。

父亲张网，张了几次，总不成功。孩子把桶放下，做了一个双手捧鱼的动作。父亲领会，走近前去，捧住了那条金黄的鲤鱼。孩子接过父亲手中的鱼儿，也是双手稳稳地捧住，鱼儿安静地一动不动，只有鱼鳞在阳光下一闪一闪泛着银光。

故事里的游鱼，瘦水边的父子。

我在想：世上有许多东西，网是网不住的，把它捧起来，或许更好。

阳　光　下

一个人走了出去，走在旷野上，我也不知道自己要走向何方。

走在阳光下，什么也不想干，什么都不去想。

与秋天同行，我一身轻松，我的心是那样的纯净而简单。我，就这样一个人，就这么一直地走下去。

阳光呢，也很听话，不声不响地跟着我，总在不远不近的地方，暖暖的，柔柔的，和睦，安详，纯净如一首童话。

我闻着了阳光的气息和味道，秋天的阳光有生命澄明的味道，秋天的大地像母亲的怀抱博大温暖，让人向往。

秋，你就是我心中的一米阳光，我终于很难得地拥有了一平方英寸的寂静。我迷恋这样的时空，什么人也打扰不了我，因为此时你拨打我的电话不在服务区。

我笑笑，旁若无人地掏出那个东西，肆无忌惮很响地撒了一泡尿，感到全身通泰舒畅，觉得世界突然很小。

阳光下，一个人，我独自走着，漫无目的地走着。走累了，放慢一下脚步，或者闭上眼打坐一下，或者远眺一下天边。

放眼四顾，海棠独自开了，丹枫自己醉了，桂花自己香了，雏菊自己睡了，秋意自己也渐渐浓了。

此时，我想起奶奶还在时不经意中说的一句话——

秋无心，好。

秋下有心，愁呢。

阳光水荷

阳光池塘，水荷清香，郁郁污泥，养我其芳！喧嚣尘上，月光流淌，点点心语，守我天朗！

——题 记

认识小宝，是在一个阳光的午后，她一脸阳光蹦蹦跳跳地从学校门口出来，细碎的阳光洒满了她全身。她皓齿明眸，睫毛扑动，尤其是她那双大而清澈明亮的眸子和两个深深的酒窝，沉静得让我深陷进一方阳光池塘。我想，即使多年以后，再冷再黑的深夜，回忆定是泛着暖黄。

我在小宝四岁的时候认识了她，她是文友素的小女儿。第一次见她，就喜欢上了她，一看一个小公主，一看一个小精灵，再一看竟像梦中一直奢想的乖乖女。她能歌善舞，画起画来，画啥像啥，说话也像唱歌一样，尽管未脱奶声奶气，却有阳光的干脆和清纯。她见到我，一点儿和我不认生，问我这问我那，让我老一阵紧张。

在她家的客厅，我坐在沙发上，脑门上的汗珠鼓鼓地直冒，小宝笑着看我，又跳到我面前给我递上一张雪白的餐巾纸，然后吃吃地笑，我也尴尬地笑。接下来，我装着在看电视，小宝也安静地坐在我的对面，眼睛一眨一眨地不时地看着我。我说，小宝你看我呢。小宝说，你也看我呢。然后，我们两个人都哈哈大笑。

不多久，小宝拿了一张铅笔画的素描晃荡在我面前。经她笔下的线头，我那宽宽的脑门又宽了许多，我秃顶的头发又秃了更多，虽有些夸张，却像极了我。画完后，她又认真地上上下下打量了我一遍，末了她竟然在我画像下端一笔一画写上了我的大名，前面却加了一个字，让我哭笑不得：老周伟。

文友素看到，有点儿嗔怪小女。小宝却认认真真地抬头望一下她的妈妈，又望一下我光秃秃的脑门，说，没头发吧，是有点儿显老了，那当然就叫老周伟呢。她妈妈扑哧一下笑了，我也笑得无奈，留下小宝在那儿一脸高兴和自得。

后来，我隔三岔五去小宝家，有时去她家喝酒，有时去给她妈妈看作品，但更多的时候也没有什么事。我想，也许是为了看小宝，想听听小宝阳光般的话语，想看看她阳光般清纯的形象，特别是想看看她较真时的模样……尤其她“老周伟”“老周伟”欢欢地叫个不停，让我很是受用。每回走的时候，小宝都要说：“老周伟，要记得，下个星期六我请你客呢！”

当然，我准时赴宴的次数少。小宝就总是数落我，说我不守信用、不讲义气，不是好朋友。我也就故作镇定和申辩，说，你不是说下个星期六吗？小宝就掰着指头，一天一天地数，数到星期六的时候，我又说是下个星期六，下个星期六呢。小宝就老数不到，最后被我搞糊了，说老周伟不把她当朋友，当着我的面向她妈妈告状。

她说，她一直把我当朋友，她说朋友就是月月要相见，日日要想念的人。好笑的是，有一次小宝问她妈妈："是不是每个人的家里都有秘密？"她妈妈说是的，就问小宝："你有什么秘密吗？"小宝很高兴也很神秘地跟她妈妈说："有啊，我的秘密就是老周伟，他也是我们家里的秘密，他是妈妈和爸爸的朋友，也是我的第一个男朋友呢！"小宝的妈妈笑得弯了腰，笑得眼泪都出来了。

再后来，我去她家更勤了些，屋没进，自己倒自个儿报上门去，说老周伟来了，老周伟来了呢。每次去，我总不空手，或作业本，或铅笔，或酸奶，或糖果，或书本，或玩具……

有一次，我去她家里，看到小宝贴在墙上的一些画。我不经意地说，我很喜欢荷花呢。不料，小宝就听到心里去了。她今年暑假在美术培训班时，就专门要她老师教她画荷花，蛮用功，很上劲的。后来，小宝画的一幅荷花图成了班上的样板，老师把她那幅《彩花女王》挂在班上的墙上肯定和表扬。但有一天，小宝跟老师好说歹说，一定要取下来，说她要把这幅画送给她一个最好的朋友。

那一阵，我工作上的事多，没有去她家里。她就要她妈妈转送我，这幅画在她妈妈的车上来来回回颠簸了一个多月，到我的手上时我还是感觉到暖暖的温度和浓浓的情意。

有一天，我接到一通短信，是小宝妈的手机发过来的，全是英文字母和拼音，没一个汉字，看不懂。我就回过去，是小宝妈接的，说没有发过短信，过一下又回过来说是小宝发的，她不会用手机打字，就发了那些英文字母和拼音，说是问老周伟怎么这么长时间不来了，是不是有什么事，是不是生她气了？我才猛然记起，这阵忙工作，忽视了我的好朋友小宝了，忙打电话过去和小宝说话。小宝阳光般的话语，通过电流，立马荡涤了我一身的疲惫。

两天后，小宝学会了用手机打汉字了，正儿八经又发过来一条短信：老周伟，我星期六请你客，要记得，是这个星期六呢。我笑了，她说是这个星期六，我马上回OK。后来，小宝说老周伟也不会打字呢。再后来，小宝间三差五给我发短信，说老周伟，酒不能喝太多呢，要注意身体；说老周伟，身体好些了吗，要多注意运动；说老周伟，我考了一百分，你也要上进呀；说老周伟，我想你了，你想我吗……

不久前，我出了一本新书叫《一地阳光》，第一个送给小宝，并写上“送给我的朋友袁芸”。后来，小宝妈跟我说，小宝乐癫了，拿出书哗啦啦地翻，一会儿举到她爸爸面前，一会儿举到她姐姐面前，说我的好朋友老周伟送我书了，好漂亮的书！然后，一个下午她都在安静地翻看，翻累了就把书放在她的枕头旁边。有一次，她妈妈无意中翻看到书里夹了一个纸头，写着：老周伟，我的朋友，谢谢你送书给我，可是里面的字我还认不完，现在还不能看懂，还是先让我姐姐看吧，对不住老周伟了。你的朋友，袁芸。落款是加油！加油！向前冲！

开学的时候，小宝完全变了一个人似的。她妈妈说她回到家之后，马上用纸条写上她的新学年学习计划：每天按时完成老师布置的作业，睡觉前看半个小时的书，早上六点起床跑步晨练。

小宝妈问小宝怎么变得这么乖，想起来要努力学习了哈？小宝说，你们都只喜欢成绩好的孩子，老周伟也只喜欢爱读书的孩子，看来我的艺术（小宝常把她的贪玩当作艺术）得放一边了，不加油是不行的了。她说，我不能失去我唯一的朋友。

小宝妈发现小宝越来越听话了，有时听话得让人心酸，六七岁的她一个人在家里，一个人独自完成作业，然后自己洗了澡，拿本书在床上久久地看，看着看着就睡着了。她还嘱咐她的妈妈今秋去毛泽东文学院中青年作家班学习时不要欠作业，怕老师把她的妈妈留在长沙了，要很久才会放回来的。

小宝变化很大，有时还变得安静无语。她妈妈说，小宝这一阵常常在阳台上很安静地享受着阳光，享受书本的温暖和文字的春天。有一天，我问小宝：怎么变得这么乖了？她说了一句话让我很惊讶：她要把书本种在阳光里，把爱藏在心里，把梦想放飞在春天里。

我问小宝，你长大后最大的愿望是什么？她这儿看看，那儿看看，又看看她妈，再看看我，说老周伟，我叫袁芸，你知道吗，水芸是什么？妈妈说，香草为芸，水芸为荷。荷是什么，是彩花女王呢，她说她最大的梦想就是要当彩花女王呢……

这时，我感到小宝跟我又是何等的相近相通。这些年，荷，常常出现在我苍白的梦境里——梦中总是童年时的一方阳光池塘，碧水蓝天，清澈透明的世界中，莲叶田田，荷茎微红，藕白嫩如腕，细长的梗茎悠悠地挺出水面，带着骄人的姿态，晌午的荷塘在阳光的照射下闪烁着金光，忽一闪，晃眼的一片雪白，不知是鱼还是我们哪个小孩儿白白的身子，在莲叶间自由地嬉戏。看，我们头顶上那团绿色生命的主题，接天荷叶到天边，阳光毫不吝啬地写下如许之多的绿色情怀和大爱。站在荷塘边，看清晨落下的露滴，在光滑的荷叶上聚集起点点滴滴的晶莹玉珠，像华丽舞裙上的珍珠点缀着七彩生活的一派美丽梦幻……

小宝的那幅《彩花女王》终日挂在我的床头，夜夜来到我的梦境中，鲜活如新，荷香扑鼻，沁人心腑。

是啊，生命中的荷，有人这样形容——烈日炙烤，临危不惧，坦然自若；在沉睡千年后，仍能绽放；狂风袭来，静立如山，依然故我；暴雨突至，清音飞扬，回肠荡气；风雪翻卷，独立自尊，不馁不屈。

荷，是一朵温柔的花；荷，是一位冰清玉洁的仙女；荷啊，你是水中的魂！看呀——“在水一方，荷的舞蹈是那样优美。/在水一方，荷的歌声是那样动听。/荷在用一种坚持，荷在用一种信念，荷在水中站住了。/荷在用一种智慧，荷在用一种灵巧，荷在水中站住了。/荷在用一种模式，荷在用一种状态，荷在水中站住了……”

我敬畏文字，更是对莲顶礼膜拜，我的笔名就取名草莲。生命如草，心境向莲。于是，我常常沉醉在书香的世界里，沉醉在文字的芳香中，沉醉在莲香荷韵之中。小宝说，她也喜欢莲，她妈妈也喜欢莲，妈妈还特意让她朗诵《爱莲说》：“出淤泥而不染，濯清涟而不妖。”

我知道，小宝要在自己的七彩世界里，当她自己的女王；我知道，小宝要像荷在水中央一样，站立在自己向往的世界里。

我说，小宝童心如雪，未染世尘。小宝妈说，小宝乖巧懂事，懂事得让人心痛。

她说一个冬天的早晨送女儿小宝去学校，寒风不时袭来，女儿在身后的电动车上说，妈妈，先别动，等我给你围好围巾。她感觉到女儿的小手在她的头上摸索了一番，然后一种轻轻疼痛过后，女儿说：“好了，妈妈你疼吗？”“不疼啊，怎么了？”女儿没有吭声，小宝妈继续随着车流推进，这时她又听到女儿的喃喃自语，“不会吧，我还没有长大呢，难道妈妈就开始老了？”小宝妈心里微微地怔了一下，马上明白是怎么回事了，她笑着说：“孩子还没有长大呢，妈妈不会老的，你是不是发现了妈妈头上长了白头发？”女儿停顿了一下，她不知道这小家伙在心里想着什么。突然，她感觉到女儿搂紧了她的腰，把脸埋在她穿着臃肿的背上，轻轻地说了声，“妈妈，没有什么，那是一根白线头……”

小宝妈每回说起这个故事，都极为动情，我也感觉到有一股暖流遍她全身。

小宝妈说，小宝的故事多着呢。那是一个雪花飘舞的早晨，小宝和妈妈去超市买菜。刚走到路口的一个拐弯处，看到地上坐着一个老人，一条拐棍长长地横在马路边上，面前放着一只破烂污渍的饭碗……小宝很快发现了路边的拐棍，还有那位瘫坐的老人。她拉着妈妈凑上前去，女儿拉着她的手更紧了，看了一眼不忍再看，嘴巴里面嘟囔着："妈妈，这个老爷爷穿这么少，冷吗？"在女儿面前，小宝妈妈不能无动于衷，掏出钱包，把准备买菜的零钱放在老人面前。女儿却放开了她的手，对她小声说："妈妈，你等我一下，我马上就来。"妈妈正要阻止她，她却撒腿往家里跑去。不一会儿，小宝迎着风雪，手里抱着一个她爸爸的军用大衣艰难地走来……回来的路上，小宝很认真地对妈妈说："妈妈，过年我不买新衣服了，要存起来，给没有衣服的人穿。等我长大了，我一定要办一个好大好大的服装厂，做好多好多暖和的衣服！"

……

小宝传递给我们的，是爱的讯息，是新鲜、朝气的浓浓绿意，是阳光的味道，是荷般的境界。

小宝和她的故事，是爱的故事。爱，是一地细碎的阳光，洒在生活的每个角落，种在每个人的心里。

这时，我又记起冰心老人的那句话：有了爱，就有了一切！

在我内心深处，那是布满阳光、水荷和心语的地方，那是爱的阳光池塘。我知道，阳光是一种语言，爱是心灵的对话。

阳光洒落，鲜花盛开，月光流淌，水荷清香，笑声满地……

尘世生活里，茶淡香，菜飘香，酒溢香，书墨香，阳光话语中流淌着爱，一屋子的快乐生活，在每一个鲜活的细节里发芽、拔节。

如是，这一切温暖的东西种下，让心胸如阳光般明亮清纯，天宽地阔，春暖花开。阳光，是世界上最光明、最美好的东西，它能驱赶黑暗和潮湿，拂去浮躁与不安，温暖我们的身心，让我们重新上路。

路在哪儿？路在彼岸，路在心里。

木心素简

木　　心

我想，很多人在小时候都玩过这个游戏：“一、二、三，我们都是木头人——不许说话不许动！”一声令下，每个孩子都像中了孙悟空的定身法，一动不动。谁要是动了，谁就出局，直到决出最终的胜利者。

心在门里很“闷”，木在门里好“闲”。这是当年发生在三个学生上门求教齐白石时的趣事。清闲无事，可以会客。木心童趣，天性玩乐。

这年代，每个人都有一个面具，有些人戴久了都不知道哪个是自己。你说，我有时候也木头人一个，心也木了的。但是，你又说，你好喜欢我的木，对这世界的麻木和无知。

其实，我心里也明白，我是对生活没有激情，我是对生活产生了质疑，我是对惯常的黑暗有了抵抗……我感到，我是一个人，我只是一个人，在暗夜里行路。

有了你，有了文学，我才少了孤单和害怕。这年代，我们喜欢读作家木心，读到他清澈的眼神，读到我们依然在等待，在等待在时间深处的那盏青灯。

透过眼睛凝视木心，通过文字读懂木心。我们读到一种简洁，一种素朴，一种通透，一份安宁，一份淡然，一份纯净，读到泥土和青草的气味，读到和你是一样的氛围和气息。同样的喜爱，同样的爱不成眠。

木心的心始终有一颗孩童之心，在他的文字里我们能够找回那份纯真、美丽与温暖。其实，我们不能失去童年的梦想，积木才能垒起参天的大厦，木手枪也能打倒强有力的坏人……

你说，我像一个孩子，你喜欢孩子似的我。

我说，我只想做一个孩子，直到坟头上长出青草。

大家都明白：孩子，永远是世界最清澈的眼睛。

素　　好

只一个“素”字，就喜欢上了。我说，素——好。

素，是你的名字，也是我追求的境界。

素总是美好的，随手写下：素白，素淡，素洁，素净，素雅；素颜，素纱，素裹，素绢，素华；素雪，素荷，素月，素韵；素文，素笺，素卷，素简，素描；素意，素心，素爱，素德，素养；素食，素人，素室，素尘……

在素常的日子里，存有一颗素心，怀抱一身素爱，寒冬便会渐渐远，春暖气息自然香，日子也就缓缓过。

有人说，日子就是最朴素的棉线，滋滋从手缝穿过，你可以把它捏成死疙瘩，也可以翻结成美丽的云花。

你也常说，做人要怀一颗素心。我当然知道，拥有一颗素心的女人，定是一香不与凡花同的女人——气吐如兰，洁白如瑕；优雅清丽，清香久远。

而你，就是这样的女人。心若素简，花开自在。

素年锦时，春月清日。“素”（诉）说美好，雪言温暖。安之若素，静若如花。

在这素常的世界，爱素好古，能素就好！《老子》曰：“见素抱朴，少私寡欲。”此时，我想起王维的两句诗“我心素已闲，清川澹如此”，刹那间，一切了然。

草　莲

我来自乡间，自然不忘生命之草。草，是春天最早生长的植物，是大地上的精灵。心头上种草，草色入帘青。

这些年，我一直陷在生活的尘世，跌落在希望的谷底，喧嚣纷繁中我是那样的孤独和无助，但我却愈发地清醒和清高，我知道我心中有一朵美丽优雅的莲花。

我知道，你就是我心中的那朵莲！

你心性高洁，以莲自喻，独爱莲，忆莲，访莲，倾听一朵莲，咏莲，恋莲，为一朵淡雅的莲清韵致远……

对我，你有莲花般的爱，你有春草般的心。我明白——你给我春天，我才自由盛开；你给我阳光，我才千姿百态；你给我信念，我心中就无比强大；你给我一滴眼泪，我心中就拥有了汪洋的大海！

有一次，一编辑同期推出我的两篇文章，要求一篇以笔名示人。我征求你的意见，立马两人自然想到一块：如草喻莲。于是，我的笔名就取名为“草莲”。我说，草是我，莲是你，草莲就是我们两个了。

草莲——草莲好！生命如草，心境向莲。花开清芬，我见犹怜。

芸芸尘世，有谁明白？

草香人远，一流清涧。一念一清净，心是莲花开。

我想，草懂得，莲知道。

离　开

就这样离开了我。

整整掏空了我一个多情的春天。

又整整望穿我一秋的瘦水。

我知道，叶子的离开，不是因为风的追求，也不是树的不挽留，而是它到了该离开的时候。来年的春天，它们又会在枝头重新相遇、相知。

我知道，人离开了，爱从未离开。

每天，都是离不开你的影子；每天，都离不开爱心的小屋。

你说，你的离开也是爱。

我说，鱼儿是离不开水的，鸟儿是离不开窝的，一滴水是离不开江河的。

你说，离开是暂时的，离开是为了更好的相聚，更为长久的相聚！

我说，我懂的。

我懂的，是想念；我懂的，是心痛；我懂的，是刻骨。

我们都懂的，因为爱，所以幸福。

对于离开的象征，有很多美丽花草的花语：蒲公英是喻示下一次重逢前的离别，六月菊或冬菊象征离别，杉枝意味着分别，豆蔻诉别离，黄玫瑰则是告别，送春花又名送别花。

花语如是，离开无言，相聚也无言。

我看着你的眼睛，泪雨纷飞。我亲着你的眼睛，星星闪光。我抱着你的青春，月亮都碎了。

这一天，离开；这一夜，爱聚；这一刻，心碎……

有一首歌表白得无畏：赖着你 每一天离不开你/再耽误多一秒都不愿意/我才发现永远有多近/不要比我先闭上眼睛//念着你 每一夜离不开你/怎么能不把你捧在手心/爱经不起遗憾的事情/身边的不可以/不是你

耳　朵

你知道吗？昨夜，我梦见了一地的耳朵。

我看见，你在满地找寻，找得那样认真，一只一只翻看，细细辨认，终于帮我捡回了我的耳朵。

回到了耳朵的世界里，回到了欢乐的天地中，回到了久违的童年和远方——

看，我们几个细把戏，个个竖起耳朵，全神贯注，听山谷里的风，听树上的鸟叫，听田野中的蛙鸣，听禾苗拔节的声音……许久，许久地听着，有滋有味地听着。不晓得，牛走远了，走丢了，我们忙喊牛，黄呀，哞哞地喊……

牛可不能丢，牛是庄家人的魂！我们几个细把戏一个个神色不对，赶忙匍匐在地上，把耳朵紧紧地贴着地面，竖起狗耳朵，听，听，再听——不知，是谁先听到，一跳八尺高，说听到了，牛到哪儿哪儿了！

寻过去，果然，牛到了水塘边，牛到了青青的麦地里，牛蹒跚地走在血般的夕阳里……

在远方，在乡村，我们的耳朵很灵，也很受用，最能管事。

许多年后，我们都到了城里，城里的喧嚣和噪音让我们的耳朵失聪，陷在无声的世界里。

云雀叫了一整天，我也听了一整天。

我知道的，很多个黑的深的夜，你都在满世界帮我找寻我的耳朵。

其实，我想说，你就是我的耳朵！

春草绿时

那是一个春草绿的时候，我们相约在洲上文学采风。

腰椎腿痛的我行动有些困难，你等一行人陪我散步，你总是那么细心地在我左右。在春日暖阳下，那天的我久违地红光满面，容光焕发。我说，感谢春天，感恩文学！

是文学，让我们走在一起，走在春草绿时，漫步在林荫深处。是文学，让我们相识相知，惺惺相惜，心心相印。我们散着步，我们谈着文学，我们一路走向春草更深处。我看到你清澈如泉的眼神中，明亮闪烁。看着眼前的一切，水明草绿，山静花香，心淡云清，甚好！

照相时，你是最后一个和我合影的。一向胆小的你，约了一向胆小的我，我们伸开双臂，一左一右合抱着那擎天大树。我知道，那一刻，我拥有了自由，可贵的自由；我知道，我们合抱着的那棵参天大树，是文学之树，因了我们的虔诚守护，一定会永远长青。

春草绿时，相约洲之头，漫步林荫深处，这是文学的漫步，这是人生的漫步。

心若绿时，春草皆绿，百花盛开，鸟雀在树上欢快地鸣叫。

移动时代

你说你要和我去看一场电影。

我知道，在这移动时代，这是我们去赴一个前世的约定。

看的是《移动迷宫》，根据詹姆斯·达什纳的同名小说改编，讲述一群青少年被困在一个巨大迷宫所包围的荒废城市的故事。

从一开始升起的铁笼子，到四面被围住的一块生存区域，到定时开合的迷宫入口，再到感染病毒的行者，不断变化的迷宫、怪兽……电影构建了一个微小的社会，正如现实社会一样：变幻莫测的人生，壁垒森然的社会，恐怖残忍，陷阱遍地。电影尾声，成功逃离，虽然看起来他们胜利了，但其实游戏才刚刚开始，每个人的生活还在继续，要继续在恶劣的环境中求生存。

看完电影回来的路上，有一个问题始终在我脑海里永无休止地纠缠：我们到底为什么要这么玩儿命地跑？我们到底能跑出别人的掌心和这个社会的牢笼吗？！

就像爱一般，爱在爱里爱了，爱得卑微，爱得无畏，爱得疯狂……在爱的牢宠里，爱也是玩儿命地跑，玩儿命地逃，爱到窒息，爱到重生。

那么，在这移动的时代，就只有跑了，就只有爱了。因为，牢笼之外才是生，世界的尽头只有爱。

鞋 与 路

我记忆中的雪，几十年了一直纷纷扬扬地下着，白了山川河流，白了树木房屋，也白了一个个从村小踽踽回家的孩子的眉梢……踩在地上的积雪，咯吱咯吱响，雪地上一行行盛开犹白色花朵的梅花印，如猫般轻盈。

洁白静谧的大地上，千万朵雪花蝴蝶般飞舞，如风一吹便四散开去的蒲公英，如颗颗结晶的盐粒撒在生活的大碗里。

鞋是暖脚的，也是暖心的。我记得我小时候想见的白发婆婆，当然更清晰地记起她做的鞋。她每回来，总是利索地打开鲜红的新毛巾严盖的篾筛，一翻，一翻，满是大大小小花花绿绿的布鞋，像鱼儿在我的眼前游动，像船儿停靠在家的港湾……

于是，第一次我给你买的礼物就是鞋子，第二次给你买的礼物还是鞋子。我想，在路上走着的人，总是需要鞋子的。

鞋是走路的，也是前行的。它一路走过，把蒺藜踩烂，把坎坷踏平。

也许这是我的私心，你的脚一伸进这双鞋里，就捂暖了一颗心，那里面装着一个新的世界。不仅仅只是鞋，不仅仅只是脚，不仅仅只是你和我。鞋带着这些记忆的碎片穿街走巷，踩出窗棂上的冰花，踏出金色的夕阳，铺展出暖暖的一个个你和我。

穿上它吧，你每前进一步，我就想到鞋与雪地的贴近与亲吻。那咯吱咯吱的声响是为你谱下的交响乐，那接地的融化是我献给你的格桑花。

穿上它，日子便步步莲花。

穿上它，前方的前方，永远的前方，永远不会孤单……

朝着阳光走

平心，静气。

朝着阳光走，向春天出发！

你是懂我的，你是爱我的。

正像雷奥纳多说的一样：知得愈多，爱得愈多；爱得愈多，知得愈多。

你总是给我温暖，你总是给我力量。

我在茫然绝望时，你说：没有谁是智者，生活就是这样：有许多未知的隐藏，它在前方，谁也无法预知。但是这些都不重要，重要的是你要有一颗坚强的心。一切，一切的一切，都会过去的！……

我懂的——

爱才是生命，然后生命才能爱！

一生只够爱一个人！爱，就抱着爱！

辑五／月亮之眼

清淡二题

清香淡好

105岁的杨绛“回家”了，“我们仨”在另一个世界团聚了……

网上，是铺天盖地的纪念文字，与钱老师走时一样。此时，诉诸文字，文字是一种抵达，抵达心灵和远方；唯有文字是不老的，心香一缕的文字清香淡远，恬淡静好。

有人说她是最才的女、最贤的妻，说她们的爱情是最美的爱情。

但我觉得，这一切都不重要了。重要的是“我们三人又相聚了。不用说话，都觉得心上舒坦”。

她走了，却留下让我们一生享用不尽的珍贵的东西：和顺、清香、淡好。

深夜，我再一次读到她写给他们仨也写给这个世界的文字：“我们这个家，很朴素；我们三个人，很单纯。我们与事无求，与人无争，只求相聚在一起，相守在一起，各自做力所能及的事。碰到困难，我们一同承担，困难就不复困难；我们相伴相助，不论什么苦涩艰辛的事，都能变得甜润。我们稍有一点快乐，也会变得非常快乐。”

这是多么的淡定从容，安静通达。虽平淡如话，却是真言，更是至理。

透过夜幕的黑，这时，我仿佛看到我的奶奶和远去的乡村。

那时的乡村给人的感觉是和顺的，和和睦睦，和和气气，相互帮衬，不分彼此，家家的门是敞开的，每个人的心门都是不上锁的。奶奶也总是那般安详和顺，记忆中总有和煦的阳光洒遍了奶奶的全身，其实我长大后却知道了奶奶的人生其实历经了几多风雪雨霜的。

奶奶满头银发，慈眉善目，终年坐在一张平安椅上，背靠我家的老屋，面前是一塘清荷。静静的夏日，满塘生命的绿荷令人浮想联翩，阵阵的清香钻得我们鼻孔痒痒的。看一个个露珠在荷叶上晃荡，倏忽，叮咚几声，和我们几个光屁股的小孩一下一个，一下一个，跃入水中，身边有一群鱼儿在游荡，只留下一茎茎高高出水的荷叶如伞如盖……

在一个天高云淡的初秋下午，奶奶走了，走时，她是那般安详宁静，如熟睡一样，无一丝痛楚。奶奶一生豁达乐观，心态安然，生时安生，死时安死。

多年以后，我再回故乡，乡村变得陌生，那一口幽静的荷塘早已干涸，奶奶留给我们的那一份淡好也远去如梦了。

此时，我是那么刻骨地感觉到了自己的迷茫和空空荡荡。多年的追求，我终于知道自己生命中最需要的是什么了。

坐在人生的边上，杨绛先生百岁答问。她说，“感觉每一天都是新的，每天看叶子的变化，听鸟的啼鸣，都不一样，new experince and new feeling in everyday。树上的叶子，叶叶不同。花开花落，草木枯荣，日日不同。”她说，“我得洗净这一百年沾染的污秽回家。”她说，“细想至此，我心静如水，我该平和地迎接每一天，过好每一天。”

年龄越大，经历的越多，这种感觉尤为强烈。正如奶奶所说，吃过苦，方知甜；只有真正喝过中药的人，才能感觉到中药的芬芳。

我见过一位八十六岁的老作家，他在酒桌上动情地回忆着他的初恋和生命中的女人。在每一个沾满露珠的清晨，他总是颤巍巍地走在楼下的花圃里，嗅一朵花，喊一个女人的名字……当着那么多人的面，老作家禁不住抽噎起来。顿时，一片安静，一片肃然。

很长时间，我的眼前总是浮现这个场景。我也有过生命中最重的女人，如莲如风，相伴相扶。有了她，就有了我们每天的人生签名：感恩生活，记住美好；清风早晨，仍旧存在。想到此，我或许能懂：花儿的清香和生命中的美好，在我们每个人的心底似陈年老酒那般淳厚，令我们心旌摇曳，泪光点点。

最初的美好，最纯真的情感，最本质的东西，最深刻的道理，当我们淡然面对时，总是植根于我们内心深处，静水流深，生生不息。

走在人生边上，面对逆境与低谷时，我常常想起杨绛先生的一句话：人生最曼妙的风景，竟是内心的淡定与从容。所以，当我们所处炎热的心境时，最需要的是安静淡定。心静似水，才会淡好；心境如莲，方能清香。

是的，当喧嚣已过，当繁华落幕，人世天地间唯有和顺自然，淡好最美，清香久远。

清闲淡好

小时候，常听五伯爱唱一句戏文：“贤弟休回长安转，就在这沙陀过几年，落得个清闲。”自然，那时是听不懂戏文的，更不明白五伯为何唱得那样有滋有味。

中年以后，似乎明白了几分。虽不知沙陀在哪里，查了一下，绝非当今春绿的江南，却也落得个清闲，真个是“好受用”呢！

自古文人，隐逸佳处，避世清闲，淡看风云。

谁不盼着清闲呢？清静悠闲，住进书里头，世事如烟，万物淡然，自然好。

老杜（杜甫）有几句诗也是特别的好——“雨槛卧花丛，风床展书卷”；“竹斋烧药灶，花屿读书床”；“负米力葵外，读书秋树根”；“读书难字过，对酒满壶频”……

寻书，买书，读书，藏书，或者一不小心邂逅好书，都是需要缘分的，如喜爱的女子一样。遇到喜欢的，自然不能错过。一旦错过，就是终生错过，成为生命中永久的痛了。喜爱是没有缘由的，觉得好，便想拥有。拥有了，更要懂得珍惜，不离不弃。

好书，如好女子，清茶一杯，可以涤烦，可以静虑，可以清心，可以宁神。

日夜书，生命河。关于岁月，关于烟云，关于思想，关于方向……也许我们都能在书里找到。其实，大多的时候，面对这些书们，我们只是静静地面对，觉得一切都不重要。

我甚至以为：读万古书，不必贯通，不求甚解，无须广博，无须深刻。或出于好奇，或偶有疑问，或打发时光，想读时读读，爱读时读读，倘有心得和发现，甚至灵光一闪之时，则是意外之喜。

赤日炎炎，书摆放在面前，宁静以对，手不动，风在翻；眼不看，心在读。恍惚中，一炷清香烟直上，却有阵凉透肌来。我想，不知不觉间，照得清闲小镜，神思淡然。

读也罢，不读也罢，清静悠闲，岁月恒好。

老子云：天得一以清，地得一以宁，神得一以灵，谷得一以盈……

我以为，清闲之乡，淡好之境，住在每个人的心里。闹中取静，喧嚣之中觅闲适，“心远地自偏”。

我等一谷山人，有一得之乐足矣。若是懂得书中“三味”：味其趣、味其理、味其情，则常足矣！

活在光的春天里

小时候，一日一日，我掰着指头，盼着过生日。早几天，一下告诉奶奶，一下又告诉奶奶，生怕到时奶奶忘记我这天大的喜事。生日那天，爱困懒觉的我，早早地和奶奶一同起床，一同推开厚厚的木门，让第一缕新鲜的光亮照进我家一天生活的开始。

看见奶奶往鼎罐里灌一勺水，咕嘟咕嘟煮着鸡蛋，我那颗小小的心才算踏实下来。看着旺旺的火呼呼地欢笑着，听到沸沸的水兴奋地唱着歌，催奶奶赶快把鸡蛋捞出来。往冷水里一浸，鸡蛋滴着水，蛋壳蛮温热，剥开壳的鸡蛋圆润白玉般，散发着诱人的蛋香。我猴急，捧在手心，看一下奶奶，看一下手心里的蛋。先匆匆两口扒吃掉蛋白，再吃圆圆的蛋黄，黄黄的、粉粉的，吃得急，塞得满，沾得满嘴都是……奶奶笑出了眼泪，我不管，整个儿蛋黄一口咽下去，立马饱嗝连连。吃后几天，还觉清香味纯、丝丝甜甜……我的快乐，奶奶的快乐，都在我的生日里，都在一个小小的鸡蛋上。如是，我那舌尖上的故乡，始终鲜活如初，快乐恒有。许多年后，我总是不能释怀。

除了自己的生日，我也惦记着姐姐的生日，妈妈的生日，还有奶奶的生日。当然，在她们的生日里，我又可以跟着再过一次生日，再享一次快乐。我懂得，有生日的日子，那才真叫日子。可是，奶奶的生日，却一直是个秘密。奶奶从没过过生日，你要问她哪天生日？她一会儿说在过年，一会儿又说是元宵节，一会儿又说到中秋节，一会儿还说跟观世音菩萨的生日同天，观世音菩萨又有三个生日……反正，推三阻四，总是没个准儿。别人问她高寿？奶奶有时说她八十多岁了，有时又说她上九十（岁）了，甚至有回说自己整整一百岁了，是百岁老人了。奶奶见大伙儿不信，说：你们去大队部（村委会）看看，百岁老人里有我的名单，公家还发了红本本（证书）的！

我就很是怀疑，奶奶莫不是老糊涂了，天上一句地下一句……我问妈妈，妈妈只是笑，说你问你奶奶去。奶奶见我问得急，就慢腾腾地说：生日，生日嘛，我么，天天过生呢。然后，奶奶十分慈祥地笑着。我不死心，问奶奶，那你到底多少岁了？奶奶还是笑，反问我，你看奶奶多少岁就多少岁！奶奶是糊涂还是睿智，是现实还是在梦幻中，让我一下陷入了沉思。我久久地看着奶奶，发现此时的奶奶生生地就像一尊活菩萨。这时，我看见一团光亮照在奶奶宽宽的额头上，慢慢地扩散着，温暖着，幸福着。

奶奶爽朗地笑着说：我要活到一百二十岁！我相信，奶奶不是天天过生么，活到一百二十岁准行。

天天过生，每一天都是幸福快乐的；天天过生，每一天都是新生。

我一天天在快乐中成长。每到快过年时，奶奶总要摩挲着我的头，边摩挲边自言自语：嗯，高了。嗯，高了！然后，牵我到门前的桃树下，比画着。要我站直了，贴着我的头，拿把柴刀在树身上划一横。奶奶呵呵笑，说：过了年，奶奶瘦一圈，树高一轮，伟宝（我的小名）又长一尺了。每当这时候，奶奶总是笑，笑得很开心。奶奶笑完，就正正经经握着我的手说，该学本事了！奶奶说，本事不是娘肚子带出来的。本事，要靠一分一分地攒起来，攒鸡屁股（指下的蛋）一样，攒足本钱了，胸有成竹，心里有底，咯样了就遇事不慌，处变不惊。本事，是壮身的，多了，又不压身，少了，挠头掏手心都不行，手心上哪能煎出个鸡蛋来？！本事，少不得，也虚不得。虚了，再装，打肿脸也充不上个胖子。奶奶拿鸡蛋说事，我似懂非懂。我记得第一次学本事自己挣钱，就是跟一班小伙伴们跳上跳下，砸桃仁、杏仁卖钱买铅笔，我兴奋得不得了，奶奶一脸慈祥，笑呵呵地摩挲着我的头。

奶奶见我上进，很高兴教我学本事。奶奶念的书不多，但她最早教我写过“仁”“春”二字，教我做人的根本。其实，奶奶的大名就叫王仁春。奶奶握着我的手一笔一画写着这两个字时，竟说个不停。奶奶说人要仁道，仁义值千金哩。仁道的人，总要好人、爱人，而不恶人。人与人之间，有你有我有他，要晓得相处，晓得相爱，晓得互助。惠我以仁，多念人家的好……天地人，“春”字最重要。一天之计在于晨，一年之计在于春。“日”出代表一天之始，“春”天自然筹划全年。阳光普照，草木丛生，万物复苏。世间道，三人行，春光总是无限好……

我读书太用功，玩的时候就少，奶奶就变着法子要我到处走走。她说，别光顾课本里头，生活里头也有的是学问。有一次，奶奶要我陪她去爬屋后的小山头。边爬山，奶奶边说，要昂首，要挺胸，眼要看前方，向上，向上，再向上，永不停歇。做人做事，都得这样！到了山顶，奶奶要我往下看。先指着通向山外的那条小路，问，是么个？不是路么？！是路，又不是路，那是慈母手上一根线，那是游子身上的一条脐带，那是大伙儿眼中的一条金飘带……像不像？我似懂非懂地点点头。奶奶又指着山下排排整整满田沉甸甸的稻子，再看看是么个？那不是稻子还是么子？她径直地说，是农人手下的千军万马……几个回合，我被奶奶都问糊涂了。奶奶说，记着，随便么个，要举一反三，触类旁通。譬如，这山吧，有时看山是山，有时看山不是山，有时看山还是山。

爬过几回山后，奶奶又要我去挑水。其实，我挑不挑水，家里都是有水喝的，每天五伯大清早都挑得缸满桶满。当然，奶奶定有奶奶的意思。奶奶说，挑水要趁早，越早水越清，越早水味越正。第一回挑水，我挑了大半桶，水总是淌出来。第二回，我就少挑了许多，想是不会淌出，挑起来，一路轻快，还是淌了出来。第三回，奶奶说，把桶子里的水满上，再看看。我试了试，竟然没淌出来。奶奶喜笑颜开，说，看看，看看，一桶水不淌，半桶水淌得厉害。挑回来时，一身汗，我伸勺一舀，咕咚咕咚，一口气喝干，手一抹嘴上的水珠。奶奶笑着问，甜么？我一回味，果真甜，以前怎没觉出甜来？奶奶说，自己挑的就是甜……

我家的房子紧靠荷塘，有荷，有鹅。塘边几棵大树，枝繁叶茂，像一道绿色的屏障。一条阡陌小路，载着浓浓的绿荫，晃晃悠悠地伸到我家的门前。阳光下的走廊上，总是坐着我和蔼慈祥的奶奶。这无疑是个好去处。过路的，闲聊的，认识和不认识的，见了奶奶亲热地喊一声，便能喊出奶奶的笑声，和奶奶的茶水与坐凳。要借个物什，或者手头短缺点油盐钱，有我奶奶在，谁个开口都不会空跑腿，碰上吃饭时刻，还会被硬拽着坐到饭桌上来。方圆几十里，不管谁一提起我奶奶，总有人接茬：喔，善塘铺里的奶奶，晓得，一个好人，一个观世音活菩萨！我有时直犯傻：我家的奶奶，怎么变成了大家的奶奶，怎么变成了慈眉善目的活菩萨？

奶奶和大家都合得来，八十多岁了还和七邻八舍搭着人情，讲着仁义。谁家有个红白喜事，她就颤巍巍地上门凑个份子，有钱拿钱，无钱送物。乡邻不肯收，她就发脾气，问是不是看不起奶奶。别人只好摇头，她就说，那成，收下。奶奶还好管闲事。我们孩提时候，整个院子里的“光屁蛋”都怕奶奶。谁要背着大人跳进塘里洗澡，奶奶就像赶鸭子一样，扛着长长的竹竿追来。奶奶一脸阳光，一路碎跑，把个长竹竿甩得哗哗响。眼疾手快的，一个猛子扎入水中；慢一点儿的，生怕挨上奶奶几竹竿子。现在回想起来，那么多年，村里那么多小孩，未有一个被“落水鬼”扯了去，这不能不说奶奶管的不是什么闲事。乡里杂事多，碗盏免不了相磕相碰，相骂、吵架也是常有的事。奶奶一旦知道，总要一路碎跑赶了去，好像那是她的责任范围，不去就没尽到责任一样。围观的人一见奶奶，就赶紧让出一条道。不一会儿，奶奶上上下下前前后后左左右右里里外外说一通，便把事情扯平了，乡里乡亲间又是一团和气。我真是服了奶奶，跟去看过几回，琢磨着大约是奶奶人缘好，心思好，为人又公道，大伙儿也都尊重她、叹服她。

奶奶的日子过得畅快踏实，乡邻也因了奶奶的存在，一大家子、一个大院子的日子过得欢快、和谐，乡村的日子平静如水，平淡悠长，日复一日。

后来，我和我的姐妹们秧苗一般蹿高了，一个个都离开了乡下。起初的几年，过不了多久，我们想念奶奶了，就回乡下去看奶奶，陪奶奶说说话。奶奶很高兴，唠唠叨叨说好着呢，都好着呢。我每次回乡，大伙儿都讲奶奶好，盼着奶奶长寿，担心奶奶扔下大伙儿去另一个世界。奶奶说，没有的事，我要活到一百二十岁呢。奶奶就说起现如今样样都好，我哪能不好好地活着乐着？她又不迭地向我们枚举，说起乡邻的好，说起田地的好，说起鸡鸭牛羊的好，说起井水的好，说起天气的好，说起政策的好……说起一切的好。奶奶送我们走时，要送好远，一程又一程，看着我们说：你们赶上好时候了，要攒起劲，要往好里好！遇事要看得开，别计较，要念好，多念好。奶奶说，好才好，好就好呢。起初，奶奶的话我并没放在心上，我也没有深究奶奶话里的深义，只是有一搭没一搭应付着。

这些年，我内心里总有一种世俗的东西在膨胀，在滋长，忙碌在喧嚣的市井中，找不到一个痛苦的出口，很是疲倦和无助。奶奶要后归哥带信来，要我回去一趟。那回，奶奶久久地盯着我，似乎看出我的焦躁和不安。奶奶说，你要时不时地回家乡，四处走走看看。是啊，让心静一静、再静一静，闻闻青草味，听听流水声，接一接地气，喝几口清清的井水，砸几粒桃仁、杏仁吃，甘苦尽知；嗅一嗅家乡的空气，晒一晒温暖的阳光，拂一拂春天的和风，看一看广袤的田野，让沧浪之水洗掉我脚上的尘土，洗去岁月的铅华……家乡，你无尽的宝藏，总是滋养我生长和灵魂安憩的地方。

奶奶讲佛家有句话说得好：世事皆空如浮云，唯有真心可沧海。出门的时候，我靠在奶奶的身旁，奶奶习惯地摩挲着我的头对我说：回一回家乡，再上路，就不一样了……

就这样，我一次次回到家乡，哪怕只是和奶奶的眼神一次无语的交流，哪怕就跟乡亲们聊一会儿家长里短，与大地对视一阵，瞅一瞅家乡天空上高远的云彩，风光霁月。我再次真切地感受到，家乡的一切还是那么的善良、真诚和美好，世界是多么的阳光。

回到城里，我就会早早地醒来，在早晨的一片清爽中，一遍一遍忆起草长的家乡，眼前总是出现田野大片大片的菜花黄，我闻到了淡淡的菜花香，我听见浅浅的流水声和染绿了的乡音。在有月光的夜晚，我老是唱起那首《弯弯的月亮》：“遥远的夜空/有一个弯弯的月亮/弯弯的月亮下面/是那弯弯的小桥//小桥的旁边/有一条弯弯的小船/弯弯的小船悠悠/是那童年的阿娇//阿娇摇着船/唱着那古老的歌谣”。每次唱到“歌声随风飘啊/飘到我的脸上/脸上淌着泪/像那条弯弯的河水//弯弯的河水流啊/流进我的心上”，我早已是凄不成声。是啊，故乡的月亮，今生今世，你那弯弯的忧伤穿透了我的胸膛。

一到冬天，我总是希望每年的第一场雪来得早一些，再早一些，尽管我早已过了堆雪人玩雪球的年龄，但铺天盖地圣洁的雪白和小孩子们简单的快乐，让我陶醉。看着最后一片飘落的黄叶，像一只飞来飞去的蝴蝶，在白雪飘飞的季节里摇曳，我的思绪也跟着翩翩飞舞。那扎羊角辫的小姑娘身着厚厚的大红棉袄，一团火一样在洁白的世界里欢蹦乱跳，我仿佛听见她叫喊着我的名字，是那样的温暖和火热，足可融化一世界的冰雪，足可改变寒风彻骨的冬季。

我发觉，在秋天丰收的旷野上，我的灵魂和生命重新回归。看着累累垂垂的果实熟透了，在一地金黄的秋色里慢慢发酵，弥漫开去，是那样的浓烈飘香。一下，醉了田地，醉了山岗，醉了大地上的一个个生灵。

难怪奶奶说，有家乡的孩子永远不会走丢。我终于知道，月是故乡明，我们生命的根，总是在故乡。没有故乡的游子，一生都在寻找故乡：那水车吱呀吱呀的故土，那些河流古桥以及青石板的小街，还有那一片湛蓝湛蓝的天空，那一地菜花黄，那一弯银月，那悠悠的小船，那一片飘落的黄叶，那一根橘黄色的稻穗……一切都是那样的真切、生动和美丽，令人战栗。

想起故乡，想起奶奶，想起奶奶一生总是默默地为我们念好，想起奶奶生前每次送我们上车时絮絮叨叨跟我们讲：念好，多念好，念好好。真心念好，一切都好！这时，我的眼泪忍不住地流淌。

我知道，奶奶的心地是多么宽厚，奶奶的故事永远珍藏在我的心头。我远远地看见，大地上的故乡在光的春天里疯长，春光激励着生命的绿色脚步，永远在路上，永不停歇。

奶奶常爱随手带一把椅子，平展展地摆放在善塘铺里那口荷塘的塘坎上，一任一天的流光与春意泻在它上面。奶奶或坐或躺，一脸平和，看着来来往往的人，或者什么也不看，什么也不想，就是那样安安静静，安静得与浮在水面上的枯荷一般。午后的枯荷不动声色，水面平展展的，无一丝涟漪。

奶奶的椅子收放有度，很是轻便，最打眼的是椅楣上雕刻着“平安”两个红漆的大字。我刚上学那会，总是把这两个字念倒了——“安平”。每念错一回，奶奶就纠正一回。再念错，再纠正。奶奶说，是平安，不是安平。平常人生，平安是福，健康是金。平平安安，来之不易；平平安安，最是当紧。

看着大地的光，拂着春天的风，奶奶喁喁地：平平安安，心心念念；平平安安，明明白白。小时候的我不懂，顺着奶奶的目光和思绪，什么也没看见，唯见天地间，平静自然，平淡无语。

奶奶老爱瞅天，她终日坐在那把平安椅上看风流云散，把天看得高远悠长。我也学着奶奶，定定地想把天穹看出个窟窿，却看不出一丝美丽的云彩和春天的讯息。

奶奶说她常常看见有匹高大的白马蹶起一股黄尘，如风急骤般地冲漫天大道上一路飞奔。黄尘中的粉粒在金色的太阳映照下，像天上撒下一片金粉，炫得人的眼睛好痛。山道上呼啸而来的是一队又一队马队，卷起漫天黄尘……一阵阵马蹄声远去，一切都已远去。

奶奶坐在光的春天里，思绪飘向从前。奶奶有时跟我说，她看见那匹白马了。奶奶的眼睛里有水，似春水一样荡漾，旺旺地在脸上四溢。

后来，我知道，奶奶在娘家只有一个哥哥，爹娘早逝，哥哥后来带兵抗日，化作一匹高大的白马常常出现在奶奶的梦幻里。

奶奶如水一般平静地坐在那把平安椅上，每到午后，那匹高大的白马经常会准时出现在奶奶的幻象中。这时，屋外的阳光斜斜地晒进来了，落在地上，有一地生活的碎金碎银和拉得悠长如梦的思绪……

奶奶一生经历得太多，凡事看得很淡。

她说，有没有，怕不怕，苦不苦，好不好……都在自己的心里头。奶奶告诉我，善用心，一生安。只要自觉心安，南北西东都好。

琨儿十五岁了，奶奶离开我们已经十五个年头了。但我常常忆念奶奶，感怀奶奶，叹服奶奶。奶奶如影随形，就像在我们的身边一样，笑的时候笑，说的时候说，关切的时候关切，温暖的时候温暖，光明的时候光明……奶奶还是那样鲜活。一切都像昨天一样，一切都像奶奶在生的时候一般，奶奶活在我们的世界里，奶奶活在光的春天里。

奶奶从不说自己的身世，从不讲自己的苦楚，也从不怨这个世界的不公。我长大后，知道奶奶从小没了爹娘，给地主家做丫鬟，做填房，后又卖给资本家做小妾，再后来，嫁给我爷爷，我祖上成分不好，奶奶也没少挨过批斗……

就是这样，奶奶也从没垮过，从没丧失过信心，每天收拾利索，很精神，很光明。我后来问她：就没怕过，就没灰心过？奶奶说，再怕，再心灰，日子还是要过的；过日子，得持一颗平静心，感恩心；要过，就要过得像个人样，好好地过日子，把日子过好。奶奶说，再黑的日子，心里有光，就不怕了，就敞亮了；再难熬的岁月，总想象在春天里，有春天，就会有生机、有欢欣。

“如果有一天/我老无所依/请把我留在/在那时光里//如果有一天/

我悄然离去/请把我埋在/这春天里。”两个农民工用嘶哑的喉咙从生命深处喊出的《春天里》，把我的心一下紧紧地握住，泪湿衣襟。

日子如水，生活是光，将心花开成一树春天，给自己一个光明的世界。

我久久地看着奶奶，似乎读懂了奶奶的一生。我知道，只要与奶奶一样，活在光的春天里，我总会寻到久违的一份清静、平淡和幸福。

我眺望高天和高天下的流云，再看着脚下的厚土，眼前平坦坦的原野，还有山坡上吃草的老黄牛，夕阳下晚归的牧童……我知道，风一吹，乡村的日子又翻过了一页。

安静的石头

草上云，草下溪，白云生处有人家，溪水静山无尘埃。

小溪边有一个提着蛇皮袋的女人，手上紧握着一把长长的柴刀，她的眼睛注视着面前的小溪。有人问，莫不是在放鹅？有人问，莫不是在捉鱼？有人问，莫不是找寻什么宝贝……草下的小溪，安静地缓缓流淌，溪水浅浅，清澈见底，水中的石头，或大或小，或圆或方，或高耸或躺卧……

我们一个个漫步在高处，在云端，看着在低处的溪水和在溪水中那个行走专注的女人，我们猜不透她，但我们被吸引。终于，一个当地的老人解了我们的疑惑，他说这女人不为别的，就是在水边捞那些丢弃的矿泉水瓶子和塑料袋，要不然这水哪有这么清？有人问：那要付工资么？老人一脸的不屑，说：都是这方山水的人，自家屋里的事，还要付什么工资？

吃过中饭后，大家都争先恐后要去看罗溪龙头三吊胜景，我却独个儿行动了。是的，我早想去看那个文化站的老人了。他叫谢洋生，今年八十四岁了，是一直在大山里默默守望的文化人。来到谢老的木屋前，我看见有一堆砍好的柴火寂寞地躺在屋檐下，码放整齐，堆得老高。掏出手机，我前前后后一连拍了好几张。拍照的时候，我仿佛看到一个老人在屋檐下挥舞着一双干瘦如柴的老手，举起斧头，噼噼啪啪，噼噼啪啪……老人神情沉默间，那堆干柴竟熊熊地自燃起来，竟还旺旺地欢笑着。

对于老人，我没有太多的了解，只知道他在乡里文化站干了四十多年，只知道在这个大山里有文化的事儿必是少不得他，只知道他琴棋书画，吟诗作词，对联剪纸，红白喜事，出黑板报，刷标语，喊广播，打报告，写诉状……无一不懂。有事了，一声喊就是了。

大门半开，矮矮的护门关着，想是主人不在。从护门上看过去，堂屋的木墙上挂着一副裱好的对联：暑至听泉静，春来访主贤。我没有敲门，也没有去问隔壁的邻居，我不忍打扰这一屋的静和想象的美好。往回走，在桥头迎面碰上老人的儿子、年轻的文化站长小谢。小谢见了我，说：找我父亲吗？我也是回来告诉他，晚上乡里要搞篝火晚会。小谢告诉我，老爷子以前总要上节目的，现在年纪大了，但每回少不得要守到半宿的。

谢老从外面管事归来，邀我进了他低矮的书房。老人耳聪目明，回忆起点点滴滴清晰如昨。他听我讲了这次采风活动的主题后说了一句话：扶贫更要扶文化。老人说这话时安静地坐着，我听了他的话却一番坐不住了。我想，老人把他一生中对文化的礼敬和对家乡的热爱，都化成这短短的一句话。这是一个文化老人振聋发聩的要义真言。也许，我们应该是要好好地反思一下。

我走的时候，谢老说自己编好了一部《文人墨客瑶山情》，嘱我能写点文字，我没有理由不答应。临走时，老人从书架上取出一块石头，执意要送给我。他说，这是块安静的石头，陪伴他安安静静几十年了。我捧在胸前，沉甸甸的。

从谢老家出来，沿着小溪，我一路缓步慢行。远远地看见溪水中央有一块半蹲的白石，走近了看，白鹅一只，缩颈半闭其目，睡态蒙眬。水清澈，风过耳，白鹅似石，石似我，我心安然。对文化，对人生，我有了清晰的决断和真心的懂得。望远处，那片青翠的大山就像一块静卧了千万年的大石头，它的缄默就是对大山的守望和希冀。

在宝瑶古寨，几处老木屋前，我见着几个留守的老人和孩子。我们去的时候，花鼓戏《儿大女大》正在这里拍外景，这本是大山里的新鲜事，但孩子们并没有多少的好奇和热情，他们下着他们的五子棋，丢沙包、打弹珠、捉迷藏，玩老鹰捉小鸡、跳田字……不知是谁家的老婆婆，她一早就在一块大石板上安然地坐着，也不看天，也不看地，也不看眼前热闹的世界。我有些担心，老婆婆这样坐着坐着，也许会一眨眼间坐化成一块石头。倏忽，一朵花开的疼痛灼了她的眼，她忽然感到后怕，儿大女大了，如鸟似风般悄无声息地飞走了。

村子里还是那般安静，就像村前两棵古老的鸳鸯银杏树，静静地守望千年，见证着风雨爱恋和沧桑世事。我想，安静在这里，仿佛是一种功课，一种力量。

在这个喧嚣的世界上，我多想做一块安静的石头！

你的眼里有春天

总不时地记起一幅画，那是华君武先生在甲戌年的春天里为冰心老画的一张漫画：宽宽的额头上写满了《寄小读者》，丰硕的脸庞上堆满了慈祥和爱意，春天在眼中如草一般疯长……

也时常对着一张相片久久地出神，浮想联翩，那是冰心老和她一生最爱的小猫的合影。在书房里，你和你最爱的小猫是那样的近，那般亲昵，那么安谧。我一眼就看见了你的眼里有无限的春天，和窗外小鸟歌唱、万物滋长的声音，足以使我心灵深处的积雪融化殆尽。

你的眼里没有一丝杂质，有的只是洁净、纯正、温暖、柔软和博大。你的眼里，有无穷无尽智慧的繁星，有一望无边纯真的春水。

你从小生长在一个充满爱的家庭里，后来又到了教会办的贝满女中和燕京大学读书，较早地接触《圣经》。你回忆说，在一个阴天，你前去《圣经》课教授安女士书房里补考，抬头中看见了炉台上的一幅画：

一片危峭的石壁，满附着蓬蓬的枯草，壁上攀援着一个牧人，右手拿着竿子，左手却伸下去抚摸岩下的一只小羊，他的指尖刚碰到小羊的头上。天空上却盘旋着几只饥鹰。画上的天色与她那时窗外的天色一样，阴沉黯淡。牧人的衣袖上，挂着荆棘，他是攀崖逾岭地去寻找他的小羊。可怜的小羊迷了路，地下歧途遍布，天上有饥鹰紧追着……牧人来了！并不责备它，却仍旧爱护它。它又惭愧，又欣喜，仰着头，挨着牧人的手。你说，你好感动，感动得泪水奔涌而出……凝视间，圣水洗净了罪污，小羊超升为高天的云朵。许多年后，你还是记忆犹新，感叹不已。

你出生在大海边，父亲是一名海军军官，直到全家随父北迁离开福建前，你一直没有离开过大海。大海，是你永远的家乡，永远的情结和梦幻。你说："海好像我的母亲，我和海亲近在童年。海是深阔无际，不着一字，她的爱是神秘而伟大的，我对她的爱是归心低首的。"爱童年，爱家乡，爱大海，爱星辰，爱世界。所以，你后来教课时，头一篇文章总是叫学生写自述。一到寒暑假，你总是劝学生们回去。你说，家，总是可亲的；家，总是人生的安慰；家，总是温暖的海洋。也许，几回回在梦里：轻轻地推开门，屋里很黑暗，却有暖香扑面。母亲坐在温榻上，对着炉火……

我也非常怀念童年。正如你所说：童年啊！是梦中的真，是真中的梦，是回忆时含泪的微笑。我也常常想念那个叫善塘的老家，想念奶奶，想念童年的伙伴，想念那些散落着的山和纤纤溪水，还有那古槐，那晒太阳的老黄狗，那疯长的田野，那条通往村外弯弯曲曲的小路……我也时常想起你说过的一句话——"把美好的东西带给孩子们，让他们有个幸福的童年"。于是，我的笔下，常常走不出我的童年，走不出家的港湾，走不出爱的春天。我知道，是你的《繁星》给了我智慧，是你的《春水》给了我纯真，是你的《寄小读者》给了我温暖。

十九岁的你，跟当时大多数的青年人不一样，没有迷茫，没有浮躁，没有狂乱。你主张用“爱来调和一切矛盾”，你的文字里总是渗透着“爱的哲学”，你总是有一颗最纯真、最善良的金子般的心。茅盾也不得不佩服你，他说“在所有‘五四’期的作家中，只有冰心女士最属于她自己”。你属于你自己，属于自己的内心，属于爱的春天。属于自己的，也是属于大众的；属于爱的世界，也是属于超越时空的。难怪评论家阿英也说，青年读者有不受鲁迅影响的，但是没有不受冰心影响的，巴金他最初开始写作的时候就是写冰心体的小诗。有人说，鲁迅是一柄锋利的社会手术刀，而你是一个慈爱的灵魂布道士。

爱母亲，爱生活，爱生命，爱土地，爱自然。你在和评论家杨义的通信中说：关于我自己的散文，最使我动感情的是《南归》。你那两万多字的《南归》，母爱情深跃然纸上，感人肺腑，至情至性，至真至纯，见证着母爱和童心的永恒价值。

“母亲啊！撇开你的忧愁，容我沉酣在你的怀里，只有你是我灵魂的安顿。母亲啊！天上的风雨来了，鸟儿躲到它的巢里；心中的风雨来了，我只躲到你的怀里。”

后来，你常常动用“母爱”这一无病不治的法宝。你在《超人》中描写了男主人公何彬患有抑郁症，厌世，却因为受到了一个纯朴、天真、可爱的孩子——禄儿的启发和感召，而转变了。禄儿给他留下的那一段话：“我有一个母亲，她因为爱我的缘故，也很感激先生。先生有母亲么？她一定是爱先生的。这样我的母亲和先生的母亲是好朋友了。所以先生必要收母亲的朋友的儿子的东西。”禄儿的话深深地震动了何彬，令她泪流满面，犹如重生。

童心和母爱真情对话，大海遍乡愁肝胆照人，你眼里的世界总是有春天！

就是在最寒冷的冬天，在最荒芜的大地上，你还是停不下爱的脚步和春天的思绪。1940年的重庆歌乐山，日本飞机狂轰滥炸。你凝望上天，后来在诗歌《鸽子》中这样写道："乖乖，我看见了五十四只鸽子，可惜我没有枪！……我想，你当然愤怒，但愤怒之后，你更是想望着天上的五十四架敌机，要是变成五十四只和平鸽该多好呀！"

战后，你来到日本，看见东京也是一片废墟，瓦砾满地，很受震动。你的女儿吴青后来在采访中说到她那时是多么憎恨日本，有一次，她约了几个孩子骑着六辆自行车，一路狂追一个日本小孩，直到把日本小孩追倒在地。你后来得知，很是生气，说日本人民其实是反战的，不要撒下仇恨的种子，要以爱的方式结束战争。你后来常常请一些日本妇女来家吃饭、谈话，还一定请家里的大师傅做好足够的饭菜，并且要她们吃饱后再带回家给她们的家人吃。你后来还写了《给日本的女性》的一封信，鼓励中日女性带领子女共同重建家园，用互帮互助去化解仇恨。侨居日本五年，你到处宣讲和平，传播爱的福音，描绘眼中的春天。很多日本妇女一见到你，总是泪垂不止，长跪不起。你一清如水，用人性的光芒、精神的伟岸，焐热大家冰凉的胸膛，温暖着整个世界。

爱在左，同情在右，走在生命的两旁，随时撒种，随时开花，将这一径长途，点缀得香花弥漫。巴金说，思想不老的人永远年轻，冰心大姐就是这样的人。我说，爱心永恒的人的眼里永远有春天，你就是这样的人。

在你的眼里，在你的笔下，在你的心中，总有春天在。你说，我们在矿山里开出了春天，在火炉里炼出了春天，在盐场上晒出了春天，在纺机上织出了春天，在沙漠的铁路上筑起了春天，在汹涌的海洋里捞出了春天，在鲜红的唇上唱出了春天，在挥舞的笔下写出了春天……你总是把爱的芳馥写进了多如繁花的诗文里，你总是把春的意象描绘在广袤无垠的大地上。

你在《春水》里写道：“春何曾说话呢？但她那伟大潜隐的力量，已这般的温柔了世界了！”

你要把春天的力量和足够的热传递给大家。葛翠琳说，她有一次去医院里探望你，怕把细菌传染给你，进门时先洗了一把冷水，你握着她的手问怎么这么凉？于是，你紧紧地捂住她的手。她不忍心让你捂着，想要你松开。你却说，没关系，我还有足够的热给你。她动情地看着你，流着热泪说，你还是把这热再给孩子们吧。你一生爱孩子，心无旁骛，全心全意，爱心永远。你总是说，和孩子在一起自己不会感到老，和孩子说话，和孩子玩，用孩子的思路去看事物……你永远没有离开孩子，孩子是你的全部，孩子是祖国的春天。你就是这样，爱孩子，爱人民，爱祖国，爱人类。

1990年的春天，是你的九十大寿。知道你一生爱孩子，葛翠琳倡导以设立冰心奖来向你祝贺是最恰当不过的。从此，冰心奖，一个美丽的童话梦，生根发芽，影响着一代一代人。在纷繁复杂的尘世中，摇曳着一派纯真的梦幻，打开一个心灵的春天。看啦，蜜蜂在春天里忙碌，成功的果子在光明里结实。

先后三次获得冰心儿童文学新作奖，让我无上荣光；更让我知道，得奖仅仅是创作的开始，一切都还是开始，千里之行，始于足下！我看到冰心奖的奖杯上，有两只铜鸟栖落在黑色的大理石底座上，小鸟仰着脖，张着嘴，急切地望着大鸟，大鸟伸长脖子，头低垂下来，嘴叼着食物喂进小鸟口中。我想，你就是那只大鸟，每每衔食的大鸟，永远不知疲倦，永葆春天的希望。

我知道，因为，有了爱，就能谛听从前的美丽；有了爱，就能唤醒沉睡的花朵；有了爱，就会看见一个个升起来的新鲜的日子；有了爱，就会拥有一丘丘生命的秧田；有了爱，风带着绿意，雨落下恩情，雪飘着圣洁，黑夜也在欢快地舞蹈；有了爱，目光的道路始终通向远方……因为，你说："有了爱，就有了一切。"

在写你时，我想到了奶奶。在想奶奶时，我又记起你。你如我的奶奶一般，有宽阔的额头，丰硕的脸庞上堆满了慈祥和爱意……最重要的是，奶奶每回见到我，总是说：让我看看你的眼！她总是先要盯着我的眼睛看一会儿，再看一会儿。然后，她就很高兴地对我说，你的眼里有春天！于是，奶奶一百二十个放心，十二分的高兴。

你的眼里有春天！你的眼里有春天……

我又记起你在一篇文章中写道："春在眼前了！这四棵海棠在怀馨堂前，北边的那两棵较大，高出堂檐五六尺。花后是响晴蔚蓝的天，淡淡的半圆的月，遥俯树梢。这四棵树上，有千千万万玲珑娇艳的花朵，乱哄哄地在繁枝上挤着开……"

春在眼前了！春更在心中了！

你又是十二分的高兴问我们：看见过幼稚园放学没有？你没等我们回答，你又那么兴奋急切地抢先说着：从小小的门里，挤着的跳出涌出使人眼花缭乱的一大群的快乐、活泼、力量和生命；这一大群跳着涌着的分散在极大的周围，在生的季候里做成了永远的春天！

耕堂荷韵布衣人

我常爱抚摸那本素朴的《曲终集》，久久地出神。在书房里如此，出门也常常带着它，一个人在寂寞时与它为伴，心中就多了一份温暖与光明。这是《耕堂劫后十种》里的一种，也是孙犁的最后一本书。

是啊！曲终人未散，坐深云自淡，行尽月犹清。

孙犁，不是个大红大紫的作家，谁却都说他是一个真正的作家。孙犁若如某些人，其实也是可以大红的。当年，孙犁在《解放日报》上发表《荷花淀》，毛泽东看过后写道“这是一个有风格的作家”，大为肯定。孙犁却从未向人言说，只是独守芸斋，寂寞耕堂，以笔为犁，用作品说话。

我读孙犁，深深地感受到他作品中的“唯真、唯善、唯美”。他总是那般真诚，他的作品都是从生活出发，对“美的极致”的发掘和诗意的表达。《荷花淀》是这样，《铁木前传》《风云初记》也是这样。孙犁对待作品是认真的，也是有感情的。

孙犁对于语言也很挑剔。他说：“一种是真正丰富的纯粹的语言——好语言；一种是贫弱芜杂的语言——坏的语言。”孙犁的说法，让我想到儿时看大戏、看电影总爱分辨“好人坏人”一般，来不得半点儿混淆，泾渭分明。孙犁还说，语言不能素朴，不能形象，便也不能明确。

孙犁对于文坛，一向总是清醒的。据载，他曾说，近年来，尤其令我失望，当然，首先是社会风气，其次是文坛现状。他还感慨万端地说：我要离得远些了。早些年，他就提出：文人宜散不宜聚，尤不宜聚而养之。他还说，近年来，文艺评论，变为吹捧。或故弄玄虚，脱离实际。作家的道路，变为出入大酒店，上下领奖台。因为失去了真正的文学批评，致使伪劣作品充斥市场。

孙犁在给贾平凹的散文集《月迹》作的序中，更是一针见血地指出：文艺之途正如人生之途，过早的金榜、骏马、高官、高楼，过多的花红热闹，鼓噪喧腾，并不一定是好事。人之一生，或是作家一生，要能经受得清苦和寂寞，忍受得污蔑和凌辱。要之，在这条道路上，冷也能安得，热也能处得，风里也来得，雨里也去得。在历史上，到头来退却的，或者说是销声匿迹的，常常不是坚定的战士，而是那些跳梁的小丑。这样的文字，不啻为人为文的至理名言。

孙犁至性至情。“梦中每迷还乡路，愈知晚途念桑梓”，游子难归，孙犁晚年思乡心切。他曾托朋友去他老家走一趟，拍下他家几间老屋的照片。关于老屋，村支书曾来信催问处理意见。孙犁回信说：也不拆，也不卖，听其自然，倒了再说。后来，孙犁在《老家》文中解嘲地说：“那总是一个标志，证明我曾是村中的一户。人们路过那里，看到那破房，就会想起我，念叨我。不然，就真的会把我忘记了。”

再后来，村里来了几个人找到他，说村里建小学，县里不给拨款，资金困难。孙犁二话没说，建小学，每个人都有责任。他拿出一本刚刚出版的散文集，说写了一年多，人家才给八百元。当然，孙犁不是唱穷，实话实说。村里来的几个人都不言语，一个个盯着自己的脚尖看。孙犁考虑良久，就说："有两个方案，一个是我给你们两千元；一个是你们回去把旧房拆了卖了，我再给一千元。"后来，村里采用了第二个方案。从此，故园消失了，老屋存于孙犁的记忆之中、念想之中。

在文艺界，孙犁尊重妻子、疼爱妻子是出了名的。他和妻子是旧时代典型的媒妁之婚，却一直不离不弃。妻子后来对娘家人说："他这个人心软、实在，知道疼人。那么不容易把我们全部接出来了。"新中国刚刚成立时，孙犁去北京开文联大会，因不与农村妻子离婚，特别受到大会主席的表扬。后来，孙犁还经常给妻子剪头发，教妻子认几个简单的字，给她讲几句古诗。同时，妻子生活化的一些口语，也常常出现在孙犁的作品里。孙犁在《亡人逸事》的结尾处写道："我们结婚四十年，我有许多事情，对不起她，可以说她没有一件事情是对不起我的。在夫妻的情分上，我做得很差。正因为如此，她对我们之间的恩爱，记忆很深。我在北平当小职员时，曾经买过两丈花布，直接寄至她家。临终之前，她还向我提起这一件小事，问道：'你那时为什么把布寄到我娘家去啊？'我说：'为的是叫你做衣服方便呀！'她闭上眼睛，久病的脸上，展现了一丝幸福的笑容。"有人说，孙犁与妻子的感情是一颗无花果。没有艳丽的花，却有甜甜的果。

在儿女们的心目中，孙犁更是一介布衣，平常自然心。孙晓玲写父亲的书就叫《布衣：我的父亲孙犁》，她在写父亲的文章中，有一段这样的文字："照片上父亲身穿长袖白衬衫，灰色布裤，黑布鞋。他拢着我细瘦的小胳膊，我娇憨地依偎在他的身旁。"有一次，孙犁去幼儿园接女儿，看到别的小孩拿着玩具玩得起劲。孙犁看在眼里，心里就记下了，那年他作为中国作家代表团成员访苏，一股脑儿买回了几大包玩具。这与孙犁一向节俭大相径庭，那个时候一家七口都靠孙犁一个人养着。

段华清楚地记得，1989年12月下旬的一天，《天津日报》副刊部的邹明走了。八十岁高龄的孙犁好半天不说话，后来很是沉痛地对他说："邹明死了，这几天我说不清心里老闷着，前几天写了四五千字，交给《光明日报》了，发表后你可找去看看。可能是因为邹明跟着我时间长的缘故。"说完，他又沉静下来，默默地抽烟。对于一个比他年龄小得多的下级，感情那么真挚，实在是让人动容。孙犁写完《悼念田间》一文说："我早晨四点钟起来，写这篇零乱颠倒的文章，眼里饱含泪水。"

原中宣部秘书长、机关党委书记李之琏是孙犁在育德中学的同学，孙犁有一篇《小同窗》写的就是他，两人之间关系很好。那时，孙犁却很少和他联系。后来，李之琏被打成"右派"和"安子文叛徒集团"，孙犁却跑了去，赠书赠币慷慨相助。

有一年冬天，孙犁作为中国作家代表团成员赴苏联参观访问，带回很多照片，他妻子找了半天也没找着他，后来对亲戚说："人家照相都靠前站，他却总往后面躲，找不着他。"

孙犁就是这样的一个人！

人生云水过，平常自然心。

他的品质影响和激励了一代代作家。他一介布衣，宁静生活，自然本真。熙熙攘攘的世界中，他是那般博大安详，特立独行。孙犁是宁静的，孙犁也是经典的。经典的是他的作品，也是他的人品。大道低回，大味必淡。他是有大境界的，也是有风骨的。生前，曾有友人送他一副楹联：究史研经敬畏耕堂抨丑怪，淡泊名利依然淀水妙莲花。在那菡萏盛开摇曳飘香的季节里，孙犁走了，素纸上有一副挽联极为醒目：荷风荷雨荷花淀，文伯文豪文曲星。我想若是孙犁得知，他一定会连连摆手，脸色微微泛红。他很谦卑，曾经自嘲："小技雕虫似笛鸣，惭愧大锣大鼓声。影响沉没噪音里，滴澈人生缝罅中。"

布衣孙犁，荷般高洁；清曲绝响，淡云长流……

人间草木

“山丹丹开花花又落，一年又一年……”山丹丹记得自己的岁数，多开一朵花就是多添一岁；树增一圈年轮，贝壳又多一道生长线。草木年华，人生世月，寸心皆知。

“枸杞头到处都有。枸杞头是春天的野菜。”平常人自有平常人的幸福和希望。“这家怎么会想起在门头上种一丛枸杞？”“槐花盛开，槐花又落了。”惹得一些寻常人家无由地失落和感喟。就是这平平常常的两三句话，汪曾祺立马写出了一个寻常人家的感情世界和生存天地。

真正是，无端地喜欢“人间草木”四个字。在现当代作家中，我想汪曾祺与我是靠得最近的一位。当然，这并不是我与他有什么近距离的亲密接触，或者个人的偏私，是他的作品让我感到那样的亲切，与寻常百姓家又是那般的熟谙，那些花鸟虫鱼，草木叶月，四季蔬果，四方食物，猪啊狗啊……尽是带着人间的情味，扑面而来，字里行间总是氤氲着一股人间烟火味，草木精神在。

说到汪曾祺，不能不说到他的父亲汪菊生。正是他这个绝顶聪明的父亲，给了他太多。父亲会画画，会刻章，能弹琵琶，拉得一手好胡琴，竹箫管笛，更是无一不通……还擅做风筝，做西瓜灯，养蟋蟀，看戏，唱曲……从小，父亲带着他高高兴兴地“玩”，多年父子成兄弟。这样，小小的汪曾祺，就有十八般武艺上身，终日里，吹拉弹唱，不歇片刻。有时，甚至还到田野里疯上一回，在一地金黄的油菜花里打滚。

上学了，汪曾祺走在放学回家的路上，也是那样好奇和贪玩。看见那卖牛肉高粱酒的，卖卤豆腐干的，卖五香花生米的、芝麻灌香糖的，卖豆腐脑的，卖煮荸荠的，还有卖河鲜、卖紫皮鲜菱角和新剥鸡头米的……他就久久地不肯离去，把那一街的色、香、味，嗅进肚里头，再在脑海里回味大半天。路过银匠店，他走进去看老银匠在模子上敲打半天；路过画匠店，他歪着脑袋看他们画“家神菩萨”或玻璃油画福禄寿三星；路过竹厂，看竹匠把竹子一头劈成几岔，在火上烤弯，做成一张一张草筢子…

后来，他在《戴车匠》中，便是这般生动描绘，美丽如画：“戴车匠踩动踏板，执料就刀，镟刀轻轻地呻吟着，吐出细细的木花。木花如书带草，如韭菜叶，如番瓜瓤，有白的、浅黄的、粉红的、淡紫的，落在地面上，落在戴车匠的脚上，很好看。”

很好看，很好玩，很有趣。世界，在他的眼里总是这样的新奇和有趣；人呢，一个个立在大地上，也是这般的平凡而有味。于是，汪曾祺就很喜欢写人。写“小明子牵牛，小英子踩水车；小英子的爸爸种田捕鱼，妈妈喂猪绣花……”；写一个小锡匠的爱情故事；写“李小龙的黄昏”；《熟藕》里的刘小红和卖藕的王老汉，《珠子灯》里的孙小姐；还有那《故里三陈》，那《钓人的孩子》，《辜家豆腐店的女儿》中的女儿，《黄开榜的一家》中的一家人……甚至包括改编古代故事中的人物——蛐蛐、瑞云、陆判、螺蛳姑娘……他总是“感觉到周围生活生意盎然”，他自然而然地“用充满温情的眼睛看人”，“去发掘普通人身上的美和诗意”。

当然，也写“为团长的老婆接生，反挨背后一枪而送命的陈小手”；“有既是水果贩子又是鉴赏家，死后和画合葬的叶三”；《兽医》里写了一位身怀绝技，外号叫作“姚六针”的兽医姚有多和寡妇顺子妈面对的一场喜事抑或丧事；《露水》中的一对露水夫妻的寒凉；还有那不绝如缕忧伤的《天鹅》曲……这样的人物和故事，更是让人唏嘘不已。

秦少游有诗：“菰蒲深处疑无地，忽有人家笑语声。”家长里短，汪曾祺信手拈来，皆成故事和画卷。家常小菜，汪先生写得津津有味，色香味全。故乡的食物和野菜，五味萝卜，四方食事，手把羊肉，寻常茶话，令人口舌生津，食指大动。人间草木，处处有情；花鸟虫鱼，个个生动。该独放时独放，热烈时热烈，安静时安静，自由自在，安闲自若，自得其乐。就像汪曾祺，这个在胡同口闲庭信步的慈眉善目的老头儿，亲切、家常、真实、温暖。须知，这个平和老头儿跳动着的始终是一颗温热的心。

我读汪曾祺的作品，读到九月的果园“像一个生过孩子的少妇，宁静、幸福，而慵懒”。就是他在“劳动改造”的日子里，居然奉命画出了一套《中国马铃薯图谱》。他画一个整薯，还要切开来画一个剖面，画完了，薯块就再无用处，于是随手埋进牛粪火里，烤烤，热腾腾地，香喷喷的，吃掉。大多的时候，他多是置身清丽澄明的小溪边，观鱼游虾戏，听流水潺潺，悠悠地哼唱着小曲……他的笔下，无论是其间的一片叶、一根草、一株树、一条河流、一潭池水，甚至一颦一笑、一言一语、一招一式，常常撒落一片温馨恬静，让我一往情深。我总觉得，有无边无际的阳光温暖着我，无边无际的温暖包围着我，十分美好。

汪曾祺多写童年、故乡，写凡人小事，想必他是发现了自己身边的“凡人小事”之美。美在身边，美在本分，美在质朴，美在心灵。许是原汁原味的“本色艺术”或“绿色艺术”，方能创造真境界，传达真感情，引领人们到达精神世界的净土。他也记乡情民俗，谈花鸟虫鱼。他爱好书画，乐谈饮食、茶话和医道，他记菜谱，谈掌故，写“野史”，对戏剧与民间文艺也有深入的钻研。大家知道，久演不衰的样板戏《沙家浜》，就是他写的经典唱词。

汪曾祺的本性中既有深深的草木根，也有较深的文人气。他在给《戏联选萃》一书所作的序中，颇欣赏贵阳江南会馆戏台前的一副对联：“花深深，柳阴阴，听隔院声歌，且凉凉去；月浅浅，风翦翦，数高楼更鼓，好缓缓归。”四十年后，他还是不忘昆明的雨天，曾写了一首诗送给朱德熙：“莲花池外少行人，野店苔痕一寸深。浊酒一杯天过午，木香花湿雨沉沉。”装裱好，挂在墙上。斯人已去，湿甸甸中的香气，触手可及。

人兴则草木兴，水长若日月长。有一个读者在读过我的乡村散文后，曾作如是感叹：这些隐在乡村杂木中的佳木和花朵，被作者轻轻地举过头顶，向所有热爱生活的人们展示美丽。生活一词，在这里很淡很诗意，淡到若有若无，浅到清纯见底。作者的笔落在乡间，乡间不开花也难呀！我当然知道，于我是愧领了，说汪老则是吻合了。

汪曾祺为文从艺，向来随心所欲，随遇而安，随随便便。他向青年作者谈起文学来，也是拉家常一般，冲淡、平和、风趣。他说：“我所追求的不是深刻，而是和谐。”他还说，无技巧便是最大的技巧，无结构便是最好的结构。他尤其向往苏轼的“如行云流水，初无定质，但常行与所当行，常止于所不可不止，文理自然，姿态横生”。他也特别看重语言，他说“语言像树，枝干内部液叶流转，一枝摇，百叶摇。语言像水，是不能切割的”。他的语言是干净的，干净到不能增一字，亦不能减一字。他的语言更是有音乐节奏的，抑扬顿挫，如歌行板。

汪曾祺就是这样，一边写着素淡文章，一边喝着浓浓的烈酒。这种状态，旁人往往是无法体会的，我却深知个中三味。“巴根草，绿茵茵，唱个唱，把狗听。”“牵牛花短命。早晨沾露才开，午时即已萎谢。秋葵也命薄。瓣淡黄，白心，心外有紫晕。风吹薄瓣，楚楚可怜。”悠悠人间草木情，道尽世间沧桑。浓淡两相宜，愈浓时愈淡。有道是：墨愈淡处偏成浓，色到真时欲化云。正是这样，有人这样评论汪曾祺的小说：“初读似水，再读似酒”。

他的最后一篇遗稿，是为未完成的《旅食集》写的题记。他在这篇题记的末尾中写道：“活着多好呀。我写这些文章的目的也就是使人觉得：活着多好呀！”是的，活着是高高的山，是长长的水，是开不败的花朵，是盛长的草木，是纯净的阳光，是清新的空气，是天上的白云，是地上的泥土，是和谐的世界。

这时，我倏忽想起他的《葡萄月令》里的一段话：“一月，下大雪。/雪静静地下着，果园一片白。听不到一点声音。/葡萄睡在铺着白雪的窖里。”

世界无声，天地皆白，葡萄睡在铺着白雪的窖里……

永恒的背影

早年读朱自清：那一汪汪的女儿《绿》，绿得粉嫩，绿得鲜亮，绿彻心扉，绿到了天边；那《匆匆》的春天的脚步近了、近了，万物复苏，大地清明；一地的《荷塘月色》中，记忆如流水般轻泻，聆听时光缓缓地流淌，一切都是那般宁静怡然；桨声悠悠、灯影幢幢，《桨声灯影里的秦淮河》，咿咿呀呀，咿咿呀呀地，摇进了岁月的深处……我总是感觉到美，好美，美得化不开！

读着朱自清的时候，我往往是，一本书，一张椅，一杯茶，一缕阳光，静静地一坐就是一个下午。读先生的《背影》之后，脑子里总是父亲送别儿子时攀爬月台时背影的蹒跚和皮大衣上晃眼的橘子的金黄。父爱如山，普天下的父亲总是那么平凡而又伟大。正如高尔基所说的一样：父爱是一部震撼心灵的巨著，读懂了他，你也就读懂了整个人生。但凡读过先生《背影》的人，仿佛都看到了自己父亲的背影，泪水不禁模糊了双眼。我没有见过先生的父亲，但我知道与我的父亲给我的父爱没有两样，他在转身离去的背影是那般的真实、亲切和高大。我也没有见过先生，依稀中我看见先生就像一个忠厚笃实、稳健谦逊、诚恳亲切的兄长一般。

一次我被邀请去一高中讲读美文，在学生中做了一个“你最喜爱的十篇课文”问卷调查，高居前二位的竟都是朱自清的——《荷塘月色》《背影》。于是，我就大讲特讲先生作品的美。我说，美文之美，在自然，在意境，在亲情，在语言；美文之美，美在简约、素淡，美在工巧、细致。从不喜欢下断语的我，那么斩钉截铁地说：朱自清先生的散文无疑树立了白话美文的典范！我还援引郁达夫的定论：“文学研究会的作家中，除冰心女士外，文字之美要算他了。”

及至中年，再读朱自清，尽管我还是觉得美，我却觉得先生之美，更是一种人格之美、情操之美、亲情之美、大气大义大爱之美。

先生是个平和谦逊的人，更是一个谨慎认真的人。先生以教书为生，求知不断，进取不止。先生教学，从不敢有丝毫的怠惰。他每次上课前，总是一而再再而三地，准备又准备，把教案预习预习再预习。尽管教案已很详备，内容熟烂于肚，学生期盼渴望已久。可每每走在去教室的路上，他还是一边走，一边哗啦啦地翻着教材和教案，一脸的严肃和认真。先生自北京大学毕业后，无论是在浙江省立十中、杭州一师，还是在清华大学、西南联大，教了三十多年书的他，一直就是那样认真，认真到自己把自己搞得很紧张，认真到自己常怕自己出一丁点儿的错。先生在清华大学任文学教授二十多年，拖病十五年，备课总是无一丝马虎、一笔不苟，工整清晰，见不到半点涂改增删。先生教学生，全身心地教，尽自己最大的可能，给学生最多最好的。

记得台湾作家金溟若回想起当年在浙江省立十中读书时，找到当时不教国文的朱自清先生给他补习国文，仅仅三十岁的朱自清，把一本薄薄的《辛夷集》讲了近三个月。先生教学认真，他是怕自己万一教错了，是人家一辈子的事。后来，这位金作家说自己对文字的运用和艺术境界的把握，很是得益于先生。尤其先生的一句话令他终生铭记于心，先生说："文字的运用和艺术的境界是国际性的。"

先生对文字是极其敬畏的，他一天最多只写"五百"字。不像我们现在所谓的"大作家"洋洋洒洒、泥沙俱下，一天一万字，甚至还多。先生对文字的敬畏由来已久，敬畏到一字一句、一个标点、一个符号，甚至文章长短肥瘦，甚至起承转合，分行空格。就连先生的信札也是如此，工整秀美。

据郑振铎回忆，他当年请先生帮他的《文艺复兴》写稿，先生寄了一篇《好与巧》的稿，但没过几天，先生又是一封快信直达，说还要修改一下，让郑振铎把原稿寄回给他。在今天看来，也许先生的认真和对文字的敬畏，在某些人眼里是一种死板。我却坚定地认为，只有对文字存敬畏之心的人，才会对人对己对社会对国家高度负责。

先生一面教，一面学。每到一地，无论风俗人情，世态物理……事必躬问，不断请教，不断求知。他常对学生说："给我以时间，我要慢慢地学。"他还总是说他"走在一条新的路上"。正如好友许德珩挽先生联"教书三十年，一面教，一面学，向时代学，向青年学，生能如斯，君诚健者；存留五一载，愈艰苦，愈奋斗，与丑恶斗，与暴力斗，死而后已。"

很多人只知道先生是散文大家，是教师，是学者，其实他也是中国现代最优秀的诗人之一。先生有血有肉的性情、铮铮之铁骨和挣扎向前的精神，构成他的长诗《毁灭》的基调。诗的结尾处写道："从此我不再仰眼看青天／不再低头看白水／只谨慎着我双双的脚步／我要一步步踏在泥土上／打上深深的脚印！”我读此诗时热血沸腾，心潮澎湃。

那些年里，国难当头，人人有责。先生常常和他的学生加入到游行请愿的队伍中，用他那高昂的语气说：“日寇侵略我国，国家已到危机存亡之秋，青少年应有爱国家、爱民族、爱自由的伟大志气，现在刻苦学习，将来担负起挽救国家、民族的伟大使命，收复失地，誓雪国耻……”其实，先生年少时陪父亲养病住在扬州史公祠内，长达一年多时间，史可法英勇抗清、宁死不屈的故事，早已深入他的骨髓，融入他的生命和灵魂。

1935年，先生参加“一二·九”学生游行，反对国民党当局对日本侵略的不抵抗政策。1936年11月，作为清华大学教授代表，先生和学生代表们一起，远赴绥远，慰问抗日战士。全国抗战爆发后，1937年先生任西南联合大学中国文学系主任，坚决反对日本帝国主义对中国的侵略，进行抗日救国的宣传。诚如斯，在那个战火纷飞的年代，在长江南北，在黄河两岸，先生和那些有良知的文人的身影，与四万万同胞一样，凝聚着整个国家的温度。

抗战胜利后，先生在知道闻一多身亡的消息的当天，他在他的日记中发出了这样的愤慨：“此诚惨绝人寰之事。自李公朴被刺后，余即时时为一多之安全担心，但绝未想到发生如此之突然与手段如此之卑鄙！此成何世界！”他在《悼一多》中这样讴歌：“你是一团火／照彻了深渊／指示着青年／失望中抓住自我／／……你是一团火／照见了魔鬼／烧毁你自己／遗烬里爆出新中国！”……闻一多为民请命遇难之后，先生难掩心中的愤慨和悲痛，他还需要前行。他抱病花了整整一年的工夫，编辑出版了三百多万字的《闻一多全集》。先生“不负死友”，让这位“时代鼓手”的诗歌激励着人民勇往直前。

先生后来患十二指肠溃疡，痛不可挡，终因无钱医治贫病交加而去世。先生在临终前嘱咐家人："有一件事必须记住，我是在拒绝美援面粉的声明上签过字的，你们即使饿死，也不要买它！"先生是在抗战胜利三年后去世的，其实他何尝不是为抗战而牺牲的。先生是悲愤的，更是正气凛然的。先生用生命诠释了一代文人的风骨和大爱。

毛泽东在《别了，司徒雷登》一文中写道："闻一多拍案而起，横眉怒对国民党的手枪，宁可倒下去，不愿屈服。朱自清一身重病，宁可饿死，不领美国的救济粮。""我们应当写闻一多颂，写朱自清颂，他们表现了我们民族的英雄气概。"先生九十和百年诞辰时，江泽民两次题诗："高风凝铁骨，正气养德行。清淡传香远，文章百代名。"盛赞先生的清芬正气和风骨美名。

有人说，文人有风骨才是真文人，教育家有良心才是令人敬佩的教育家，平凡人怀有平常心不枉平凡人。我说，先生就是。

先生——

一个真诚的人。

一种完美的人格。

一个永恒的背影。

这，就是朱自清先生留给我们宝贵的精神财富。

长河不尽流

从文天地间，长河不尽流。

人生长河，岁月静好；生命流注，无有阻隔。

也许是一种巧合，也许是一种使然，很多作家的一生都是与水结缘。汪曾祺就说过：高尔基沿着伏尔加河流浪过。马克·吐温在密西西比河上当过领港员。沈从文在一条长达千里的沅水上生活了一辈子。二十岁以前生活在沅水边的土地上；二十岁以后生活在对这片土地的印象里。汪曾祺自己，怀想的又何尝不是一个“水做的高邮”呢？他坦诚地说：“我的家乡是一个水乡，我是在水乡长大的，耳目所接，无非是水。水影响了我的性格。也影响了我的作品的风格。”于是，我甚至断想：作家往往都是水质的，水行千里，精神之河汩汩向前。

通过长长的时间，通过遥远的空间，让另外一时另外一地生存的人，彼此生命流注，无有阻隔。沈从文做到了。他的《边城》，他的《长河》，他的《三三》，他的《萧萧》，他的《贵生》，他的《丈夫》，他的《湘西》，他的《湘行散记》，他未完的《从文自传》……他以“乡下人”、“边缘人”自谦的态度和诚恳，他如水一般柔软和强韧的文字，还有他作品中彰显的独特性、地域性、和谐性和人性之美、生命之思，以及他总是不断地在修改、完美着自己的“习作”……正是这样，他和他的作品正一步一步走向世界，岁月流传，墨香依然。

尽管今天看来，这一切都是那样水到渠成，自然而然。可是，新中国成立后的一段时间内，文学史家绝口不提沈从文。全国的首届文代会上，大家见不到他的身影。会后，巴金等好友去看望他，见到他，他依然是一脸的微笑，问起大家的创作和生活近况，关心和友谊之情溢于言表。巴金在后来的忆文中，他隐约感觉到从文微笑背后的痛楚和孤寂。后来，一位位高权重的人物又把沈从文发配到历史博物馆当讲解员去了，这样，从此剥夺了他从文的权力。

对先生的不公平，对先生的呵斥，对先生的责难，现在看来是可笑的。先生被批斗过，打扫过卫生，洗涮过厕所，苦过，累过，难过。三十余年的排挤、冷落、打击、停印，乃至烧毁他的著作，遭受过非人的待遇。但他一直没有趴下过，他是顶天立地的“乡下人”——他有着自己独立的人格、勇气、骨气和无比坚强的性格，他拥有宽厚、仁慈、正直和真诚的心。

历史最终是公平的。先生把名利看得很淡很淡，后来他却声名鹊起；先生从不欠别人什么，别人却总是觉得欠他很多很多；他不求闻达，闻达自至。大家都知道，先生作品的魔力和精神的影响是任何权力——哪怕是最高权力也望尘莫及。后来，沈从文在接受香港记者采访时，说了一句令许多人值得思索的话：“我不大相信权力这个东西，我相信智慧。”那时，他的回答是平静的，他的脸上带着温和的微笑。他是笑到最后的一个人。

是的，那些年里，他没有消沉，从不肯浪费时间。他当讲解员时，无暇用餐时，常以饼干充饥。一个人在那冷冷清清的博物馆里，在那灰尘扑扑的故纸堆里，专心致志，废寝忘食。据不完全统计，“三反”“五反”期间，他一个人清点文物达八十万件之多。一个人在“风雨交加”的傍晚，形单影只，去往琉璃厂、东安市场、隆福寺一带，收集和鉴赏文物。如此，一干就是三十年，一系列研究中国文物的学术著作填补了一项项空白，如《中国丝绸图案》《唐宋铜镜》《明镜》《龙凤艺术》等。尤其，他那本《中国古代服饰研究》的巨著，对于中国文化史研究来说，无疑，如日月之辉、乾坤之水。

在那样的年代，只有他，把时间看得尤为金贵。“不要浪费时间。”他对自己说，也对朋友说。对老朋友也是如此，他不止一次对巴金说，对靳以说，对萧乾说。有许多得到他帮助的青年才俊去他家里，离去时，他也总是不忘叮嘱一番：不要浪费时间！……然后，微笑着看着他们一个个远去。

后来，情形愈来愈不好，没有人再敢去他那里。他和整个世界隔绝了。他仍然牵挂着他的朋友们，一封封长信捎带着他的关心和祝福，去往一个个黑暗的角落。他不能带给他们更多的光明，但还是把自己仅有的温暖传递给他们。他挥动着细细的毛笔，舒卷如水的章草，随着密密麻麻的长信，夜宿于山，日行于水，山一程，水一程，传达着他的平静和信心。

从现有的资料来看，沈从文的去世，出奇的平静，报刊和广播上都没有片言只语。唯一能找到的，是当时中国社会科学院历史研究所的一份简单到不能再简单的讣告：沈从文同志因病于1988年5月10日晚8时35

分在家逝世，享年86岁。为尊重沈从文同志生前愿望和家属要求，丧事从简，不举行任何悼念仪式。特此讣告。

沈从文走了，如水一样，复归平静，无声无息。

就是在这种情形下，还是有很多的人不约而同地赶到他的家里。看到他躺在那里，像熟睡一般，十分平静。每个人手中拿着一朵月季，走到老人跟前，缓缓地行礼，然后将一朵一朵的月季花平放在他的身边……霎时，有一种幻象：老人与花好像是浮在平静的水面上，缓缓地向岁月深处流去。

回光溯流。他应该记得沅水上的水鸟、水鸭、渡船、吊脚楼，他应该不会忘记家乡的水牛、水碾、水车、水桥、水磨，还有那碧澄的水，葳蕤的山，善良的老船夫，情窦初开的翠翠，忠诚的老黄狗，甚至还有落水为妓在船上“做生意”的女子……更有一个水汽氤氲在天地间的艺术世界——“贵生在溪沟边磨他那把镰刀，锋口磨得亮堂堂的。手试一试刀锋后，又向水里随意砍了几下。秋天来溪水清个透亮，活活地流，许多小虾子脚攀着一根草，在浅水里游荡，有时又弓着个身子一弹，远远地弹去，好像很快乐。贵生看到这个也很快乐。”

先生看到这一切，一定感到特别亲切，一定兴奋不已，立马会情不自禁地赞叹：“米（美）极了”，“真米（美）呀！”当然，这时，他那惯有的“乡下人”的微笑，一定会洋溢在他平和的脸上。

是的，他笑了，还是那一如既往的微笑。就是在那被戴上“无灵魂、无思想的‘粉红色’作家”的“封号”时，他的微笑也依然是那样的真诚，那般地童心未泯。保留一颗纯真的童心，再大的风雨终将会过去，再黑的夜晚终将会迎来黎明的曙光。他温和的笑，来自那个世外桃源的边城，来自一个个水边的村落，来自一个个水上人家，来自吊角楼上一双双水灵灵的眼睛。所以，他笔下的人物，总是那样安详、和谐、善良。

水中着盐，饮水乃知。事实上，他到大都市待了快六十年，他还像一个原封不动的乡下人，他离不开他的乡下，他忘不掉那一个个可触可摸、可爱可怜、有血有肉、有情有义的乡下人。

先生很坦率地说：我实在是个乡下人。说乡下人我毫无骄傲，也不自贬。乡下人照例有根深蒂固永远是乡巴佬的性情，爱憎和哀乐自有它独特的式样，与城市中人截然不同！

乡下人自是不同于一般的文人雅士。先生在一首旧体短诗《漓江半道》中这样描绘：“绿树蒙茸山鸟歌，溪间清润秀色多。船上花猪睡容美，岸边水牛齐过河。”难怪，当年艾芜大加赞叹，说以猪、牛入诗，且诗情画意，前无古人呀。不过，我读起来，却还是读到先生的童心、纯净和美好。当然，还有一份浓浓的思乡情。也许，先生在吟咏间，真的是回到了自己的童年，潜入了梦中的故乡。

超然绝尘想，寄怀水云乡。诚如他的学生汪曾祺所说，沈从文一生没有离开过他的湘西，日思夜想他的沅水，与水流长。1982年，和着春天的脚步，已是八十高龄的沈从文最后一次回到家乡。他和乡亲们顺沱江泛流而下，一路看不够岸畔的水碾、吊脚楼和满目的青山。上岸后，微笑着的他与夫人张兆和立于水边合影留念，久久不忍离去。

此时，我的心情，正如先生在《湘行散记》中写道的一样：“望着汤汤的流水，我心中好像忽然彻悟了一点人生。同时又好像从这条河上，新得到了一点智慧。山头一抹淡淡的午后阳光感动我，水底各色圆如棋子的石头也感动我。我心中似乎毫无渣滓，透明烛照，对万汇百物，对拉船人与小小船只，皆那么爱着，十分温暖地爱着！”

数年后，先生水随天去。放眼沅水千里，水天之白未尽。他的三妹张充和、三妹夫傅汉思发来唁电：不折不从亦慈亦让，星斗其文赤子其人。好友施蛰存挽先生联曰：沅芷湘兰，一代风骚传说部；滇云浦雨，平生交谊仰文华。瑞典文学院院士、诺贝尔文学奖评委马悦然感叹不已："他的价值是，包括鲁迅在内，没有一个中国作家比得上他。沈从文是二十世纪中国最伟大的作家。越是知道他的伟大，我越为他一生的寂寞伤心。"

那一年，先生在国内是平静地离去。然而，在海外，却到处急传巨星陨落的电讯。后来知道，当年的诺贝尔文学奖本来将与中国结缘，与水结缘，与乡下人结缘。先生的去世，令诺贝尔文学奖评委们一个个怅然长叹。是的，如果说先生因去世没有获得诺贝尔文学奖是一个遗憾，倒不如说这是诺贝尔文学奖的一个遗憾！

乡里后学颜家文在香港的《大公报》上读到先生逝世的消息后，立马给他的夫人张兆和写了一封短信，信中说："沈先生的去与他的来，他的一生都是和谐统一的。在这个世界上，他从来就无意于争求什么，无意于喧哗什么，只是默默地做着自己的事业。他得到的是最多的……"

先生是什么？是水芝，水仙，水竹。水有水德，先生如是。

水是什么？《说文解字》有注："水，准也。北方之行。象众水并流，中有微阳之气也。"

南怀瑾说，一个人如要效法自然之道的无私善行，便要做到如水一样至柔之中的至刚、至净、能容、能打的胸襟和气度。

正是如此，《老子》有训，一个人的德行要像水一样"与善仁"，一个人的心境要像水一样"心善渊"，一个人立身处世要像水一样"正善治"，一个人的言行要像水一样"言善信"，一个人的行为要像水一样"居善地"，一个人把握机会要像水一样"动善时"，一个人做事要像水一样"事善能"……李白有诗："观心同水月，解领得明珠。"现在想来，先生一定是早有所感、早有所悟，心如明镜、心如止水。

水光山色与人亲，说不尽，无穷好。水远山长，秋芳草又生，长河不尽流……

月亮之眼

一直喜欢一首叫《月出》的民歌："月出皎兮，佼人僚兮。舒窈纠兮，劳心悄兮。月出皓兮，佼人懰兮。舒忧受兮，劳心慅兮。月出照兮，佼人燎兮。舒夭绍兮，劳心惨兮。"

无疑，月亮是中国文化的密码，是我国文学艺术中一个古老而优美的绵绵不绝的话题。古代，但凡是诗人都对月亮情有独钟，一任月亮的清辉洒满他们长长的诗卷。李白是月亮诗人，他的一首《静夜思》，家喻户晓，千古流传。我最是喜欢他的《月下独酌》"举杯邀明月，对影成三人"，还有他的《把酒问月》"今人不见古时月，今月曾经照古人。古人今人若流水，共看明月皆如此。唯愿当歌对酒时，月光长照金樽里"。吟诵月亮的名句，遍拾皆是，绮丽斑斓，千姿百态：杜甫的"露从今夜白，月是故乡明"；王维的"明月松间照，清泉石上流"；孟浩然的"野旷天低树，江清月近人"；苏轼的"明月几时有？把酒问青天”；还有李煜的“无言独上西楼，月如钩，寂寞梧桐深院锁清秋”……

自古以来，在诗人心中，月亮是诗；在画家眼里，月亮是丹青素描；在乡间院落，月亮便是丝竹琴韵，拨弄出一首首经典民歌与纯真童谣。其实，月亮的清辉、明亮、温和、素雅，人的善良、平和、中庸、含蓄，都一一对应，天人合一，相谐相生。

袁姣素的散文，写故乡、写亲情、写爱情、写友情，也写生命、写时代、写困惑及思考，温暖美好，飘逸空灵，真诚朴素，丰沛细腻，深厚广博。在她的作品中，月亮的意象颇为彰显，把唯美的月亮、相思的月亮、孤独的月亮、抒情的月亮、人情的月亮、生活的月亮和哲学的月亮都汇聚在一起。读她的散文，如徜徉在月亮之河里，安静似莲，月华如水。让我们身处繁复喧嚣的世界变得月亮般安详、博大、明亮而有力量。

月亮最让人想起童年，想起故乡。小时候，月亮是我们的伙伴，在月亮底下听着妈妈讲那神奇美妙的故事，我们酣然入睡。作者把这种愿望和美好深存于心底，把爱心传递下去。“妈妈讲给我树杈上月亮的故事，早已经在我的脑子里生根。我会在多年之后，选择某个有轻纱的晚上，摇着鹅毛羽扇，讲给我的孩子听，也许还会讲给孩子的孩子听。我会讲到自己的童年拖毛船的事情，讲到有月光的晚上两颗星三颗星……”（《风花雪月》）

月亮是生活的花，月亮也是爱情的果。那四面环水的小洲，那高大的古树，那松软的青草，那泥土的清香，那湖水一样清澈的眼神，那温润如火苗的桃花唇瓣……在《又见青花》里，作者心灵深处的那朵青色的花，是她生命中永不凋谢的那朵爱情花，绝不会枯萎在岁月深处的皱纹里，会在往事的回忆中愈加熠熠生辉，会在回忆的某个瞬间燃烧成永恒。

月亮是农人的节令，月亮也是人文的节令。《圣经》有云：月亮定节令，日头知沉落。在我国农村，中秋赏月，那是丰收的月亮，月光下的牛、羊和金黄的田野，晒谷坪里月光流淌，孩子们捉着迷藏，大人们一个个忙乱着，彼此笑问着今年的收成。就是在雪天雪地里，作者只要心中有月亮，春天的时令也是早早地来临。“因为雪，这座山谷更加静谧。雪落春眉头，依然封锁不住春天的讯息。长满青苔的古树皮的屋顶，汩汩地向外冒着白色的清烟……”（《素雪若心》）是的，诚如作者所言，在农人的眼里，这雪便是棉花和小麦，让人心里踏实和暖和；在寻爱的人心里，这雪是圣洁的神，是坚贞不渝的魂！

在《月光下的一地清辉》里，母亲总是先要敬了月光娘娘，才允许我们一班细把戏吃月饼。在那时，农家的月饼是月光娘娘赐予的。以至于作者朦胧中，觉得仿佛在如水的月光下祈祷的母亲便是多年以后的自己。在月光下的一地清辉里，照亮那或远或近的回归之路……作者的不动声色，带给我们有了更多的感怀和想象。还有那篇《梅花烙》，不仅一直烙在作者的心里，我相信也会永久地烙在读者的心灵深处。

月亮是时间的河流，月亮也是生命之河。《毛边的月亮》开篇写道：在弟弟的世界里，时间如一尾鱼，生活若毛月亮，一切皆有天象。弟弟的人生之路，时代的变化之河，都在作品中月华如水般流过。弟弟早年的“保证书”，在时间的河流中漂洗得像毛边的月亮。多年以后，历尽艰辛和争取，回到故乡又不得不远离故乡，只能常年遥望故乡那轮毛边的月亮。这里，写尽了生活的具象和意象，也写尽了时代的变化和人生的困惑。最后，作者遥望天穹，自言自语：毛边的月亮，也是月亮。《逝水流沙》更为深刻和圆熟，令读者唏嘘不已。当年或欢快或轻缓或湍急的蓼水河一去不复返了，而今那浑浊不堪，水里翻滚着黑黑的污垢和黄色的沙土的水流像一把柳叶眉刀，每波动一下便要狠狠地往河床上刮上一刀……其实，这一刀一刀，刮在作者的心上，也刮在读者的心上。河上的桥和人，一切的一切，时光荏苒，物是人非。而作者“一次次在故乡的惊叹和高潮中来去，如一条在蓼水河里行走的鱼。朝出夕归，阳光把我的影子一会儿拉成一条长长的细线，一会儿又浓缩成一堆文化的沙丘”。逝水清尘，一指流沙，亘古不变的是作者对故乡的赤诚之心和终极关怀。

月亮是精神的寄托，月亮也是哲学之象。月亮，圆了又缺，缺了又圆。日升则月落，月落则日升。蒹葭苍苍，白露为霜……月亮的哲学，其实无处不在，在每个人的心里，在每一篇文字里。我们知道，上天揽月，曾是古人的一种豪情。而今，世人一个接一个飞上月球，去探询未知的世界。“透过开满鲜花的月亮，依稀看到你的模样，那层幽蓝幽蓝的眼，充满神秘充满幻想……”

袁姣素的读书随笔，我觉得不容忽视，有见识，有风韵，有月亮之眼，探询作品之风骨，表达作者之发现。读《漫水》，读到一首会流动的诗，一幅会行走的画，读到一朵暖色的向阳花。读到一种最初的安静，一种精神的皈依，灵魂与家园的回归。读出一种唯美、安详、宁静、返璞归真、简单而有生命的真义。而在读《活着之上》时，被小说的主人公聂志远的人生经历深深地震撼着，敬佩主人公这个清高而可怜的知识分子最终还是扼守了心中的那片净土，用自己的血泪默默地坚守着作为知识分子的那点可怜的人格尊严和良知，让我们终将从生活本身懂得生命的终极意义，懂得活着，与活着之上……

月亮，世上最美的东西是她，世上最引为知己的是她，世上最深邃的是她，世上最永恒的也是她，世上最未可知的还是她。有人说，世上本无月亮。我说，心中有，就会有；其实，每个人的心中，都有一个月亮。

月出，皎兮，素兮，皓兮，照兮。月兮在天，其华粲粲，其文灼灼。

月亮散文，鲜活在月亮的眼里；月亮之眼，明亮在每个人的心里。

安心云乡处

溽热的七月，哪里都不想去。每天晚上，也总是静不下来。

忽一日，接到电话，问我去安化吗？安化——是黑茶之乡，是散文家叶梦大姐挂职的地方。我略一停顿，当即应允。打点尘世的行囊，我辗转两次长途客车，山路弯弯，一路慢悠悠，作非非想。遥望窗外，青山如梦。呵，一叶青梦到安化。

夜晚的安化，是酣睡在深山的老人和小孩。不经意间，我看到他们的浅浅的梦笑，是那般的美丽和动人。以五十八岁高龄挂职两年期满的叶梦大姐，在她依依不舍的汇报中，令我最为动容的是她的“我的父老乡亲系列”摄影作品，有那么多的老人和孩子，有那么多的笑。他们的笑是那么的干净，那么的清爽，那么的阳光，那么的纯粹，那么的甜美。我曾经被叶梦大姐的名篇《羞女山》久久地感动着，不料想她的并不专业“笑”的摄影滋润了我的眼睛，滋润所有在场人的眼睛。叶梦大姐在她一篇文章中动情地说："他们的笑容是那么干净，就像冬天的阳光那样温暖人心。干净的笑容可以过滤我们的浮躁，是我们的精神营养补充剂。在这个寒冷的冬季，笑容让世界温暖。"是的，就是这一张张笑脸，我记住了安化，记住了在深山中挥汗如雨的老人，在水塘边洗着萝卜青菜的老人，迎着烈日拖着板车叫卖的老人，等待日落和儿子归来的老人，还有大山深处花朵般的孩子一片一片花瓣般的笑容……一路阳光，一叶青梦，一世情怀。我不由地想起我的家乡，想起我的父老乡亲，想起我的童年。

如水逝流的时光，和自然万物，是时空老人的杰作。在偌大的柘溪水库里，头顶蓝天白云，脚下绿水白浪，纵目青山如黛，我一身的尘俗瞬间被淘洗得干干净净，我也同时感到人是何等的渺小和微不足道。蓝天上白云朵朵，让我想起小时候采摘的一朵朵棉花，没有一丝杂质，干净温暖柔软。小时候，我总是幻想着，飘飘荡荡，自己一会儿就上了九天云霄，伸手叉脚睡在云朵上，舒舒服服一觉睡到大天亮……遐想中，我们坐的冲锋船一会儿慢了下来，过了不久，又慢了下来。我有些奇怪，一问，才得知是在让过身边的一条条小船。如若不慢下来，一个个波浪就把小船掀翻了。望远处，一个个小岛，像一个个刚出笼的馒头，清晨的白雾像蒸腾上升的一股股热气。忽然，我看到一个小岛上有一条白狗立定在那里。独独一条白狗，它看见我们的船，只轻叫了三两句，我们的船就慢了下来，朝那条白狗靠过去。靠近了，白狗甩甩尾巴，又朝它身后望望，一个老人送着一个小孩从绿荫处显了出来。这时，船上有人说，是小孩去上学呢。哦——恍惚中，我再一次看到了自己：上小学时，老白（我家的狗名）摇着尾巴一路跟在我的身后，慢腾腾地送我去大队部；上初中了，我要去十多公里外的小镇，老白每回送我时总急急地走在我的前面，时不时回过头来催促我，然后它就守在公路边坐等过往的那仅有的一辆班车。因了老白的忠诚，初中三年我从来没有错过班车。没有老白的日子，我独自在城里赶生活，却总是错过了人生的一次又一次机遇。

此行，因了主办方的路线选择，我错过了一次走茶马古道的机会。但我仿佛看到马蹄印深深浅浅，马蹄印密密行行，耳边总是回响着悠远的马铃声，马蹄声急，马蹄声碎，在崇山峻岭和山涧溪流之间，绵延着，神秘着，传奇着……有心感知，我错过了古道，却回到了从前。在山这边，天上白云悠悠，满坡茶叶青青，远处炊烟袅袅，近处牛铃叮当，山歌嘹亮。我仿佛听到清晰悦耳的采茶歌：三月清明茶芽发，姐妹双双采细茶；双手采茶鸡啄米，来来往往蝶穿花……谷雨采茶上山坡，男男女女在一坨；心想和妹讲句话，筛子关门眼睛多……在白沙溪茶厂，我看到安化荡气回肠的千两茶制作场景。被誉为"世界茶王"的千两茶，采用上等的安化黑茶为原料，将黑茶发酵、蒸制后放入竹篾篓里，然后在一声声劳动号子中应运而生，传之久远。"压起来咧——把杠抬呀；重些几压咧——慢些几滚呀；小杠要绞匀咧——捆篾撒锁紧呀；压一轮咧——滚一轮呀；哦哦里喂耶——喂喂里哦呀。压了一轮来二轮呀；大杠压得好呀；脚板稳住劲呀；小杠绞得匀呀；粗茶压成粉呀；细茶压成饼呀；好茶销西口呀……压好了二轮来三轮呀；步步地进，步步地滚呀；压出好茶治百病呀；黄肿包吃了能消肿呀；止住泻病喊得应呀；又止渴来又提神呀；无名肿毒冒得生呀；止咳化痰诊痨病呀……"定型后松箍、杀篾、锁口，放在露天处，日晒夜露，自然发酵。七七四十九天，大功告成。

茶叶是劳动的产物。在采茶和制茶的过程中，我看到了劳动的美丽，还有从前的传统和乡村的智慧。在伏天里，在洒了盐的黄土上，他们知道力量是多么的重要，劲往一块使，不拍打不成器。日晒夜露，吸天地之灵气，取日月之精华，承雨露之惠泽。在白沙溪茶厂的陈列馆里，我看到最初的安化黑茶分为四等：天、地、人、和。一下，让我醍醐灌顶——天地人和，是安化黑茶的秘籍！在乡村，茶是饮料，茶有时又是饱肚的食物，茶有时还是医病的良药。用荷叶、棕、竹篾篓，这些农家的常用物品，把生命本真的黑色贮藏起来，不馊、存久、易运，搬树桩、砖块一样，经茶马古道，运往西北，行销海外，传奇人间。处远方之远的人哟，黑茶一饮思乡月，玉笛轻歌梦故人。

在外的人多想回到故乡看看，那就随着我的脚步去洞市老街走走，去永锡桥上望望，在贺家祠堂里驻足追远……

青石板铺就的街道，蜿蜒在木屋与木屋之间。踏着一级一级泛着亮光的青石板，宽宽窄窄，长长短短，我仿佛从远古走来，也好像是向昨日的驿站走去。街两边一律古朴高深的木屋，旧招牌依稀可辨，沧桑中透露出往日的兴盛。凝神间，似乎听到商贩们吆喝如歌，叫卖似曲。檐外，挂着的一盏盏纸篾灯笼，随风飘曳……老街已老，后人还在，他们没有像一般游区景点的生意人一样，走向前来，热情洋溢，兜售种种赚钱的小把戏。他们一个个淡定、从容、悠闲，我看得出他们过着幸福自在的日子。在他们面前，我们一身都市的喧嚣荡然无存。在老街的尽头，很多游人都围在一个四五岁孩童的面前，大家手中的照相机闪个不停。我走拢去看，孩童系着肚兜，握着一柄短锄，在黑土地里扒翻着蚯蚓，神情是那样的专注和兴奋。是呀，我小时候也是这样的，翻出一根根蚯蚓，然后去塘边钓鱼，一坐一整天，日子有了盼头，日子过得飞快。

在贺家祠堂里，我最先看见的是祠堂的粮仓，那是我最熟悉的地方。在故乡，我常常在月夜里趴到粮仓里呼呼大睡，惹得母亲总是急急地满院子里找寻，最后总是奶奶找到我。奶奶从不打扰我的美梦，她在一旁陪着我，等我自个儿睡醒了，再陪我数天上的星星。我和伙伴们，有时还在粮仓里捉迷藏，翻筋斗；有时一个个，自个儿把自个儿埋在谷物里，做着各种鬼怪表情；有时，还把一块块仓板拆下来，装上去，弄得满头大汗，快乐无比。当然，祠堂有时也是严肃的地方，不准我们细把戏去凑热闹。是的，我在贺家祠堂里也看到一块“族规民约”的牌子挂在显眼处，里面的内容是整肃族规，教人立本，诸如奸淫、盗窃、打家劫舍者等都是要严惩不贷的。今天，我仍然这样认为，那时的族规民约是一个时期的道德规范，对当时乡村的和睦和安宁，其作用不容小觑。

离开安化的前一天，山寨里举行了一场篝火晚会。大伙的兴奋如火苗越烧越高，感怀，表演，舞蹈，歌唱，唱和，掌声雷动，欢呼雀跃……山寨沸腾了。而我只是远远地观望着，一个人在月夜下走着，走着，走出了好远好远。恍恍惚惚中，我想我是走进了我的“云乡处”……

从安化归来，我给我的书斋取名“云乡处”，还试作了一副楹联：云乡不可期，安心还归去。我不管联作得工不工整，字写得好不好，心里却满是熨贴。茶余饭后，钻进“云乡处”，静下心来，赏读古今名著，神游八方，乐在其中。

一日，我翻阅着已故老作家邓云乡的一本小书，时有喜欢处，时有感动处。我想，我是真切地感受到书里浓浓的乡风土俗和掌故风物，我是被一篇篇精短文章的白描之美大大地感染了，我是被作者字里行间的恋乡之情深深地感动了……

我本是一个不好游的人，对游历的文字也总是不屑：游人如织，走马观花，游山玩水，照相留影，购物小吃，到此一游，游而记之，仅此而已……古语云：“父母在，不远游，游必有方。”

或许，我的游历，在乎于心，我总是在找寻一个心灵栖息的云乡处。在安化，在柘溪水库，在森林公园，在茶马古道，在关山峡谷，在洞市老街，在贺家祠堂，在永锡桥上……蓝天白云下，绿波白浪上，远远地观看着篝火晚会，喝着安化黑茶凝神玄思之际，我或许找到了……

离开安化时，警官作家杨远新要我在他的留言本上留言，我不假思索地挥笔写下了几个字：文学如梦，心安是福。是的，想不到，流火的七月去安化，我竟有了一种放下一身尘世回到从前的感觉。

“松门松菊何年梦，且认他乡作故乡。”

春上古楼吃茶去

春梦宽。许是春雨如丝，夜来梦多。我像一个夜游神，从一个深深的洞里跌宕而出，走上一片满是月光的山坡，山坡上有一个姑娘向我频频招手。我好像飞了起来，轻飘飘地上了云端。只见白雾弥漫，雾随风转，化成朵朵云絮，漫天飞舞，簇拥着我。再看那姑娘，霓裳羽衣，翩翩起舞，飘逸若仙，灿若桃花。一眨眼的工夫，竟不见了，我四下里找寻，她总是若隐若现，像一尾鱼般滑我而去。我再看看自己，自己也不像自己，玉树临风，手托宝瓶，胡须飘曳，腾云驾雾。我一想，我莫不是从远古走来……只这一念间，我发觉自己从天空中飘然落下，我醒了，掌灯开窗，一窗浓绿扑来。

果然，清早一班文艺家朋友兴冲冲一个电话打来，问我上不上洞口古楼去吃茶。尽管我不会品茶，不懂茶道，文友一声喊，我却欣然答应。立马，我的思绪拉回到童年和少年时代，一树的茶绿就竖在我的眼前。最初的时候，我并不知道春茶为何物，竟然被大人们戏耍，说是采摘的新鲜青菜。我就猴急，伸出小手握了嫩绿绿的几片，送到嘴里，嚼得像模像样，有滋有味。记忆深刻的也还是在春天，尤其是春雨过后，在老屋的后山坡上，少时的我和伙伴们一个个往茶树里钻，不知是露水还是未沥干的雨水，溅湿了我们的衣裤，我们不管，一个个，双眼在鲜绿的茶树行中犁行。谁若是一声喊，那绝对是寻到宝贝了，双手高高地举起，几片绿得透白比茶树叶肥厚的东西，我们喊它叫“茶孢”，水灵灵、胖嘟嘟的，肉厚，味甜，爽口，有点儿青涩。每每这个时候，大伙都是蜂拥而上，呼喊着，争抢着。多数时候，我和后年、光楚、东光一伙放了学后，就撒着脚丫子跑到学校背后的茶山上采摘茶叶，我们用双手捧着，书包盛着，小心翼翼，生怕把嫩绿的茶叶捂得不新鲜了。我们一班细伢子，当然不如大人们在行，要么是采摘的茶叶打（评）不上等次，要么就是手忙脚乱中，掺有树叶、嫩草，或混有老茶叶子。每每过秤结账时，都比不上大人们的零头。但我们快乐，我们通过自己的双手能够挣到钱，生平的第一笔钱！于是，我们就用这钱堂而皇之地买到了自己向往已久的崭新的作业本和在深夜做的美梦里才能吃到的红辣椒糖。这时候，爹娘往往不管，站在一旁看着我们乐着跳着叫着。最美妙的时候，要算那些年轻的哥哥姐姐们高兴地唱着采茶歌，声音清脆好听，优美醉人，绵绵回响，这边唱来那边和，欢歌笑语满山坡：

三月春水绕山流，采茶姑娘茶山走。
一层白云一层天，茶歌飞上白云头。

青青茶园一幅画，迷人画卷天边挂。
春茶尖尖叶儿翠，绿得人心也发芽。

……

在去古楼的路上，满眼生绿，令人浮想联翩。我笑说，也许现今的古楼名茶，就是在远古时候，山下人家日出而作，日落而息，有一天三五村夫上山砍柴打猎劳作累了，在这云雾缭绕的雪峰山水之间随手采摘几片树叶，往水中一泡，咕嘟咕嘟一口喝干，唇齿之间，余香还在。也就是这一碗泡有树叶的水喝下去，立时不饿了，还提神来劲，又挥汗如雨，抡开膀子大干起来，山那边的夕阳染红了半边天，缓缓地从西边落下，“山气日夕佳，飞鸟相与还”……一串银铃般的笑声洒落，端庄秀丽的洞口县古楼雪峰云雾茶有限公司总经理肖冬红女士，亭亭玉立在我的面前。她说我真是说得神准！古楼茶确是历经千年，很久很久以前，我们的祖先就已在这片雪峰山上采摘一种能清热解毒、生津止渴的树叶，后经人工种植，慢慢就有了茶叶生产，就是原生的古楼茶。由于平均海拔800米以上，受山地和平原气候的共同影响，这里气候宜人，雨量充沛，昼夜温差大，常年云雾缭绕，空气湿度适中，土地疏松肥沃，是一块盛产高品质茶叶的风水宝地，一直以来深受人们的喜爱。在明洪武十八年(公元1385年)古楼茶被朝廷列为贡茶，朝廷庭在古楼设茶司专管茶叶生产加工和贩运，湘黔古道因此而一度热闹、繁荣。

说到湘黔古道，我说一定要去看看。知名小说家肖仁福也跟着笑说，“古楼连古道，佳茗似佳人”。大家也跟着起哄，去嘛，去嘛，古道上多的是美女呢……我们走在那被马蹄和脚步磨光的青石板上，仍然能感受到当时湘黔古道的商业繁荣，仍然能寻觅到古楼茶一路走出的足迹。碑刻、石礅处，曾几何时，云贵茶商纷至沓来，南来北往之客总爱在此歇脚品茶，谈古论今，以茶会友。马蹄声声，在我耳边响起，我仿佛还能看到眼前这条绿色的茶路，像飘带一样飘向远方，给湘黔古道增添了一道奇丽的风景和浓郁的文化气息。望远处，一眼望不到边的是海拔1100—1821米的雪峰山云雾茶基地，云雾缭绕，绿海碧波，如仙如幻……

走到半路，我说，回走，吃茶去。文友都在兴头上，一个个说，再走走，多体会一下湘黔古道的滋味。走不上三五步远，我又说，还是回去吃茶去。文友说，您难道不看一会儿这绿海碧波的浩瀚美景？我又说，不如吃茶去。文友笑我，就只晓得吃茶。我不吱一声，却想起那则千古禅林法语“吃茶去”的掌故：话说唐代宗大历年间，一天，河北赵州观音院（今柏林寺）里来了个新和尚，赵州和尚（即唐代名僧从谂，因长住赵州故称赵州和尚）问他来没来过这里，他说来过，赵州和尚说：吃茶去。新和尚连忙改口，说没来过，赵州和尚又说：吃茶去。在一旁的院主不解，上前问赵州和尚，说：他来过这里你叫他吃茶去，他没来过这里你也叫他吃茶去，这是为何？赵州和尚回答：吃茶去……

千古以来，“吃茶去”这三字禅有着直指人心的力量。禅与茶，带给我们的是直面与安宁，问心向天。于是，我想：禅与茶的一体，人与自然的和谐，精神世界与物质世界的归元，是那样的深奥抽象，又是这样的浅显具体。记得前中国佛教协会会长赵朴初先生有一首平朴的小诗，我甚是喜欢：

七碗受至味，一壶得真趣。
空持百千偈，不如吃茶去。

回到山脚下，我要了一只蓝色花纹的青瓷大碗，特意只要了些许古楼春芽，在古朴的木楼上席地而坐，听过耳春风，观茶的前世今生。这时，我又记起周恩来总理一则吃茶的故事，令人久久地感慨。也是春天，那是1961年的春天，周总理陪同外宾造访梅家坞，茶农泡了龙井绝品明前茶请总理和外宾品尝。总理品了一口，赞道：“龙井茶叶虎跑水，堪称江南一绝。”接着又说：“龙井茶多香啊……”茶农告诉总理：“龙井茶制作工艺精细，要经过抖、带、挤、甩、挺、拓、扣、抓、压、磨十大手法。炒一斤特级龙井茶需要采摘三万多个芽头，一亩茶园仅产三斤。”听了茶农的介绍，总理浅斟细啜，更觉浓茶酽香。他满怀深情地说：“农民炒茶多辛苦啊！”临走之时，总理望着杯中的翠叶嫩芽说：“龙井茶味道醇，倒掉太可惜了，还是把它消灭掉好。”说完端起茶杯，用食指和中指将茶叶划入口中细细咀嚼起来，最后全部吃掉。我为我们的好总理感动，我为我们茶农的辛勤劳动和精品意识感动，我更为现今很多只求数量不求质量的写作者而感到羞愧。其实，审视之下，自己有时也难脱其中。

看着春萌初展芽叶，在清澈的白水中舒展开来，如一位艺术家在纸上泼出的一幅水墨丹青一样，静静地如花绽开。若有若无的茶气入鼻入肺，我的整个身心不由沉浸在绿意氤氲之中。色泽绿润，锋苗显露，滋味鲜爽浓烈，栗香绵久不绝。春芽初看条索紧结，入水翠绿显毫，汤色清绿明净，其味香气馥郁，滋味醇甜回甘……许久，许久，我陶醉其间。肖总款款走近，说，还有佳茗妙品：那古楼毛尖王——白毫披露，茶芽挺直，香高味爽，泡后悬立于杯中，玉芽凌波三起三落，如披着绿纱的仙女飘荡在晨雾中；那古楼银毫——干茶碧绿显毫，汤色嫩绿明净，滋味甘醇鲜爽，香气馥郁，回味无穷。而我双眼却一点儿没离开置于那碗水天间的绿色精灵，频频摆手，说，够了，真的是够了。当然友人不知，我独爱古楼春芽，或许是少时经历的缘故，或许因了一贯山野村夫的心情使然。文友们或品茶谈道，或写字作画，或吟诗作联，一副雅致的水墨图。唯有我，席地而坐，静听山水，思绪万千，回到远古。

此时，我想起一句“云在青天水在瓶”的诗，久久地玩味。末了起身，我也学着周总理，用食指和中指从碗底将翠叶嫩芽划入口中细细咀嚼起来，最后全部吃掉。

今夜，在清冷的月光下，我手捧青瓷大碗，一个人踽踽而行，走上一片又一片葱绿的山坡。淡白的暮霭和月色中，这一方的绿，美妙而深邃，静谧得让我每走一步都不忍跟她打一声招呼。稠密而又整齐的茶树，郁郁葱葱的绿向四周延伸，一直绿到天边，与天空融为一体：

绵绵雪峰云腾雾绕连九天

浓浓茶香波涌浪推出古楼

有了这次古楼之行，那段古道漫步，和那夜的月下访古，我感觉自己回到从前的美丽和纯朴之中。一切一切尘世的喧嚣和世俗，都将离我远去。我相信，每天清晨起床，一碗春茶吃下去，定会神清气爽，浊气尽消，绿意盎然。我还是从前的我，这世界还是会回到我向往的春天。由是，敢把苏学士的《杨花词》倒过来：二分尘土，一分流水，三分春色。

秋到插柳善寨

秋风白露，阳光正好。鸣雁来，玄鸟归。这样的时节，我总想回到故乡善塘那个小村落里走走。吃过午饭，几个文友邀我去不远的插柳小寨，我欣然前往。

在秋天里行走，我心安宁。湘西南的秋天，如棉，那是饱满的白棉，洁白、温暖、朴素、大方，我眼中立马出现了母亲的形象；如金，那一地稻穗黄澄，我幻觉变成年少的自己，像风一样奔跑在金色的田野之上；如水，溪水缓流，柔和自然，我看见在微风的吹拂下，水面静静飘逸，灵动而不轻浮，“利万物而不争”。

关峡苗乡，插柳小寨，就在省道S221线路旁。听说，《秋收起义》《那山那人那狗》《炎帝传奇》等影片都在这里拍摄过外景，这里还是多所大学的美术，摄影基地……我不知道，导演和学子们为何都钟情于这个小寨？但当我踏进寨子里，遇见那条弯弯的兰溪河，遇见那片根深叶茂的古树林，还有那桥、那碑、那路和那些人……我或许有几分懂得。

大树脚古树群有上千年历史，就在寨口右侧，如一帧秀美的屏风。山上有樟、梓、楠、椆、枫等树木三百八十余株，几人合围的古树就有五十多棵，寨子里的老人把这些树亲切地喊做夫妻树、兄弟树、姊妹树、母子树、发财树、平安树……还有一棵参天千年稠木树，我抢着说该叫大“屋”树，其树蔸中空，树干被分成四叉，内里空旷，似一间小屋，十多个人可以在里面乘凉谈天打牌纳鞋底。寨子里的人对这些古树敬若祖先，称这片树林为祖树林。与其他地方不同，在这片林子里，不见一处坟墓，没有一棵古树遭到损坏。祖先如树，根系泥土，高大挺拔，苍翠如盖，遮风避雨。祖树林，祖树有灵，慈爱仁厚，庇荫守护，寨子安好，邻里和睦，人人安居乐业。

出了那片树林，径往寨子里走，一处处木屋前，都垒有石墙。石头都是从河里顺手捡上来的鹅卵石，沿房子四周砌成，很艺术，也自然。每到秋天，就总有一批又一批写生的人，不声不响地来到寨子里。来了，静静地画上半天，画得房屋安详怡然，画得石墙艺术自然，画得天空高旷淡远。当然，静总是画面的主题，静物写生，定静是美。寨子里的人也是这样，多苦多难的事，处理起来不急不躁，不慌不忙，“事来则应，事去则静”。一切，都是那样平静有序、平常静好。

寨子进口处，有一家小餐馆，门边有联：善德立世长，诚信待客久。老板笑脸相迎，问：吃不吃饭？老板摊开手，说这些都是水里产的土里长的，新鲜营养无污染。我看了一看，果然，要吃的鱼在门前的小溪里游着，三五只鸡在门口啄食颇欢。老板说，捉鸡捞鱼，地里摘菜，柴火做饭，腊肉熏得黄亮亮滴着油，客人眼见为实。他还说：信在五行中属土，万物土中生。老百姓靠的就是土里刨食，哪能不讲诚信呢？

笑谈间，有一个老人远远地走来。老人是村里的老秘书，说起他的当年眉飞色舞。老秘书最为开心和自豪的是，八九十年代逢村上哪家的老人生日，这天他就带着乡人村邻热火朝天修一天的路，歇了工大家不要做人情，就齐齐地去过生日的人家里吃一顿，吃得流油，吃得高兴。大家走着这样的生日路，踏实、高兴和自信。

路的端头，是一座桥，通向寨子的对岸。桥有些特别，一边是新建的水泥桥，一边是沧桑的老桥。老桥的桥面已不见，桥墩还在，河水依旧，想象着那逝去的岁月如风。桥的一侧有一碑刻，是清乾隆年间刻就的老碑，全部记录着修路架桥村邻的捐款。这些善款，密密麻麻，刻在几代人的心坎上。当年，为保留这块老碑，有人就智慧地在碑的背面刻上了毛主席语录。

在寨子里走着，我忽然悟到：自然是道，善德是天。古语有言：德无常师，主善为师。此时，我特别想念我的奶奶，想念故乡善塘那个地方的善良和美好。在我年少时，善良而清明的奶奶总是唠唠叨叨：我们善塘人讲的是善，善就是为人亲善、友善，要好善行，做善事，善良，善举，日行一善，为善最乐，做事要善始善终，做人要隐恶扬善。奶奶还常常告诫我们：拴住善良无私的心，一辈子才不会走失人生……

看到寨子里的老人，面善、亲切，像我久违的亲人。老人一个个乐呵呵的，我看不出他们心里的苦，也看不到他们眼中的贫。有一个老人似乎看出我的疑虑，他对我说：能忍受，能知足，能担事，能欢喜。我想，正是他们身上的敦品效德、出苦得乐的品质，才能看到他们脸上有阳光般的快乐，有秋天般的沉静。正如智者云：真正的乐，是好也乐，坏也乐；顺也乐，逆也乐；富也乐，贫也乐；“不以物喜，不以己悲”。诚然，平常之美，常乐之乐，就是善德流行乡里，耕读传至后代，和谐融为天然，光辉照亮人间。

所以说，在一个地方，一旦遇见了本、源，遇见了清、纯，遇见了美、善，这是我们的大福，更是我们的至宝。秋到插柳小寨，我像是回到了远处的故乡，回到我心中的善寨：春种，夏耘，秋收，冬藏，日出而作，日落而息，耕田而食，凿井而饮，观山听泉，看竹树云石、荷塘清韵。

秋到时，风轻云淡，水清见月，天清地宁。人也一样，性清无脾气，神清则气爽，心清则气正。只要在心里住着一个善寨，我们也可像古代居士一样，无事薰香，晴窗临帖，早晚适饮，一杯能拂躁，两杯可明心，三杯即忘归。再到寨子里走走，顺弯弯的兰溪河一路缓缓而行，沿河清秋掠影，横船静卧江心，蓑衣垂钓，江面无风，看鱼乐，看鸭凫，看鸟栖，看古树倒影，四周景幽，秋实无华，大地静好。

从寨子里出来时，我看到河对面插柳村村级活动中心有“插柳梦中国梦”六个大大的红字特别醒目，楼顶上的五星红旗迎风高高地飞扬。我不禁自言自语：插柳梦，中国梦；善德归处，内心安详；大义宽宏，归根返本；插柳之恩，念念难忘；心怀善念，插柳成荫。

附录／短评

咀嚼农村的甜美与苦涩

鲁之洛

我喜欢青年散文家周伟的农村散文，他的散文大多是些很富地方色彩，且具典型性格和独特人生景象的佳作。

关注农村各类人物的特殊人生遭际，深入探索他们独特命运的风雨波涛，透过平凡、苦涩的人生经历，揭示其美好的心灵境界，这是周伟农村散文的一个突出特点。反映农村生活的散文很多，但像周伟这样将视野投向农村各类遭受特殊惨痛经历的卑微人物的却不多。像他那样通过这些卑微人物，挖掘其闪亮的内心光彩的就更少了。当你读罢《乡村女人的风景》《乡村男人》《善塘人物》《念好·想坏》等描写农村人物的组辑后，是无法忘记他笔下那一个个在苦难生活和旧俚俗的重压下，仍顽强、爽朗、乐观地活着的人物。你会从内心真正感佩农民的坚毅生命力和不屈于命运的奋斗精神。你也就真正明白：原来这就是中国的农民！

具体而细腻地对农村方方面面的情事，充满激情地给以剖析、描绘、抒发，显示其丰富的知识内涵和生活美，唤起读者对农村的深沉的爱，是周伟散文的又一特点。农村美不是空泛的，而是渗透于农村各个方面的细小事物之中。周伟将眼光扫向农村的各种细枝末节，大到自然界的天地山水，如小溪、蓝天、阳光；小到生活习俗，如火塘、打牌、扯勾、夜歌；俗到一些极普通的行为，如孩子们在一块尿尿等，他都能品嚼出一种情趣、一种味儿来，显示出浓浓的农家可爱的野味儿。

跟随时代脚步，眼光凝聚当今农村变化，关注农村在城市现代化进程中的搏动，记录其变迁情状，是周伟散文的重要特点。在全国城市现代化高歌猛进、时代瞬息万变之时，原本美好、落后且幅员辽阔的农村怎样了？周伟热情地面对，努力去了解、熟悉这种新景象，并尽自己的努力去描写它们。在《进城的女子》这组散文中，他以生动的笔触，记录了草玉、小吴、小妹等年轻女孩活跃在城市现代化建设热潮中的矫健风姿；而《走在城市生活边缘》中所展示的，则是未能离开农村，却游移在城镇的边缘人物。无论是那个收拾破烂的耿老爹，还是那些一大早蹲在菜市口卖菜的“妈妈”们，都是变化中的农村的一道新景，是排山倒海般汹涌进城打工热潮的余声。为着摆脱贫困，能走的都走了，想走而走不动的，也在寻找生存门路，成了城市与农村之间的边缘人物。那些留守在山林田园的老弱妇孺，仍然传统地日出而作、日入而息地耕作着的人们，又是过着怎样的日子呢？一篇《乙酉清明还乡见闻》，真切记录了当下农村的辛酸和渴求改革的呼声。

周伟的散文简洁、明快、生动、流畅。散文本来就是以短小、精悍为特点的，言简意赅是我国传统散文的优点，可是，近二十年来，散文越写越长、越写越庞杂，成了一种风气，动辄万余言的散文充斥文学刊物。在严格要求精致、精练的散文中掉书袋，泛泛陈述经历，倾泻平时庞杂的零散知识之作屡屡见之。周伟坚守散文本分，在他笔下，即或状写阅历极丰、历尽苦难的人物，也只三两千字就写得淋漓尽致。这除了是作者文字功夫到家外，更主要的是作者对所写人物烂熟于心，对他们不凡人生的苦涩或甜美，进行过一番切心的品嚼，品出最能代表他们性格特征的细节，所以能要言不烦、活灵活现地画出他们的神韵。

（原载2008年2月26日《文艺报》）

乡村　人文　理想

——读周伟的散文

张建安

在当代乡土文学中，周伟是一位有特色的作家。他的散文像一缕清新的风，给时下纷乱的乡土散文带来了一股清凉。他以其独具特色的乡村题材、精致的结构布局、亦庄亦谐的湘西南地方话语系统，给人一种耳目一新的快感。周伟的散文题材基本上是乡风、乡情、乡民、乡事，表现的是小人物的日常生活和爱恨情仇。

周伟的血液中流淌着乡野之韵，灵魂中扭结着乡土情结，字里行间氤氲着一股悲天悯人之气。他用自己的笔去描写乡村的社会万象，描绘人生的酸甜苦辣，表达底层民众的爱恨情仇。湘西南农村的动物植物、人事劳作、阴晴雨雪，从周伟的记忆之河里从容地流淌出来，有点怀旧、有点感伤、有点悲怆，在朴素的文字后透露出沉郁的苍凉。

周伟的散文大多聚焦于民生，这使他的散文负载了厚重的文学价值和社会意义。他关注父老乡亲的贫困窘迫，在他们乐观、豁达、自由、潇洒的生活表层下潜藏着深深的苦涩与无奈。他不像其他作家走进城市便忘了父老乡亲的苦难。他本着人文关怀，时刻关注并反映他们的不幸与不平：有的来自时代谬误，如《鱼殇》；有的来自世俗偏见，如《娥姐》；有的来自贫困的折磨，如《瘸叔》……

其中让我印象最深刻的是《秀发已逝》，作者看似平淡的纪实叙事给人以沉重的思索。作品虽然是散文，但却颇具小说笔法。它具有散文的潇洒、简洁和干净，文笔清新自然，颇富于表现力。作品中那种独特的精神体验，那种撩拨心弦的欢乐与痛苦，使人感动、令人震撼。

乡村于周伟是挥之不去的情感。那种以感情为本体的写作状态，是他创作的本真状态。当散文写作普遍患上抒情厌倦症的时候，当感情被商品化的时候，周伟仿佛心无旁骛，专注于挖掘生活的原生的矿藏。其实，能使人感动的基因就埋藏于生活之中，它是亘古不变的，怜悯情怀、厄运中的相扶、困境中的相助、孤独中的理解、冷漠中的脉脉温馨和殷殷情爱……周伟散文就是这样透视着人生的苍凉。这种苍凉是属于南方大地的：一种内在的静穆，一种朴实的光芒，一种沉重的忧伤。

在经济的高速发展和市场的强力冲击下，新型的农村人伦关系到底应该怎样发展，周伟的散文也表达了自己的思考。他以自己的生身之地为背景，紧扣时代脉搏，通过对乡村平凡人物和平常事件的描绘，表现了农民质朴、新型的伦理观和道德价值观，再现了当代农村物质生活和精神生活的崭新面貌，揭示了农民的淳厚、善良与崇高。《乡村男人》所写的是生活在社会最底层的一群小人物——五伯、瘸叔、得福老汉等，作者集中描写了他们的琐事、辛酸事，以此揭示乡村普通人的“原生态”。

在主题开掘上，周伟仍是坚守平淡、纯真和自然。《平安无事》记述了奶奶哀怨、坎坷的人生，字里行间浸透着中国传统的人伦关怀，见情见性，楚楚动人。《走不出土语之乡》中，作者似乎只是不经意地回了一趟乡下，随手记下一些人和物事以及所感所想，但给人的感觉却是把乡下的许多美好写得那样明澈、清新。《乙酉清明还乡见闻》似乎更随意，所见所闻一股脑儿抛出，其实是把现实生活中乡村的收获、变异、彷徨和严峻都毫无保留地呈现在大家的眼前。作者行文随意平淡，表面上是一种无技巧的技巧，实际上是一种难得的才能。

周伟是一个善于思考的作家。他对自己、对乡村、对人生始终有一种探索的激情。他的散文不仅流露出一种对于人的本质的深刻理解和洞察，还有着对生命的坚定信仰以及对人性善良的肯定和召唤。周伟喜欢将自己的思考细密地织进他灵动的乡村叙事里，既不张扬也不喧哗。《看见的日子》写了一个唤作“二婆婆”的瞎眼老人，她真正的现实世界早已在黑暗中死去。而作者正是从这个人物身上发掘了潜藏在人性中的朴真与美好。《一个字的故乡》别出心裁地表达了乡村女人不平凡的情愫和智慧。作者通过“八婆婆”的人生遭际，把乡民的故乡归结为“等”、“怀”、“单”、“想”、“回”五个字。这五个字看起来简单，串起来便是至情至性的人生渊薮，展开来便是弥漫着袅袅炊烟的乡村风景画。通篇读来字词如卵石，真情似清流，展现出一幅淳朴古典的田园山水画，让人顿悟：故乡乃是人类精神的家园。

《乡村孩子的日记》描写了三个乡村孩子上学、失学、复学的故事。作品选材典型，构思精巧，语言优美流畅，文章贯穿着向上的热情，寓意深刻。散文记录了三个不同时期的乡村少年对知识、对教育的渴望和梦想。不同时期的孩子的父母们所表现出的截然不同的态度，无不受到我们这个社会文明程度和气候的影响。散淡而机智的笔法记录了新时期以来我们这个社会对教育、对知识的影响及其所留下的深刻印痕，发人深省。

看得出来，周伟的散文深受孙犁的影响，没有华丽辞藻，没有故弄技巧，更没有装腔作势。在艺术形式方面，作者的选择可谓多式多样，或长制，或短章，灵活多变。特别是作者能巧妙地糅合湘西南方言于散文作品之中，使得其文字表述潇洒自如，机智风趣，富有张力和韵味，表现出较为成熟的风格特征。

（原载2014年7月14日《文艺报》）

谁还记得乡村的风景

李晓虹

都市轰轰烈烈地发展着，占据了越来越多的空间，向它的四围疯狂地蔓延。越来越多的乡里人带着渴望，带着憧憬到都市里寻找他们的梦，那梦里的生活比起自己的日子热闹得多，精彩得多，花哨得多。在他们进城的时候，丢了土地，丢了乡下留给他们的一切。

近年来，农村题材的作品有不少力作，但是，它们的着眼点往往不在当下，或者是从久远的生活中挖掘过去的原始根性，或者是进城后的农家子弟对家乡、亲人的感恩和留恋。很少再有人实实在在地把笔、把心扑在那片正在行进着的土地上了。

事实上，作为中国人生存方式的重要部分，农村依然大片大片地存在着，既然那里还有很多人在生活着、痛苦着、快乐着，那么，他们的生存状态、他们的喜怒哀乐就是一些生动的存在，就应当被关注、被尊重、被书写。

这个时候，我读到了周伟的散文集《乡村女人的风景》《乡间词韵》《乡村书》。

周伟在乡间长大，尽管后来也到了镇上，但是，他忘不下那片托起他的土地和土地上那些普普通通的人，那“一个个平凡而负重的人生”。这些普通的人和他们经历的生活，已经化作了周伟生命中不可分割的部分。于是，在他的笔端，流淌着那些融进他血液之中的平凡的却又使身躯和灵魂震颤的日子。

于是，他用心地在乡间的旮旯里行走和思索，关注那些沉默的灵魂，用他的笔留住这些平凡而朴实的人生。在山地田野上，在那些似乎是文明的角落的地方，其实，也有爱、有恨、有抱负、有理想，也曾经轰轰烈烈，也曾经有生命的起伏跌宕，这平常的生、平常的死、平常的消失的人，构成了人生的长卷。

这些农民的快乐与悲伤、沉重与豪迈、生与死都自然地发生着，随时光演进，若逝水源远流长。周伟用如歌的文字记住他们，用洗练、干净的笔墨把他们的贫困和战胜贫困的努力，把他们的各不相同的命运和对命运的抗争，把他们内心美好的本质写出来，执拗地把笔聚焦在这些已经少有人关注的地方。

假如没有进入文字，这里的生活就在沉默中行进，在沉默中逝去。一些人在这里无声无息地生长、壮大，直至死亡。但是，这里有记忆，也有心灵的鸣响。所以，我常说，这种时候，那些还在关注着底层、关注着沉默的大多数、关注着正在消失的乡村和乡村中不幸的人生、关注着普通人身上表现出的美好品质的作家与作品，理应得到我们的尊重。因为在这些作品的背后，可以感受到一种情怀，一种由爱而生的拳拳之忧。

这些年，周伟正是用年轻的心、用诗意的眼光充满感情地写着父老乡亲，同时，他也将文化的根须扎在乡下。他不断地在这条路上跋涉、思考，用审美的眼光留住那些曾经拥有的和即将离去的，在新的精神高度上展开现实和内心的世界。从乡村的昨天写到今天，更向未来敞开。

（原载2016年12月12日《文艺报》）